秋池映金台

公子于歌

The Rival Becomes More And More Beautiful

对家每天都在变美

公子于歌 著

廣東旅游出版社
GUANGDONG TRAVEL & TOURISM PRESS
悦读书·悦旅行·悦享人生
中国·广州

图书在版编目（CIP）数据

对家每天都在变美 / 公子于歌著．—广州：广东旅游出版社，2022.8
ISBN 978-7-5570-2721-6

Ⅰ．①对… Ⅱ．①公… Ⅲ．①长篇小说－中国－当代 Ⅳ．①I247.5

中国版本图书馆 CIP 数据核字（2022）第 057777 号

对家每天都在变美

DUIJIA MEITIAN DOU ZAI BIAN MEI

著　　者　公子于歌
出 版 人　刘志松
责任编辑　何　方　　李　丽
责任校对　李瑞苑
责任技编　冼志良

广东旅游出版社出版发行
地　　址　广东省广州市荔湾区沙面北街 71 号首、二层
邮　　编　510130
电　　话　020-87347732
印　　刷　北京盛通印刷股份有限公司
（地址：北京市大兴区亦庄经济技术开发区经海三路 18 号）
开　　本　880 毫米 ×1230 毫米　1/32
字　　数　247 千字
印　　张　9
版　　次　2022 年 8 月第 1 版
印　　次　2022 年 8 月第 1 次印刷
定　　价　39.80 元

目录

CONTENTS

对家每天都在变美

目录

CONTENTS

楔子

2021年，一款名为《征战演艺圈》的高科技沉浸式游戏上线，以丰富的剧情内容，多样的角色设定，和足以以假乱真的体验感，迅速风靡全国。

打开这个游戏，玩家可以选择任意一个虚拟角色进入剧情当中，从而开启舒爽的演艺圈进阶之路。

四线演员沈金台每天忙着拍戏，本来是没时间玩游戏的人，他之所以被这款游戏吸引，是因为他看到这款游戏里有个角色，竟然和他重名。

在游戏设定里，这个和他重名的沈金台，穿越到了一篇名为《对家》的小说里，成了里头的“炮灰”男配角，却靠着自己的穿越身份，一路逆袭，最后登顶一举拿下“最佳男主角”的宝座，实现了友情和事业的双丰收。

但沈金台最感兴趣的，还是这个游戏里的故事，里头包含许多剧中剧，主线故事无厘头，剧中剧却精彩绝伦，他只听朋友介绍了一下，便对这款游戏感兴趣了。

手头的戏杀青以后，沈金台终于有了闲暇时间，他买了游戏设备，注册了一个账号，点开《征战演艺圈》游戏。

本来也没有抱太大希望的他，在戴上头盔的一刹那，恍然发现自己像是真的进入了一个新世界一样。

眼前浮现出一行字，系统用机械化的声音问：“请问是否即刻进入沈金台视角？”

听到这个名字的一刹那，他有种和游戏里的沈金台合为一体的感觉。

“有意思。”

他点了“确认”，只感觉眼前一片天旋地转，游戏正式开始。

第1章

外头的日头晃眼得很，沈金台用手挡着太阳光，感觉自己有点眩晕，有人猛地按了声喇叭，他赶紧退到马路边上，扶着梧桐树蹲了下来。

“叮咚！爱心你我他，和谐靠大家，您的亲亲顾问小爱上线啦！”

沈金台皱起了眉头。

“亲爱的宿主您好，恭喜您成功进入我们的和谐爱心系统。”

什么？！

“别紧张，是切切实实的福利呢，玩家角色“沈金台”的生命值已经用完，换句话说，“沈金台”已经死了呢。”

这应该是他的游戏角色“沈金台”人生第一次获得最佳男配提名，在前往颁奖典礼的路上，发生了意外？

“不过您不用伤心，这是一个重生游戏，只要按照要求完成任务，“沈金台”就可以在新世界重获新生哦。”

“……什么任务？”

“我们是和谐爱心系统成员，传播和谐奖励爱是我们的基本原则，小爱在这里看一下您的任务奖励……恭喜亲，您的奖励是随着任务的完成，您将越来越美，越来越强大！如果能通关的话，您将获得的最高级别奖励是，可以在新世界活下去，还会有个人一辈子都是您忠诚的朋友。”

哇！

这下沈金台是真的有点心动了，他可以！

忠不忠诚不打紧，变美很重要！

“好的呢，那小爱这边就帮您派发第一个任务啰。”

“你能听到我心里话？”

“是的呢，亲亲，我给您读一下任务简介好吗？”

“好吧。”

“您所穿越的这本书，名字叫《对家》。”

等等，这不是他闲来无事看过的小说吗？！

“按照原剧情，您要把这本小说的男主阎秋池从困顿状态中拯救出来，从此一门心思搞事业，并且打压他、摧残他，让他宝剑锋从磨砺出，梅花香自苦寒来！”

很好，这个理由很符合主旋律！

“您的第一关任务，赢了白月光——您在第一关的任务成功奖励是：六十岁都不会下垂的臀部。”

沈金台：“……不是变美吗？！”

“臀部，众所周知，是一个男人最性感的部位，权威投票显示，它超越大长腿、脸蛋等部位，成为男人最具吸引力的地方，因此作为第一关奖励是最合适的。亲，您还有什么疑问吗，没有的话小爱就暂时下线了哦。”

沈金台感觉这个奖励格外诡异：“如果失败了呢，会有什么惩罚？”

“我们是爱心系统，只有奖励没有惩罚呢。”

他怎么有种不好的预感。

“您任务失败，那就相当于与您抗衡的男主获胜，他会获得相应奖励呀。”

“什么奖励？”

系统突然发出“嘻嘻嘻”的笑声：“您猜是什么？”

我怎么知道！

“如果有任何需要，请心中直呼‘哈喽（你好），小爱’，小爱就会准时上线为您服务，祝您圆满完成任务，也敬请期待您每一关的奖励，不止变美哦，保证我们的每一关奖励都让您尖叫！”

他只听到嘀的一声，小爱就不见了。

沈金台扶额，从地上站了起来。旁边有个遛狗的大爷像看动物园的猴子一样看着他，大概见他自言自语，以为他疯魔了。

他忽然感觉有些眩晕，脑子里出现了文中那个同名同姓的沈金台的记忆。

小说中的沈金台，今年二十岁，过气偶像一枚。两年前靠一档真人秀节目大火，当红之际因为财团太子爷阎秋池隐退。

阎秋池以高冷著称，读者送外号“阎牌坊”，不管外人怎么示好，他自如一池秋水清冷不起半点波澜。

沈金台打了辆车，准备回自己的住所。

才刚坐上车，他就看到了旁边大楼上的巨幅广告。

他的对家，名字叫白清泉。

“明月松间照，清泉石上流”，和沈金台正好是两种类型。

名字对立，人更对立。

他和白清泉从一出道就是死对头了。

前两年夏天的一档节目，两个紫微星降临演艺圈，排名第一的沈金台，排名第二的白清泉，决赛夜堪称经典。他们俩从出道就在争第一的名头，外界也爱拿他们俩做比较。

但白清泉是一路“开挂”，出身草根的小白花，天生有一股“特别的气质”，至于什么气质，不清楚，总之“跟别人都不一样”。靠着这种特别的气质他闯荡演艺圈，一路开“绿灯”。

而“炮灰”沈金台，正好反过来。

有钱的富二代一个，自己拿钱砸出道的，奇装异服爱出风头，一出道就是“血雨腥风”，打着“不红就回去继承家产”的名号，也曾是演艺圈话题明星。本来大好星途，却自己脑子抽了，隐退！

然而，家里居然破产了。

这时候应该赶紧回演艺圈搞事业了吧？毕竟已经从“不红就要回去继承家产”，变成“不红就要回家种地”啦。

没有事业心的男人要不得！“炮灰”男配角也要有点尊严！

上一世他在演艺圈摸爬滚打，人生唯一爱好就是演戏，只因为相貌不出挑，只能给花瓶和鲜肉当配角，好不容易熬了个提名，去颁奖典礼的路上还死了。这是什么憋屈的人生！

他身处演艺圈，明白颜值的重要性。如今既然给了他这个机会，他要越变越美，披上一身星光！

他从通讯栏里翻到李美兰的名字，拨了个电话过去。

李美兰，是沈金台的经纪人。

“您是谁呀，我好像不认识呀。”李美兰阴阳怪气地说。

“沈金台。”

“你小子还知道跟我打电话？！”

沈金台看了看从繁茂夏枝中透下来的日光，说：“姐，我要复出。”

做任务也不耽误他的事业心，既然“杀号（指放弃旧号注册新号）”重来，他要重新登上演艺圈的巅峰。

对方沉默了半天，却没吱声。

难道原主太废物，经纪人已经彻底放弃他了吗？

沈金台正要开口再表一番真心，就听对方哇一声哭出来。

“你知道姐等你这句话等了多少年了，呜呜呜……”

沈金台吁了一口气，再表衷心：“姐，你放心，昨天的我已经死了，如今的我，是‘钮祜禄金台’！”

李美兰破涕为笑：“你歇太久了，手头没有你的资源了，不过你放心，我这就帮你找找，大资源没有，小活动肯定接得到！”

挂了电话以后，沈金台又吁了一口气，看了看前头一直静默不言的计程车司机，灵机一动，立马趴到前头去：“师傅，你认识我不？”

他要检验一下沈金台如今的知名度。

师傅扭头看了他一眼：“不认识……”

“沈金台。”他提示。

“啊！”师傅一阵惊呼。

看来沈金台的名气还不错，中年大叔都认识！

“你就是传说中那个……那个隐退后破产的男明星？！”

沈金台：“……”

第2章

讪讪地回到家里，沈金台先去好好照了下镜子，入镜就是一头红毛，还抹了樱红色的眼影，介于男孩和男人之间的一张脸，就是气色有点差，还挺符合即将下线的状态。

五官不算精致，路人以上的帅哥，变美空间还是非常大的。优点是皮肤还不错，脸也小。

他想起翘臀奖励，赶紧看了看屁股。

他真的觉得这身材已经可以了。

一米八的个头，大概太久没练舞了，腹肌的线条已经模糊，骨架还是年轻男人的样子，锁骨处好大一个文身。

如今和谐社会和谐演艺圈，这么大个文身，上电视都要被打码吧？！

哦不对，这一头红毛就和电视绝缘了。

沈金台二话不说，就去了文身店。

“您确定要洗掉吗？”小哥再三问他。

“确定一定以及肯定。”

他洗了脸，卸了妆，和舞台上艳丽妖娆的样子有点不一样，不过那小哥还是问了一句：“咦，你是……沈金台？”

问的语气也不大肯定，他这种街头小店，沈金台怎么会来，再过气人家好歹也是大明星呀。

沈金台再一次感受到了自己知名民度！

作为一个勤勤恳恳演了很多年戏，走在大街上依然没人认识的老演员，这种体验实在是又酸又爽！

“我是。”他说。

文身店小哥有点激动的样子。

“要合照吗？”沈金台主动邀约。

小哥狂点头，赶紧掏出手机来：“我女朋友以前特喜欢你。”

那是以前，后来……

后来他女朋友就……

拍完照以后，文身小哥就给他洗文身。

“能洗干净吗？”他问。

“你这个文得太深了，又是彩色的，没办法完全洗掉，想恢复以前是不可能了。不过多洗几次的话，能比较淡。”

“会留疤吗？”

“这个看个人体质，不过多少会有一点。”

沈金台点头：“洗吧。”

这文身从锁骨蔓延而下，位置十分刁钻，洗文身的时候感觉很痛，估计文的时候更痛，胸口流了血，沈金台闭着眼睛躺在那里。

真是旱的旱死，涝的涝死。

如果他有这运气，出道就爆红，脑子被猪拱了才会隐退。

沈金台作死，也有几个老粉丝不离不弃，这些个老粉就是在沈金台文了一个人名在身上以后，彻底脱粉。

文身小哥一边洗一边兴奋地要跺脚。

这个名字是谁呀？文得这么深，又在这么显眼的地方。

感觉这名字有点熟悉，他回去要问问他女朋友！

沈金台约好下周再来洗，便捂着胸口出了门。

虽然做了处理，可皮肤还是时不时就沁出一点血渍来。

文身小哥送他出门，等沈金台一走远，立马打了个电话过去：“宝贝，猜猜店里刚才来了谁？！”

女朋友兴致盎然：“谁呀？”

“沈金台！”

女朋友沉默两秒钟：“你是不是想吵架，不要跟我提那个人好不好！”

外头天色已经黯淡，夜幕上来，路灯却还没有亮。来往路人行色匆匆，没有人认出他来，即便他有一头标志性的粉红头发。

他又去了不远处的一个理发店，将发色染了回来，又换了个比较清爽的发型。

粉红色头发都能驾驭，自然皮肤白嫩，换了黑头发，肤色更显白皙。

理发小哥夸：“有点像个明星呢。”

想了半天没想起沈金台这个名字来。

沈金台对着镜子笑了笑，大概还不熟悉这张脸，照镜子的时候，倒像是在看别人。清新的五官，但包裹上他这个充满野心和欲望的灵魂，两相交融，却形成了一种矛盾的吸引力，犹如春来江水破寒，春水与碎冰交融。

要是变得更帅，岂不是迷翻演艺圈！

在家休息了一天，李美兰的电话就打过来了。

沈金台踢开被子，眼睛都没睁开，他习惯睡觉的时候不穿衣服，大喇喇地伸开四肢，大长腿搭在床沿上晃荡了一下：“喂？”

“给你接了一个男二号，你去不去？”

什么？男二号！

当然去啊！这可是男二！

“去去去！”沈金台立马睁开眼睛，精神抖擞盘坐起来，“我还能接到男二呢！”

看来没过气透啊。

李美兰干笑了两声：“不过……”

她又咳了一下："男一号是白月光。"

白月光，是白清泉的粉丝给他取的雅号。

"明月松间照，清泉石上流"，和白月光特搭。

沈金台和白月光是死对头，人尽皆知。

李美兰估计怕他会拒绝，急忙说："你也知道，你沉寂这两年，演艺圈更新换代多快，目前我能给你接到的资源，都是一些十八线小城市的站台活动，剧本一个都没有。"

这也难怪，沈金台出了名的木头疙瘩，不会演戏，他参演过一部偶像剧，因为演技太尬，还出圈成了表情包。

"白月光这人还真不错，他听说你要复出，就立马给制片人打了电话，制片人很爽快就答应了，约你明天去试戏。白月光现在可是一线，你能给他做男二，已经是你复出的最佳选择，你好好考虑下。"

制片人当然会答应啊，他们俩死对头同演一部戏，噱头足到爆，李美兰肯定也愿意，复出头炮，响亮最重要。

"还有……"李美兰欲言又止，最后还是说："这部戏是阳光传媒今年的重点投资项目之一……"

阳光传媒是阎氏集团这两年刚成立的影视公司，主管这一块的，正是阎氏年纪轻轻的太子爷，阎秋池。

"不用说了，我去。"沈金台说。

他正愁没机会接触到这俩人呢。

"叮咚，亲亲小爱上线啦。"

"我……"沈金台扔了手机，"你吓死我。"

小爱咯咯笑两声："恭喜亲，明日正式进入副本了呢。"

"是要发布剧情任务了吗？"

"没有呢，我们是很人性化的爱心系统，只要求结果，不关心您采取何种手段呢。不过为了让您更有积极性，这边打算赠送给您一个优惠呢。"

“什么优惠？”

“按照原来规定，您要赢了白月光，才能得到翘臀的奖励，为了让您提前熟悉我们的奖励系统，也因为我们爱心之家，奖励太过丰富，所以这边提前给您奖励升级，您只需要积得十分，就可以获得第一个翘臀奖励了呢。”

“能透露一下您那边丰富的奖励都有哪些吗？”

他可不希望全是什么翘臀。他要脸，脸，脸！

“您稍等，小爱帮您查一下……亲，您的下一关奖励就是变美呢。”

这他就放心了。

“因为我们对您的奖励大方向是越来越美，越来越性感，所以性感和美是依次循环奖励的，也就是说，第一关您的奖励是性感，第二关就是美，第三关依旧是性感，第四关还是美，以此类推呢。”

好吧，要做明星，身材和脸蛋确实要两手抓。

“对了，小爱这边友善提醒您一下，您的任务虽然是打败白月光，但实际是为了打压和磨砺男主，让他变得更强更有事业心。所以除了打败白月光可以升值加分，您与男主强强碰撞，也能获取相应奖励呢，毕竟男主和反派的较量，也会让读者打鸡血，增强小说可看性呢。”

嗯，好像是这样。

“碰撞越激烈，奖励分值越多哦。”小爱“嘿嘿嘿”笑了起来。

“你能不能不要笑得这么猥琐。”

“好的呢，小爱不打扰您了，这就下线了，加油加油加油！嘀！”

沈金台倒在了床上，这都是什么鬼？捏了捏自己的大腿，是真实的。

沈金台第二天一大早就前去试戏了，李美兰和他的助理小糖已经在门口等着他了，沈金台老远就挥手：“嗨，早上好！”

李美兰抱着膀子看了他一眼，然后看向小糖：“谁啊？”

“我也不认识。”

这年头这些名不见经传的小演员就爱瞎套近乎，一个个人不大，倒是很会自来熟。

这回应好冷淡啊。沈金台摘了墨镜："姐，早上好啊。"

李美兰和小糖都愣了一下，然后盯着他看了半天。

"……"李美兰伸出手来，捏着他的下巴左右看了看。

"金哥？"小糖说："我差点没认出来。"

他好久没见沈金台了，沈金台没什么工作，整天就知道跟在阎秋池后头，也用不着他。

沈金台瘦了，头发染回来以后，整个人气质都变了，最大的改变是着装。沈金台出道就以奇装异服引爆眼球，怎么花怎么穿，配以浓艳妖冶的妆容、高调的个性，在演艺圈里掀起血雨腥风。

可如今他从头到脚的干净，仿佛青春又回到了他身上，在阳光下蓬勃生长。

三个人进了电梯，李美兰说："你这真是王者归来啊，转性啦？"

"姐姐放心，今日之我已非昨日！"

他们要去的试戏间在三楼，电梯一层一层上去，叮咚一声，三楼到了，电梯门缓缓打开，沈金台的声音充满了重新做人的斗志："阎秋池是谁，我没有听说过！"

话音刚落，就看见电梯外头站着的四五个人怔了一下，为首的一身黑色西装，宽肩窄腰，线条高挺，两只手在裤兜里插着，一副生人勿近的高冷气场，听见他的话，眉头微微一皱，目光透过他前头的李美兰，直直地看向了他。

这人他认识，阎秋池。

下巴的线条硬朗冷峻，鼻梁高挺，薄唇干净，明明很贵气英挺的五官，却给人极周正的感觉。高冷的特质太浓烈，甚至带了些挑衅的味道。

沈金台一下子就明白原主崇拜他的原因了。

只可惜原主才爬到半山腰就被冻死了，没能看到他要的盛景。

沈金台的声音很有特色，阎秋池身边的工作人员光听声音就听出是他了。

这个跟屁虫阴魂不散啊。

“没有听说过？”呵呵！他忘了他天天恬不知耻地跟在他们老板身后的样子了？！

众人轻蔑地齐齐朝电梯内看去，结果就看见一个身着白衫黑裤的年轻男子，站在李美兰身后。

清清淡淡的一个黑发帅哥，颇有少年感，唇角还带着笑。

这是……沈金台？

这才几天没见，他怎么……怎么变成了这个样子！

第3章

李美兰他们也有点尴尬，说曹操曹操到。

“阎总，早上好。”她跟阎秋池打招呼。

阎秋池朝她点头致意，眼睛却一直看她身后的沈金台。沈金台脸色红了又白，跟在李美兰身后出了电梯。

“最好是这样。”

路过阎秋池身边的时候，他忽然听见阎秋池说了这么一句。

沈金台闻言扭头看过去，没有了浓重妆容，素面朝天的一张脸，眼珠清亮得有些陌生，他看着阎秋池，说：“那就如你所愿。”

然后在众人的目瞪口呆中，和阎秋池擦肩而过。阎秋池微怔，没有闻到沈金台身上一向张扬而霸道的香水味，他回头看去，只看到沈金台格外笔挺清瘦的背影。

天哪，好爽！

“叮咚！”正在此刻，小爱突然上线：“恭喜亲，成功获得两分奖励！”

这么容易？！

“刚才有点剑拔弩张的意思，这边检测到男主情绪波动，算是一次成功的挑衅呢。”

这么容易，感觉变美指日可待！

“阎总别生气，他就这样，这次不知道又在要什么花招。”阎秋池的私人助理高桥在电梯里说：“肯定是有什么诡计！”

旁边几个工作人员也跟着附和："就是就是！"

"他现在这模样是要模仿白清泉吧？"

说话的是一个面容俊美，略带邪气的男人，鼻梁上架着金丝眼镜，不但没有文人气息，反倒更像个衣冠禽兽。

阎秋池的好友萧扬，他对沈金台的厌恶，一点不比阎秋池少。

他挑着眉看向阎秋池："是比原来看着顺眼多了。"

阎秋池的脸上更添几分寒色。

高桥哂笑："东施效颦？"

阎秋池颇为严肃地看了他一眼，高桥便赶紧住了嘴。

他们老板一向不喜欢背地里议论人，更不喜欢身边人这样。即便对方是他最厌恶的沈金台。

不过高桥是真的不懂这个沈金台的脑回路。

他们阎总是含着金汤匙长大的名门公子，名校毕业，板正，有教养，身上是富养的气度，私生活检点得像个苦行僧；沈金台却集中了纨绔阔少的所有缺点，脾气坏又浪荡，仅有的优点是有钱……可那点钱在阎氏面前算个啥啊，他们根本不是一个世界的人。

沈金台随着李美兰他们进入了化妆间。

一进去就看见有五六个人围着一个穿白衬衫的帅哥说话，那帅哥漫不经心地听着，手里拿着指甲刀在那慢慢地磨指甲，看见他们进来，立即站了起来。

"金台，好久不见。"

身材高挑，男生女相，五官柔和精致，真人带来的美貌冲击力比照片强烈多了。

作为一个最普通不过的读者，沈金台当初看《对家》这部小说，最爱的就是白月光了。读者对主角都有滤镜，如今纸片人成了真，鲜活地站在他跟前。

沈金台想起《对家》里对白清泉的外貌描述。

什么他的皮肤像是剥了壳的鸡蛋啦，什么瞳仁湿湿的汪着一片湖啦，什么娇艳欲滴的嘴唇像花一样，看到的人无一不被他的气质折服之类的。

作者还特地加了一句：“这样的描述用在别人身上，可能会被群嘲，但用在白清泉身上，只会让人心悦诚服！”

如今看真人，是实话，气质呼之欲出。他对这个死对头有了莫名的赞叹。

沈金台也愉快地伸出手来：“你居然还能认出我。”

别人第一眼都没认出他来呢。

白清泉明显愣了一下，大概没有想到在镁光灯下都敢明目张胆给他白眼的沈金台，竟然变得这么平易温和。

这就和李美兰告诉他，沈金台接受了他的提议一样让他非常意外。

白清泉笑着说：“别人不知道，咱们俩一起出道的，当年在集体宿舍里，你素颜什么样，我还能不知道。”

沈金台，上了妆闪耀四方，卸了妆像邻家男孩，不像白清泉，出了名的素颜男神，据说他连拍戏都基本不化妆。

沈金台忍不住打量着白清泉。

“见过导演了吗？”白清泉尽量忽视了沈金台有些过于热情的目光，笑着看向李美兰。

对这个当下演艺圈一线兼“资源大咖”，李美兰也露出几分讨好的神色来：“没呢，这工作多亏了你，这不，我先带他来见见你。”

白清泉笑着说：“那走吧，咱们一块去。”

他们一行人离开化妆间，化妆间的工作人员立即凑在一起唏嘘不已。

“天哪，真是风水轮流转啊，谁能想到两年前还压过一头的沈金台，如今还要靠白清泉介绍工作！”

“是啊，当年那档节目，他们俩争主位，悬念直留到最后一刻，爆了三个热搜呢！”

“听说白清泉跟他就差一票！这也太戏剧化了！”

“说起来，谁不知道沈金台的票水分大，都是买的，白清泉才是靠着舞台魅力，一票一票挣过来的！”

“不过好在上天是公平的，沈金台如今家里破产了，人也沦落十八线，人都换了几拨了，最红的却只有白清泉！”

“这个戏可真的有得看了，俩对家握手言和，同拍一部戏了，而且第一名要给第二名做配，这话题杠杠的！”

“你还忘了说了，俩人中间还夹着一个太子爷呢！”

李美兰走在沈金台身后，一直小心翼翼地看着他。

沈金台纨绔习气，演艺圈得罪一批人，每次看见白清泉白眼都能翻上天，她再三教育他，不管心里怎么想，表面功夫要做足，沈金台就是不听。倒是人家白清泉，任凭外头疯言疯语，见了沈金台还是笑眯眯的，这才是做明星的素养！

不过她今天感觉很意外，沈金台竟然很恭顺，一点不耐烦都没有。

感恩啊。

沈金台盯着白清泉的后脑勺想。

没有哪个演员不想红的，这个红有粉丝意义上的，也有收视率和票房上的，演员没有话题，基本就和主角无缘了，最多老了熬一个老戏骨的名声。现在好了，他才二十岁，就能试待爆大戏的男二号！

他要抓住这个机会！

这部戏的名字叫《东宫来了》，古装权谋宫斗剧。

一看名字他就知道自己赚了！原著里有提到这部戏！

这部戏男主角是白清泉，女主角是90后第一花旦杨李枝，导演是郭瑞，刚拍了一部大爆剧……从配置上来说，这部剧可以说是今年最具期待值的一部电视剧了，事实上，他记得这部剧播出以后的确成为现象级大爆剧，人人都受益了，里头几个新人演员都跟着喝了肉汤。

原来的沈金台要是看到白清泉靠着这部剧火了大半年，估计能气死。

《东宫来了》是宫斗剧，男人就那么几个，白清泉当然演皇子，至于沈金台，在剧中演的不是皇帝也不是太医或侍卫，而是一个小太监。

男主的心腹小太监，随着主子的步步高升，他也跟着鸡犬升天，最后成为权倾朝野的大太监，后期终极大反派。

又坏又奸诈，人设很带感。

女主不光要跟女人斗，还要跟太监斗，这创新不火都不行！

他要试的这一段是他的重头戏，小太监为助自己的主子入主东宫，表面谄媚背后陷害太子，被皇后发现以后，意欲激怒皇后娘娘杖杀了自己，从而离间皇后和太子的母子之情。

“奴才只是最卑贱不过的奴才，只能听从主子们的吩咐。太子殿下要奴才伺候，奴才便只能尽心伺候。伺候不好，太子不满，伺候好了，皇后娘娘却要治奴才的罪，看来奴才唯有一死了。”

“准备好了吗？”导演郭瑞笑眯眯地问。

沈金台放下手里那张纸，吁了一口气，点点头。

他从前资源很少，每部戏他都是靠试戏争取来的，试多了，经验丰富，懂得如何在最短的时间，以最少的台词表现出自己的演技，哭戏更是他的强项。

就是有点尴尬。

以前看小说，也经常看到那些穿越女气质陡变，突爆技能震慑全场的雷人桥段，如今他也要重现这个“狗血”桥段了！

尴尬，激动！

“需要我帮你搭戏吗？”白清泉温声问：“一个人演我怕你会尴尬。”

百闻不如一见，果然是人美心善的小公主。

“好啊。”沈金台说。

多和白清泉有点接触，方便他日后做任务。

李美兰和小糖都攥紧了拳头，整个房间里的人全都盯着他们两个看。

天哪天哪，如果不是不允许外泄消息，他们真的好想拿出手机录下来！

白清泉要打沈金台啊！传闻两年前在化妆间，沈金台曾给了白清泉一个巴掌，如今要经典重现了吗！

“假打吧？”白清泉说。

“真打吧，反应比较真实。”沈金台揉乱了自己的头发，说：“不用手下留情。”

白清泉眼中神色不明，红唇抿得紧紧的。

“开始吧。”郭瑞攥紧剧本。

沈金台冲着白清泉点点头，白清泉嘴唇微微抖动，似按捺不住内心激动，又好像分秒入戏：“不知羞耻的狗奴才，竟敢魅惑太子！”

说完啪的一下，直接把沈金台扇懵了。

……

李美兰都打了个寒颤。

金台呀，千万不要暴走呀！这都是演戏！

她真的好怕沈金台突然爆发。

沈金台蹭了一下嘴角，再抬起头来，眼神都变了。

李美兰：这……真的是她带的沈金台吗？

一直被认为不可雕的朽木，如今竟自己逢春，开出花来了！

第4章

围观的人全部惊呆。

要知道，沈金台在隐退之前是拍过戏的。

偶像火得快，过气也快，所以每一批出道，坚持唱歌跳舞的都很少，大家都会往演员这条路上转，沈金台也不例外。

当初他和白清泉一起从节目中出道以后，竞争过同一部影视资源，沈金台踹掉白清泉，成功出演了男一号。

结果大家都看到了，沈金台贡献了好几个经典搞笑表情包。

木，是业内人对他最大的评价。

可是如今他们眼前的沈金台，简直脱胎重生了一样。倒不是说他演得多震撼，而是比心理预期强太多了。

郭瑞要他来试戏，一是为了给白清泉面子，二来也是觉得白清泉和沈金台搭戏，宣发费用都能省一半，话题太足了，但他就是对沈金台的演技不放心。

如今看他演成这样，心里一百个满意，又让沈金台去试妆。

形象倒是挺契合的，就是美貌度有点不足，可沈金台本身的噱头弥补了这一缺点。

郭瑞又让他带妆试了一段戏，更好了。

这部剧他的话语权很大，直接就定下了他，去给制片人打电话。

沈金台脸色还是潮红的，用纸巾按了一下泛红的眼尾，很淡定地看向李美兰。李美兰按捺住内心激动，淡淡地说：“交给我。”

合同还是要好好谈一谈的，李美兰本来还想能应征上就去庙里拜佛的，可看到郭瑞这么满意，定得这么快，加上这是沈金台复出头炮，她觉得筹码还是很多的，可以谈谈价格。

双方合作的诚意都很大，合同很快就落实了，签完合同以后，沈金台就收到了前二十集的剧本。

“下周一咱们所有主创都要过来开剧本围读。”工作人员提醒他。

沈金台点点头：“好的。”

剧本围读很重要，在开拍前大家坐在一起研讨，对剧本进行进一步完善和调整。

“那咱们就后天见了。”白清泉笑着说：“我得走了，那边摄影师在催了。”

沈金台主动伸出手来，俩人握了一下手。

“刚才下手重了点，你多见谅，主要是没拍过扇巴掌的戏，没掌握好力道。”

“没事。就当是演习了。”沈金台松了手，楼道口的白日光透进来，正好照在他身上，清泠泠的。白清泉有点不习惯这样的沈金台。

骨骼清瘦，形态挺立，好像有那么一点……气质？！

那看他的时候格外专注的温柔眼神，又是几个意思？

看得他心里毛毛的！

白清泉回到自己的房间，关上门，握着拳头跺了跺脚：“啊啊啊啊！”

他的经纪人威哥看到了立马说：“不是自己家，你克制一点，被人看到你这样，你‘人设’就全崩了！”

“气死我了！”白清泉像是变了一个人：“你刚才看见了吗，你刚才看见了吗？！”

“看见了。”威哥淡淡地说。

白清泉跺脚："他怎么可以演得这么好！！！"

台词，气息，咬字，情绪，节奏，就连眼泪都掉得那么快那么多!

"是好事啊，你也是遇强则强。"威哥说。

"可我把他请过来是为了羞辱他啊，万一我被无情比下去了怎么办？！"

"对自己有点信心。"

"可我演技也就那样，上一个最佳男演员，还不都是靠人气得的……"

威哥扶额："那……咱们再找导演聊聊，把他换掉？"

白清泉抿着唇想了半天："算了，我喜欢他给我做配角。"

演技再好也是配角啊，还是"美貌的小太监"，沈金台跟他比美貌？！笑死人，直接碾压!

而且他认识沈金台又不是一天两天了，就沈金台那水平，刚才那一段肯定是超常发挥，他的演技出了名的木，没道理荒废了两年，就成老戏骨了。

想起沈金台曾经给他使的绊子，他受的罪，流的泪。

他一定要把沈金台摧残得满地找牙!

"啊啊啊！"李美兰跺脚。

沈金台问："我演得还行？"

"不是行不行的问题，是太好了。"小糖扶了一下眼镜说。

"你真的突然顿悟啦？"李美兰克制不住的激动："怎么突然演得这么好！"

"可能在阎秋池那边吃了很多苦头，理解了人生百态！"沈金台说。

"做得好！"李美兰说："只要你肯好好工作，有钱有颜又年轻，未来一片光明！"

"我也这样觉得，"沈金台两只手插在裤兜里："我看白清泉就比阎秋池强多了！"

旁边"啪嗒"一声，他们俩扭头看去，就看见门口一个青年男子手里的咖啡掉在地上，溅了一片。

电梯合上以后，那青年男子立即捡了杯子飞快跑大厅去了。

高桥跑得飞快，直接坐电梯上了十楼。

“老板，有件事，我觉得我可能需要跟你说一下！”

阎秋池坐在办公桌的另一头抬起头来，面无表情看着他。

他们阎总长得比一般明星都要英俊，就是人冷，高桥有点犯怵：“那个，我刚才在门口碰见了沈金台，听见他说……”

他鼓足勇气：“我想我知道他的阴谋是什么了！”

“我觉得你们可能更想要看看这个，”沙发上歪着的萧扬坐起来，拿着手机说：“热搜第八，你们看看。”

阎秋池拎起桌子上的手机，慢悠悠地点开了社交平台，等看清了热搜上的内容，眉头微锁。

高桥也赶紧掏出手机看了一下，只见热搜第八：“沈金台＃文身”。

有博主发文：“惊天大料！沈金台洗去文身！！”

今日天气不好，本来乌云一片，此刻外头乌云散去，阳光一下子透了出来，天色澄明灿烂。

沈金台上车之前，看到车玻璃上映出自己的倒影，就停了一下。

刚和白清泉这样的大帅哥碰过面，再看玻璃上的他，就觉得浑然路人。

他如今这样的相貌，资质在演艺圈确实只能算一般般。

不过不要紧，他相信他能圆满完成任务，总有一天，他会成为最耀眼璀璨的所在。

“你好，小爱。”

“叮咚，亲亲，小爱有什么可以帮您？”

“我能提前知道你们丰富的奖品当中，具体都有哪些吗？”

“太多了呢。亲亲，您自己都有哪些想要的呢，小爱这边可以帮您确定下。”

“宽肩，细腰，大长腿。”沈金台说：“二次元的头身比头肩比，祖师爷赏饭的电影脸。”

“统统都有！”小爱说：“我只能告诉您说，基本上只有您想不到的，没有我们给不了的，所以亲，加油！”

小爱仿佛比他还要兴奋!

搞得沈金台都兴奋了。

他似乎感觉有人在楼上看他，便回头朝大厦看去，却只看到大厦玻璃反射的光，很晃眼。

第5章

阎秋池站在落地窗后头，看着楼下。

高桥一边刷手机一边说："沈金台这是又在搞什么鬼！"

"他这真是……想复出了？"萧扬问。

阎秋池没说话，立在窗前，看着沈金台坐车走远。

想起他和沈金台擦肩而过的时候，沈金台回头看他，说："那就如你所愿。"

语气坚定，眼神清明。

"你刚才要跟我说什么？"他转过身，问高桥。

高桥赶紧放下手机："噢噢噢噢，对了，忘了说了。我刚才出去买咖啡，碰到了沈金台和李美兰他们，结果我听他说……说……"

萧扬不耐烦地说："能不能一口气说完。"

高桥说："他好像打算要对白清泉出手了，说……说白清泉可比老板你强多了……"

萧扬说："这招够狠啊。"

"他不是最讨厌白清泉了嘛，明里暗里发通稿拉踩了他多少回。我看他这是声东击西，故意引起老板你的注意。"高桥说。

白清泉是他们阳光传媒最赚钱的艺人，沈金台显然是在搞迂回战术。

今天是白清泉上热搜的日子。

白清泉走的是"小仙男"路线，不争不抢白月光。

白月光这种人设容易没黑点也容易没爆点，有工作有曝光的时候就可能上一个热搜。

今天他参演的《东宫来了》定妆照公布，大概因为很久没露面了，靠着粉丝打鸡血就上了第二。

排第三的是杨李枝，当红小花旦，跟他一样是因为定妆照上的热搜。

白清泉今天看热搜，本来很满意。

演艺圈男一线的位置还在。安心了。

咦，等等……

白清泉好像看到了一个熟悉的名字。

就在热搜第六位。

沈金台！

他几乎以为自己花了眼。

他们的合同都是签了保密协议的，沈金台参演《东宫来了》这部剧如今还在保密阶段，在等剧组官宣，他不信沈金台敢在这时候买热搜。

他赶紧重新刷新了一下，“沈金台 文身”这个热搜，已经压过杨李枝，升到了第三位！

他一个激灵坐了起来，再刷一遍，结果眼睁睁看着沈金台的热搜压过自己，跃到了第二位。

“……啊！”

他立马跳起来，对威哥哀号：“沈金台他怎么跑热搜上去了！”

沈金台正坐在车里看剧本，手机突然响了起来，他看了看上头的来电显示，是林旭。

林旭，沈金台的女闺蜜，俩人住一个小区。

这还是他和闺蜜第一次打交道，有点忐忑地接了电话，就听林旭嚎叫着在电话那头喊：“啊！你上热搜了！”

“啥？”

“你上热搜了！”林旭很激动。

她和沈金台是青梅竹马，知道沈金台这热搜应该不是买的。

沈金台，是演艺圈为数不多的完全靠“体质”热搜的人。

“你现在在哪？”林旭激动地问。

“我在车上，等会回家。”

“我也刚下飞机，在半路上了，咱们回家聊。”林旭最后感慨一句，“你终于想通了！”

“……”

沈金台挂了电话以后赶紧上网看了看，就看见自己的名字挂在热搜第二上，后头一个“沸”字。

好魔幻。

看见自己的名字出现在热搜上，实在是诡异至极。

李美兰扭头看他：“怎么了？”

沈金台把手机转向她。

李美兰浑身一震，赶紧掏出自己的手机看了一眼，确定不是修图。

“你买的？”她问沈金台。

“我现在哪有钱买热搜。”沈金台说。

那倒是……

李美兰激动得手抖，沈金台上热搜，感觉都是上辈子的事了，她乍一看，有点想哭是怎么回事！

“你……你洗文身啦？”她眼眶红红地抬头问沈金台。

沈金台一边看热搜，一边点头。

“沈金台，是哪个沈金台，那个沈金台？”

“连沈头花都没听说过，这可是前前前一线！”

“无图言啥，这种料我一天能编一百条！”

“沈金台自己的话题下里爆出来的，粉丝信誓旦旦。”

“应该是真的，有他和文身店师傅的合照。刚从他话题那过来，简直笑死人，金粉全在嗷嗷叫！”

“我天，沈头花还有粉丝啊，我以为早脱光了。”

“这事我昨天就见有人搬了，不过没传播开，今天被几个号一炒就上热搜了。”

“最近我区天天嚷着这个爆了那个爆了，是时候让她们看看什么才是真的爆了。”

“有人不认识沈头花？那是时候献出我珍藏多年的表情包了。”

“辣眼睛……”

“我瞎了。”

沈金台点开一看，就看见几张“鬼畜”动图，全是他。

沈头花，是沈金台的外号。

“炮灰”之所以是“炮灰”，就是因为他们的智商着急。炮金台“黑历史”无数，但若论翘楚，还是当属“扯头花”事件。

“扯头花”，网上解释：当男生弱到一定程度的时候，打架甚至打不赢女生，这个时候就需要使出扯头花大法，一把扯掉女生头上的头花，便可达到防身的效果。

沈金台曾在一次颁奖典礼的后台，与一个女明星起争执，一个男人竟然和一个女人动手，还扯人家头发，Low（低级）到人神共愤。

沈金台也因此博了个黑称——沈头花。

他一向形象妖艳，舞台动作更是火辣，有人给他头上修了朵大红花，编名“头花舞”，曾“血洗”某视频网站。这几张动图便是这么来的。

沈金台看得浑身冒汗。

李美兰说：“你是不是涨粉了，我记得你前段时间粉丝只有一百多万了。”

沈金台愣了一下，赶紧跑自己社交平台上看了一眼。

“这么多！两百万！”

李美兰：“哥哥，你以前粉丝最多时有两千万。”

沈金台：“……”

好吧。

不过两百多万也够多了，就是不知道真的粉丝有多少。刷新了一下，二百一十万了，他真的回粉了欸。

“说说吧。”小美女林旭往他沙发上一盘腿，“我出国这几天，到底都发生了什么事？”

“你想听什么？”

“当然是你文身的事啊！”林旭说着就要伸手扯他的衬衫。

沈金台挡住她：“不用看了，是真的，我真洗了，不过还没完全洗掉，得多去几次。”

“发生了什么事，为什么突然想起来洗？”

沈金台说：“因为我觉得文身很傻。”

“我知道很傻啊，可是你不是一直很傻，为什么突然不傻了？”

沈金台：“……”

“快快快，一五一十全都告诉我，中间发生了什么事！”

沈金台胡想了一下，脑子里便浮现出角色之前发生的事。

他死缠烂打地表达着对阎秋池的崇拜之情，却被阎秋池推开，他红着眼睛，像是发了狂，上手拧了阎秋池的脖子。

不过这次连文身都洗了，看起来还挺认真的。

虽然是沈金台的闺蜜，但林旭还是站在阎秋池那一边的。说真的，沈金台的一些胡闹行径，连她这个闺蜜都看不下去，太过了，如果不是从小一起长大的情分，她早把这个闺蜜踹了。

阎秋池就不一样了，简直骨子里都是教养细胞，太过优秀，以至于他的冷漠都像是一种礼貌。

“那你现在是什么打算，重回演艺圈？”

沈金台点头：“我刚接了个本子，男二号。”

“哇。”林旭也很意外：“你现在竟然还能接到男二号啊。”

“男一号是白清泉。”沈金台讪讪地说。

林旭皱了一下眉头。

“这操作，妹妹不服都不行了。”林旭说。

沈金台的热搜在网上挂了大半天，晚上睡觉之前，还在上头挂着，只是掉到了二十多位。

沈金台在黑暗中躺了一会，有点睡不着，他就打开了床头灯，然后将自己的睡衣解开，捞过手机，拍了几张照。

最后又修了一下，用表情包遮了一下重要部位，然后发了他复出后的第一条动态。

“旧的我已经死去，新的我正在重生。”

配图，略有些红肿的文身，纹路已经模糊，唯有一张不着修饰的脸，清爽干净。

阎秋池将手机丢在桌子上，仰头喝了几口水，手机屏幕却还亮着，“沈金台#文身”在深夜时分一跃冲到热搜第一，后头紧跟着一个“爆”字。

热评第一：“爆个料吧，内部消息，他确定要复出了。”

第6章

一石激起千层浪。

几大娱乐论坛全在议论。

“我刚在微博看到说沈金台要复出了？真的假的，你区有真料吗？”

“不清楚，不过看这势头，十有八九真要复出了。”

“我来爆个料吧，确实要复出，而且是某一部你区正在热议的宫斗剧，惊呆了。”

“不会是《东宫来了》吧？”

“《东宫来了》不是定了男主白清泉？”

“造谣，《东宫来了》已经定了白清泉，定妆照都发了，他怎么可能会跟沈金台演同一部戏！”

紧接着便是白清泉的粉丝美图刷屏，全是白清泉的个人美照。

沈金台看了老半天，终于在白清泉的盛世美颜里进入梦乡。

梦里依旧是从前的他，从跑龙套做起，做过替身演员，当过杂务，凭借着自己对表演的热爱，一步一步，熬成了黄金男配，终于靠着一部小成本文艺片，得到了最佳男配的提名。

好像把自己漫长的一生都又过了一遍，醒过来的时候特别累。

他因为好不容易才爬上去的，怕被爆出来影响自己的演艺事业，一把年纪都没谈恋爱。

如今他有机会靠着美貌搞事业，仔细想想还不赖。

他揉了一下眼睛，躺在床上好好理了一下思绪。

《对家》里头，按照传统设置，会有一堆人都觉得白月光有多好多好，冰山男主也不能避免。在此之前，阎秋池还是个“阎牌坊”。

沈金台的外号“沈头花”，貌似好听其实都是讽刺，阎秋池外号“阎牌坊”，不好听但饱含读者爱意。

没错，高冷的人都会有一个特色，那就是他对谁都冷漠。

然而这一次，近水楼台先得月，他要趁着这次拍摄，让白月光折服！

沈金台爬起来去洗漱，正打算解开睡衣看看自己胸前的文身怎么样了，手机就响了起来。

他赶紧噙着牙刷过去接了，看了看上头的来电显示，竟然是阎太太打过来的。

这就要好好说一说阎家和沈家的关系了。

阎家的太太和沈家的太太是好闺蜜，后来双双嫁入豪门，只可惜沈太太没福气，嫁入豪门没几年就去世了，只留下一个儿子，就是沈金台。

阎太太怀念闺蜜，对闺蜜的儿子也无尽怜爱，常请沈金台去他们家玩，一来二去，沈金台就和男主阎秋池成了好兄弟。

当然了，俩人不是一个世界的人，也做不了真正的朋友。

沈金台接了电话：“阿姨。”

阎太太声音洪亮：“秋池今天回来吃午饭，你赶紧来我家呀。”

沈金台把牙刷放下：“我就不去啦。”

阎太太：“……小金，你怎么了？热搜我都看见了，是真的呀？”

沈金台“嗯”了一声：“我刚接了个剧本，打算在家好好看剧本，就不去您那边了。”

阎太太好像一时不知道说什么，最后说：“可……可今天是我生日呀。”

沈金台愣了一下。

那是得去了。

阎太太对沈金台如同慈母，她对自己的儿子都没这么好。

“对不起，我都忘记了。”沈金台说。

“没事，你家里最近这么多事，阿姨理解，你赶紧来啊，做了好多你爱吃的菜，一家人都在，我这就让司机去接你。”

挂了电话，沈金台赶紧去洗漱。

然后他立即把衣柜里的所有衣服全都拿了出来，摆了一床。

破产归破产，瘦死的骆驼比马大，公司破产并没有影响到他，依旧住着别墅，一床的衣服全是名牌货。

他挑了件藏青色的衬衫，配了深灰色的西装裤，休闲又沉静。

这边穿好衣服，那边阎家的司机也到了。他看了一眼挂在墙上的那件西装，转身出了门。

来接他的司机看到他的第一眼也都没认出来，他这个反应让沈金台很满意。

他就是要给别人一切从头来的印象。

阎家住在城中心，紧靠着市政府后头的别墅群，这是南城最值钱的地段了。沈金台趴在车窗上看了老半天，很遗憾，他觉得这个城市和他以前见过的并没有什么两样。

如果能到修仙的世界里，他此刻正在御剑飞行吧？

前头的铁大门打开，沈金台总算看到了阎家的富庶。

因为这别墅和他住的别墅不一样，并不是普通的别墅，他住的地方别墅是一栋挨着一栋，这边的别墅，竟然全都有极大的花园，大门进去以后还要开很久，简直就是庄园的规模了。

庭前已经有几个客人在散步了，阎太太看见沈金台的车子过来，便笑盈盈地站在了路边。五十岁的女人了，丰满端厚，乌黑的头发盘起来一个发髻，上头别了一朵红色的花。

"小金。"阎太太笑着叫道。

在看到本人的时候却愣了一下，沈金台下了车，系上西服的扣子，一头粉红头发染成了黑色，格外成熟稳重。

旁边的几个客人也都愣了一下。

"那是谁啊，沈金台？"

"变化这么大……"

"看来他是认真的啊，你们看到昨天的热搜了吗？"

有钱人哪有空天天刷手机，没看到的是大多数，于是一堆人便凑在一起讨论起来了。

沈金台往周围扫了一眼，没看到阎秋池。阎太太笑着挽住他的胳膊："看什么呢？"

"没看什么，阿姨，生日快乐。"

"谢谢。"阎太太声音格外亮堂，一看就是豪爽的人……当然了，吵起架来就是另一个样子了，隐约可见恶婆婆的气场，"在找秋池吧，他还没回来呢，说等会就到。"

沈金台惊了一下，他找阎秋池的神情这么明显？

这样不行，搞不好大家就以为他嘴硬了一场，心里还是崇拜着那个千年冰棍呢，太丢人了吧。

等会阎秋池到了，他一定一点眼神都不给他！

想曹操曹操就到了，阎太太笑着看向远处。"呀，秋池回来了。"

沈金台回头看去，就看见一辆黑色宾利缓缓开了过来，今日天气好，阳光照在车上，偶尔的反光有些晃眼。车子在他们不远处停了下来，一身黑西装的司机先下了车，然后跑到后头，弯腰给阎秋池拉开了车门。

不愧是"龙傲天"男主，这大老板派头，果然风光。

一条大长腿伸了出来，露出脚踝处黑色的袜子，皮鞋锃亮一尘不染，裤管笔直不见皱痕。

好长的一条腿，男人腿长，最性感了。

所以要什么翘臀，他要大长腿！男人腿长才好嘛！

阎秋池下了车，看到他的时候眉头微微皱了一下，然后很绅士地冲他点了一下头。

背地里都嫌弃成那样了，外人跟前，依旧能维持他的绅士风度，搞得沈金台都不好意思不给他眼神了，便也点了一下头，算是打了招呼。

只是点完头以后，沈金台就把脸侧过去了，大概他今天梳了斜背头，穿的又是正装，那样子颇有些倨傲，像一只骄傲的孔雀。

他绝不会再多看阎秋池一眼！

第7章

阎太太的生日宴热闹隆重，觥筹交错把酒言欢，阎太太却细心地发现了一点异样。

从前恨不能把眼睛黏在阎秋池身上的沈金台，今天突然性情大变，看都没看他一眼。

阎太太把阎秋池叫到客厅，问："到底怎么回事？"

阎秋池问："什么？"

"你和金台，"阎太太说："你又欺负他了？"

阎秋池没说话。

他一直这样，知道阎太太喜欢沈金台，所以提到沈金台就不说话。

"我看你到底能找个什么样的真心朋友！以后你就知道，你去哪儿找个对你这么好的人呀。"

阎秋池说："没别的事，我就先出去了。"

阎太太气得不行。

她这个儿子什么都好，论优秀那绝对是万里挑一，就是这件事不让她顺心。她听沈金台说，阎秋池一直和他们公司的一个男艺人走得近，叫白清泉。

沈金台以前天天骂白清泉，导致她看到白清泉，就感觉有一股"绿茶"味。

"绿茶"她见过的太多了！

她这暴脾气，最讨厌的就是这种外表清纯无辜，一肚子坏水的“绿茶”！沈金台虽然也有小毛病，但是性子直啊，爱恨分明。

阎秋池从房间出来，到了宴客厅，就看见沈金台在和他弟弟阎耀轩聊天，大概环境有点吵，阎耀轩还凑到沈金台耳边说话，白皙的脸庞带着酒色潮红，一看就是喝上头了。

阎秋池皱了皱眉头。

要知道沈金台以前素来不爱搭理他弟弟的。

“你觉得沈金台想要干吗？”萧扬捏着一杯威士忌，看向沈金台和阎耀轩他们：“你们几个真有意思。”

阎秋池说：“耀轩，他就单纯追星。”

“我看可未必。”萧扬说：“沈金台什么事干不出来，你弟弟可不是他的对手。”

阎秋池就突然想起某一天，沈金台忽然对他说过：“耀轩对我比你好多了。”

阎秋池一时说不上心里是什么滋味，冷着脸朝沈金台看过去，沈金台一如整场晚宴中的表现一样，兀自谈笑风生，从未朝他看过一眼。

沈金台发现阎耀轩果然是个“傻白甜”。

阎秋池的弟弟，和自己一样，在这个小说里，都只是个“炮灰”。

可怜的阎耀轩，他考虑拯救他一下。

“你洗文身怎么也不去个正规的医院，那种街头小店卫生条件达标吗？他们也不懂得保密，隔天就给你捅出去了。”阎耀轩说。

“也挺好的，省了我自己炒作了。”沈金台说：“就怕他们不爆料。”

“小金，你和我大哥怎么了？”

阎耀轩比沈金台还要小一岁，却喜欢随着家里人叫他小金。

“我已经痛定思痛，专注事业！”

阎耀轩就笑了，说：“太好了，我就等你复出呢，你以前在舞台上多耀眼！”

在粉上白清泉以前，阎耀轩是沈金台的迷弟。

“炮灰”和“炮灰”应该抱团取暖，沈金台今天对阎耀轩各种热情，这是从未有过的事，阎耀轩红着脸，心脏狂跳。

沈金台将这一切暗收眼底。

他要把阎耀轩变成他的忠实粉丝，气死阎秋池。

话说回来，也不知道阎秋池看到没有呀。

于是他就朝人群中扫了一圈。

人多，大部分他都不认识，他扫了一圈，忽然见阎耀轩脸色一黯，问：“你在找谁？”

“我想上厕所，”沈金台说：“你家楼下的洗手间在哪边来着？”

阎耀轩不肯戳破他的拙劣谎言，指了指右边的走廊，只是刚才还满是笑意的脸上蒙了一层阴霾。

沈金台在他家住过很长时间，怎么会不知道洗手间在哪。

沈金台放下酒杯就过去了，刚解开裤子，就察觉有人在他旁边站定，眼睛在偷偷打量他。

他扭头一看，是个长得还不错的年轻男人。

那男人目光和他对上，赶紧扭过头去，手抖了一下，差点尿到外头去。

沈金台哂笑，解决完出去，见那人也跟着他出来了，眼睛一直往他脸上偷瞄。

沈金台洗了下手，揪了一段纸巾，一边擦一边透过镜子看那个男人。

不知道是单纯的恶作剧还是他残余的粉丝？

他从洗手间出来，穿过走廊，快走到客厅的时候，突然看见了阎秋池。

阎秋池微低着头，姿态端正从容，在跟一群非富即贵的老头聊天，隔着人群看过来，目光锐利。

你别说，男主就是男主，乌泱泱的一群人里鹤立鸡群，凭借着优越身高有了卓尔不凡的气场，高贵而英气。

沈金台灵机一动，就靠着走廊的墙壁停了下来，回头看刚刚尾随他的那个男人，然后朝他勾了勾手。

那男人愣了一下，不过还是朝他走了过来，脸色微红，看得出来十分紧张和激动。

“认识我？”沈金台问。

那男人点头：“你是沈金台。”

沈金台就笑了，问说：“有话要跟我说吗？”

“我很喜欢你的舞台！”那人显然激动坏了，有点不知所措。

沈金台伸出手来，搭在对方的肩上：“实不相瞒，我和阎秋池的事，想必你也听说过，我被他嫌弃惯了，造成我现在严重不自信，看不到自己身上的闪光点了。”

对方一听，立马激动起来：“你怎么还不自信？你那么优秀！”

沈金台把头发撩起来，露出脑门，左右转了转头：“你觉得我哪个部位最好看？”

对方说：“你都好看！”

看来是铁粉了，问不出什么东西来了。

沈金台觉得自己在阎家呆得也够久了，于是就找阎太太告别。他打算回去看剧本。

作为一个事业心爆棚的人，不管是美酒佳肴还是帅哥美女，都不如剧本吸引人。

“太太在楼上呢。”阎家的人说。

沈金台就上了楼去，宴会安排在一楼，二楼是主人住的地方，鲜有客人上来。二楼今天也摆了很多鲜花，一路走过去都是清新香气，有几种花实在太香太美，沈金台都不认识，他就低下头闻了闻，正伸手拨弄那些花呢，就察觉有人走了过来。

他回头一看，是阎秋池。

秉着今天绝不多看他一眼的原则，沈金台赶紧起身往阎太太的房间走，他走得快，却感觉身后的脚步声也快，他心里一紧，赶紧回过头来，就被阎秋池捞住了胳膊。

沈金台直接撞到了墙上，他闻到酒的香气，抬头看去，入眼便是漆黑的眼，高挺的鼻，高冷气息爆棚的薄唇。

这样挺拔高冷的五官，贴近的时候，反倒有一种浓烈的魅力，让人无所适从。

“你干什么？”

“你想干什么？”阎秋池反问。

阎秋池并不是那种激烈地挟制，他整个人散淡地站在那里，仿佛都没有使力，只有沈金台才知道他的力气究竟有多大。

沈金台还记着，挑衅阎秋池，也可以得分。他眼睛黑溜溜地瞅了瞅阎秋池，最后目光定格在他脖子上的拧痕。

拧痕位置比较靠下，阎秋池穿衣严谨，扣上最上面的一颗扣子以后，拧痕几乎就看不见了。

沈金台灵机一动：“因为上次我拧了你，你觉得吃亏吗？”

他就将自己的领口解开，手指灵活地挑开衣领，头微微侧过去，露出一截白皙纤长的脖颈，喉结倒很凸出，上下滚动了一下。

“来吧，我让你拧回来。”沈金台说。

“叮咚！”小爱突然上线：“恭喜亲，获得三分奖励，累计五分！继续加油！”

小爱你真的没有暗箱操作白送分吗？！

“这边检测到男主的情绪波动比上次还要大呢。”

沈金台想赶紧积够十分，得到翘臀奖励以后他就可以顺利朝着变美进军了。

什么最能激怒阎秋池？

不入虎穴焉得虎子！

第8章

沈金台以往说过无数比这更过分的话。

只是这一次还是有些不一样，语气挑衅，还多了分痞气。

阎秋池沉默未语。

沈金台等着小爱给他加分，结果半天没听到小爱有动静，再看阎秋池，竟然已经后退了一步，冷冷地看着他。

……

“你们俩……”阎太太站在门口，呆呆地看着他们俩：“没事没事，你们继续。”

阎太太说着赶紧就又回到自己房间去了。

沈金台系上扣子，赶紧朝阎太太走了过去：“阿姨啊……”

才刚两步，就又被阎秋池给拽回去了。

不对。

阎秋池看着沈金台。

眼神不对。

以前的沈金台，看他的眼神不是这样的。

他的眼神应该是充满崇拜的，而不是现在这样，澄净又挑衅。

外貌的改变或许寻常，但这种仿佛换了一个人的陌生感又是从哪里来的。

他就松开了沈金台。

沈金台的衣服都被扯皱了，他拉了一下领口，问：“还动手吗，不动的话我就走了。”

阎秋池说：“你要再多花招都没有用。”

沈金台故意和他弟弟阎耀轩套近乎，为了什么？

为了激怒他吧？

呵呵。

沈金台听到这话就来气：“你放一百二十个心，我现在对你一点崇拜都没有了。”

沈金台笑了一声，脸上忽然浮现出一种不怀好意的狡黠，没有回答他，直接朝阎太太的房间走去。

“哈喽小爱，一点波动都没有吗？！”

“这边检测到的波动值不高呢，这样吧，勉强给您加一分吧，累计六分。”

“……这个是不是你想加就能加的？如果是的话我可以讨好你开个后门？”

“不行！”

沈金台敲了一下房门，就听阎太太在门后激动地说：“进来。”

沈金台进去，就见阎太太笑成了一朵花，比她头上的那朵还要灿烂。

“……阿姨，我解释一下……”

“不用解释，阿姨都明白。”

不，您不明白啊阎太太！

“秋池这个人呢，外冷内热，他这人就这样的，就算心里有什么，也都不爱表现出来。你和他从小一起长大的，情分肯定是有的，你别灰心，日久见人心，铁杵磨成针啊。”

阿姨您的成语好像用错了吧？

沈金台忙说：“不，阿姨，我真的不会打扰他了，我现在崇拜的人是我下部戏的男一号。”

阎太太一愣，问："谁呀？"

"白清泉。"

说出来的刹那，沈金台突然意识到了什么。

果然，阎太太一听脸色就变了："那个人？你不是最讨厌他吗？！"

沈金台才想起来原身没少在阎太太面前说白清泉的坏话。

他正想着要如何解释，阎太太就突然露出恍然大悟的神情来："啊，我明白了……"

看她的神情……

不，阎太太，您还是不明白！

阎太太笑了笑，说："放心吧，不管你做什么，阿姨都支持你！"

……沈金台打算告辞了。

"我得回去看剧本了。"

"男孩子，是该有点事业，我以前也常劝你，有事业心的男人才最迷人呢。"阎太太说着就打了个电话："小金要回去了，你替我送一下吧。"

沈金台还以为她叫的阎家的司机，谁知道走到外头才发现开车的是阎秋池。

"让秋池送你。"阎太太一副"老娘永远支持你"的表情。

哪敢劳烦男主给自己当司机，沈金台正要开口，就听阎秋池淡淡地说："上车吧。"

沈金台就在阎太太心满意足的目光中上了车。

车子从庄园的树林里穿行而过，路两旁鲜花五彩缤纷，点缀在绿草地上，道上全是凉荫。阎耀轩站在三楼的落地窗前，冷冷地看着车子走远。

"哈喽，小爱。"

叮咚一声，就听见小爱抑制不住兴奋地喊："亲！"

"我想问，"沈金台停顿了一下："他有波动吗？"

"没有呢。"

沈金台感觉很惊奇。

但他一心要变美，没有什么能阻挡他变美的步伐。阎秋池在他眼里，就是个上位的踏脚石，如今踏脚石就在眼前，车里又只有他们两人，他不踩上一脚，都对不起这天时地利。

他就扭头朝阎秋池看去。

侧颜尤其迷人，鼻梁生得太优越了，又高又挺，衬衫裹着肩颈，就是扣子扣得有点紧了。

察觉沈金台的眼神炙热地在他脸上扫荡，阎秋池的脸就像一池不起波澜的水，除了眼前的路，看不到旁边的人。

果然。阎秋池暗暗地想。他现在就想知道，沈金台是真的改头换面，还是像高桥所说的那样，做这一切改变，只是为了吸引他的注意。

“这就是你说的，对我一点崇拜都没有？”阎秋池突然开口，却没看他。

沈金台说：“我在想，你领口的扣子，是不是从来没有解开过？”

牛头不对马嘴的两句话，终于让阎秋池转过头来。

“我觉得我以前可能就是想解开你领口的扣子。”沈金台说：“你扣得太紧了。”

阎秋池神色蒙上了一层阴霾，猛地踩了个急刹车，将车子停到了路边，而后扭头看向沈金台，却见沈金台嘴角带着一抹若有似无的笑。

“亲，男主情绪激动，奖励四分，累计九分！”

还差一分！

沈金台脸色微红，果然还是要下猛料！

“沈金台，”阎秋池直接叫了他全名，但这一次似乎忍住了怒气，说：“你知不知道，你现在接的这个戏，我可以随时把你换掉。”

“我说我对你已经不崇拜了，你是不是一直都不信？”沈金台感觉自己眼前好像有个数字，“九”字要蹦不蹦，转眼就要破“十”。

阎秋池说："滚出去。"

叮的一声，沈金台听到小爱土拨鼠尖叫道："恭喜亲，翘屁奖励已经送出！"

沈金台只感觉浑身燥热，心跳极快。

终于攒够十分了。

他吁了口气，说："没看到吗？我的决心。"

阎秋池闻言就朝他胸膛上看去，就看到了他才洗了一次的文身。

比照片上的更清晰，白皙的身体，彩色的文身，被略有些红肿的皮肤晕染到一起。

"从前种种，都是我的错。以前我已经严重影响了你的生活，给你带来了很多困扰，不过你放心，以后不会了。你要不相信……"沈金台感觉自己这一番肺腑之言还蛮感人，放在戏剧里，这应该是算是重头戏了，他很激动地说："你要不相信，可以摸摸看，我绝对一点感觉都不会有。"

阎秋池："……"

沈金台挺挺胸，大概人还沉浸在初次领得奖励的喜悦里，眼神都温和了，带着鼓励的神色。

阎秋池："下车。"

第9章

沈金台灰溜溜地下了车，一下车，外头的热气就迎面扑来，他一边系着扣子一边看着阎秋池的车子走远。

阎太太正在送姐妹出门，老远就看见阎秋池的车子开进来了。

等送走了姐妹以后，她立即跟着阎秋池上了楼："这么快，送到家了？"

阎秋池"嗯"了一声，继续往他房间走，阎太太说："你等会，我有话要跟你说。"

母子俩就去了书房。

"我听说，小金参演的那个电视剧，是你投资的？"

"这是我们公司今年的主要影视项目之一。"阎秋池说："我知道您要说什么，我一向公私分明，选角的事是制片和导演负责的，我不会插手，您放心。"

"这就好，"阎太太语重心长地说："小金如今家里出了事，他没办法，才复出的，也是可怜，他这人最讨厌演戏了，如今为了生计，要去做自己不喜欢做的事，你就算厌恶他，也不要为难他。不管怎么说，都是从小一块长大的，他如今有困难，咱们能帮的就要帮一下。"

阎秋池"嗯"了一声，再没有别的。

他们母子俩一直比较生分，在一起没什么话题可聊。也是奇怪，明明是亲生母子，相处得还不如陌生人。

阎太太今天过生日，难得想来一次母慈子孝，于是就接着问说："我听说你们公司有个艺人，叫白……”

没想到阎秋池直接说：“沈金台的话，您听听就算了，不用往心里去。”

阎太太心里有点不大高兴，为了沈金台，勉强挤出一抹笑容来，耐着性子说：“哎呀，你看转眼我都五十了，这日子过得可真快，我感觉昨天我还年轻，你还是个刚上学的小娃娃呢，就那么大一点……说起这个，我记得当时你林阿姨怀金台的时候，我们俩还商量说，如果她生的是个女孩，将来就给你做媳妇呢，这要搁在古代，都是指腹为婚了。”

阎秋池说：“妈，您要没别的事，我就先去换衣服了，爸他们还在等我。”

阎太太终于收敛了笑容，用力拍了一下阎秋池的肩膀，反倒硌到了自己的手。

“你最近是不是又长高了？”阎太太蹙眉。

“妈，我都二十五了。”

“哦……”阎太太讪讪地笑，“真是时光飞逝啊。”

沈金台才刚要进家门，隔壁的林旭就坐在她家的阳台上喊：“回来啦！”

进了家门，沈金台就先去洗了个澡，洗完以后突然想起他的翘臀奖励来，他赶紧擦干净镜子上的水雾，侧过身看了一下。

不看不知道，一看吓一跳，这臀部。

白，翘，吹弹可破。

等等！

这臀部虽然极品，可看起来……

“哈喽，小爱！”

叮咚一声，小爱上线：“亲，您对我们的第一关奖励还满意吗？”

“这臀部为什么看起来这么女性化……我想要狂野一点的。”

“可能您太白了呢，我们的奖励都是按照大众理解来的，这就是大众理解的翘臀啊。”

沈金台沉默了半秒钟。

没关系没关系，他可以加强臀肌训练，变成性感帅哥健美臀。

“我下一关就是变美了吧？”

“是的呢。”

“我能提前知道是什么吗？”沈金台找了个理由：“也让我做起任务来更有奔头。”

“您觉得您现在的脸，哪里最需要改变呢？”

沈金台认真审视了一下镜子里的那张脸，因为还不够熟悉，所以评价起来还算客观：“嘴唇吧。”

唇色很黯淡，看起来气色很差。

“看来我们心有灵犀呢，好看红润的唇色，会让整个姿色都鲜艳起来呢。您如果成功累计十分，将会获得红唇奖励，唇色干净鲜润，仿佛天生自带美颜滤镜，看了谁都会想亲一口呢。”小爱说：“作为演艺圈的资深演员，您必须承认，精致帅气的男演员，要比粗犷魁梧的男演员戏路更广，也更经得住荧幕特写吧？”

那倒是。

荧幕上最有冲击力的表演，便是美人的演技。

他要美！

“您要相信我们的系统，我们会将您打造成一个老少咸宜的极品美男子，为了顺利完成任务，也为了您的明星梦，哥哥冲呀！”

这一声“哥哥”终于成功取悦到他！

小爱下线，沈金台裹上浴袍出来，就看见林旭在他客厅里站着。

“你怎么进来的？！”

“你家密码我知道啊。”林旭端着一盘水果一边吃一边朝他走了过来："阎家的宴会怎么样，是不是很气派，你都见到谁了？我听说市长也去了？"

"都不认识。"沈金台拿了一瓶水，伸腿顶上了冰箱门，仰起头咕咚咕咚就喝了大半瓶。

林旭往沙发上一歪，说："不知道我什么时候能接触到阎家那样的圈子。"

她也算个富二代了，名牌、别墅、跑车全都不缺，可阎家的圈子却不是她能混进去的。

一山还比一山高，她家才到半山腰。

沈金台从沙发上捡了一个薄毯子扔过去："裹上。"

林旭说："你发神经啊，大热天让我裹毯子。"

"我让你遮遮胸。"沈金台无语。

林旭低头看了一眼，笑眯眯地挺起胸："怎么样，是不是比以前大了一点，我在国外认识一个老师，跟着她做了半个多月的丰胸运动。"

他们这对闺蜜，以前聊天这么开放的吗？！

"我不裹这个，太热了，给我一件T恤或者衬衫什么的吧。"她跟着沈金台朝卧室走，"我这两天发现你变化好大！"林旭凑过来看他的脸，"也不至于刺激这么大吧，有时候我跟你说话，感觉像是在对着一个陌生人。"

沈金台："……"

看来他要熟悉有女闺蜜的生活。

林旭突然尖叫："妈呀！"

沈金台吓了一跳，只见林旭盯着他的臀部看。

林旭很吃惊："你这屁股……"

沈金台大窘，"怎么？"

"以前没注意，你屁股这么性感的吗？！"

沈金台："我一直都这样，天生翘臀！"

林旭心中还在狂跳："我看你挺瘦的啊，原来肉都长屁股上去了啊！"

"你啊，以后做个淑女，好吗？"沈金台捞过剧本，直接坐到了床上。

林旭凑过来问："这是你新戏的剧本？"

沈金台点头："你没事就回去吧，我要开始看剧本了，下周一我们剧本围读，我得在这之前通读几遍。"

"我也没事干啊，给我看一本吧。"

"看可以，但是不准外泄。"

"那肯定的啊，你们的规矩我都知道，不然我怎么跟大明星做朋友。"林旭说着就拿了一本，坐到他旁边看了起来。

林旭看的是第二册了，算是剧情高潮的一册，争斗的戏码高潮迭起，女主又刚又聪明，看起来特别爽："你们这剧要火啊，斗得好狠。里头你演谁来着？"

"李叙。"

"啥？"林旭抬头，"你演太监啊？"

"戏份怎么样？"沈金台问。

"他很坏欸。"林旭说，"都是他躲在背后坑女主？"

"他要扶持废太子周璟。"

"废太子？我没看到啊。"

"在我这一本呢。"沈金台说。

林旭坐起来，开了床头灯，然后看了看窗外："好像要下雨了。我衣服还在外头晾着呢。"

外头天色黯淡了下来，黑云压城滚滚而来。

林旭赶紧回去收衣服去了，人才走，雨就落下来了。

沈金台继续看他的剧本，越看越觉得这剧火不是没有道理的。

剧本写得太扎实了，男二的人设也很带感。

他要演的这个美貌小太监，名字叫李叙，五岁就被送到宫里去了，没几年就成了二皇子周璟的伴读，他与周璟感情深厚，为助周璟上位，表面上装作逢迎太子周瑛，却看到了周瑛人性里的光辉。

心机美貌的小太监，赤子之心的纯良太子，还有杨李枝饰演女主，这看点十足啊。

他坐在飘窗上，外头是个小花园，花园里的蔷薇花爬满了墙，繁杂的花瓣被雨水打湿，花枝都垂了下来，滴着水。他还沉浸在剧本的氛围里，伸手将窗户推开了，雨水溅了进来，他靠在墙上，仰着头。

脑海里浮现着小太监李叙在下雨的秋日傍晚，偷偷去看被幽闭的废太子。

太子被幽禁，早不复昔日荣光，门前冷落，只花草深茂，宫墙上爬满了蔷薇花，李叙隔着纸窗垂下头来，细白的手指抹去了眼泪，起身离开，只留下一块雪白的双鸳玉佩。

剧本在此刻有一个闪回，场景是做掌灯太监的李叙执着灯，第一次和废太子相见的场景。

他清秀苍白的小脸从黑暗中浮现出来，抬起头的时候，黄色的灯光照着他的眉眼，让太子周瑛感慨万千。

沈金台吁了一口气，眼眶有些湿润。

好的演员都多愁善感，共情能力强。以前他的朋友就常说，他天生适合吃演员这碗饭，情感丰沛，看个视频都能看哭，有一颗矫情又柔软的心。

好的剧本跟好的小说一样，看进去了，就难抽身。

遇到好角色，难免有点心痒，恨不能广告天下，沈金台想了想，就探出身体，冒雨去摘蔷薇花。

蔷薇花上都是雨水，花枝有刺，他要折断的时候灵机一动，手掌压着花枝，拿过手机，来了一张自拍。

头发湿漉漉，肩膀湿漉漉，笑容灿烂，头上一枝滴着水的蔷薇花。

他拍照手段高超，这照片拍得很有美感。

要论怎么文艺清新地勾人，又做作得恰到好处，他很有一套。

发到网上，营业一下。

第10章

沉寂了两年的沈金台，最近小动作有点多。

“沈金台是真的要复出了吧，最近的炒作一波接一波。”

“是你组传的DGLL（东宫凉凉）吗？”

“楼上的能不要缩写么，每次逛你组都半天解不了码！”

“不知道为什么会传这个料，都不说沈金台现在过气成什么样了，就算他没过气，他也不可能和白月光同演一部戏吧？”

“电视剧的料是假的，但沈金台复出肯定是真的了，刚又营业了，他账号都几年没动静了，突然这么活跃，肯定是要复出！”

“沈金台刚发的是什么意思，在内涵他沈头花的外号吗？”

“哈哈哈，你不说还没往那里想，你这么一说，还真是，头上一朵大红花！”

“这是要靠自黑洗白了吗？”

“他还洗得白吗？”

沈金台稍微上了一下网，就被骂得赶紧关了手机。

他屡试不爽的文艺男演员招数，居然不管用了！

“你最近还是不要发了，我看有很多人都已经猜到你要演《东宫》的事了。”李美兰在电话里说：“你再忍几天，周五就是开机发布会了，咱们争取一炮打响。”

正式复出之前，完全没动静不行，人气太低迷，需要热热场，但动静太多了也不行，大家都知道，那就不叫新闻了。

如今热度已经上来了，到时候直接爆料，沈金台这种昔日一线，她相信靠自然热度就能引爆话题！

沈金台索性关了手机，一心一意地在家看剧本，二十集的剧本看完以后，他简直心痒难耐，很想接着看下面的故事。

不过即便是杨李枝这样的一线大咖，接剧的时候也很少能看到全部剧本，有的是为了保密，有的是因为后面的剧本还没出来。这是业界常态，他也都能理解，就是一口气被吊着不上不下，很想知道接下来剧情会如何发展。

心急难耐之下搜了一下《东宫来了》的相关信息，竟然被他发现，这部剧竟然改编自一本知名小说。

沈金台闲来无事最爱看小说，立马找了这部剧的原作来看。

他接着看下去，才发现这是一篇剧情特别好的权谋小说，作者更是大胆，啥都敢写，小说剧情和剧本版差别已经非常大了，在原小说里，他这个配角的戏份明显要多得多，有很多属于他的精彩桥段，都在剧本里被安排给了女主。

这也在情理之中，杨李枝咖位那么高，戏份肯定很吃重，她才肯接。

说起来，他在前二十集的剧本里，对手戏最多的并不是女主角杨李枝，也不是男主角白清泉，而是男三号太子周瑛。

周瑛的扮演者是谁，他还不知道呢。

《东宫来了》这部剧是今年国内投资规模最大的古装剧，参演的老、中、青三代，很多都是业内知名演员，沈金台扮演以美貌著称的小太监，感觉自己目前的颜值有点配不上他的角色。

他打算今天晚上早点睡，争取明天有个好气色。

洗澡的时候忍不住摸了一下自己的翘臀，好软的肉！

沈金台讪讪的，忍不住多看了两眼。

正在他心猿意马的时候，手机铃声突然响了起来，把他吓了一跳。他赶紧穿好浴袍出来，见手机上显示的人竟然是“老妖精”。

“老妖精”是谁啊？

脑子里模模糊糊蹦出个记忆来，“老妖精”是沈金台的后妈。

备注见感情，沈金台和他这后妈感情很一般。

他咳了一声，接通了电话。

“小金呀，”一个温柔娇媚的女声带着哭腔，“这可怎么办呢！”

“怎么了？”

“咱们家的房子，被法院给查封了，限我们明天就要搬走，呜呜呜……”后妈演技略浮夸，哭着说，“家里现在什么都没有了，房子、车子统统都没有了，你得帮帮你爸呀，他快要活不下去了。”

沈金台蹙眉：“你不要绕圈子，直接说吧。”

“你那房子那么大，你一个人住也很空吧？能不能先让我们搬过去，等将来咱们家有了钱，我们肯定会搬走的。我们大人倒不要紧，住哪儿都行，可是你妹妹年纪还那么小，不能让她跟着我们吃苦呀……你看看……”

后妈的话还没说完，就被一个男人抢过了电话：“你柳姨不是来求你的，就跟你说一声，我们明天就搬过去，你那房子虽然在你名下，可也是我给你买的！”

沈金台还没反应过来，对方就把电话给挂了。

听语气，是沈金台那破产的老爸。

要不要答应，沈金台想了一夜。

他记得小说里的沈金台在这世上只在意两个人，一个是阎秋池，一个就是他那同父异母的小妹妹。

他是个极有事业心的人，将来只要有机会，肯定都住在剧组里，当明星的天南地北到处飞，一年到头在家里也住不了几天，的确空着也是空着，就当为了原主，心疼一下他的小妹妹吧。

沈家是真的破产了，他这套别墅，也不知道是怎么保留下来的。

原主虽然曾是演艺圈一线，但赚的没有花的多，主要还是靠家里接济，沈父虽然跟他父子关系很差，但从来也没有短过他半毛钱。

沈金台查了一下他的银行卡余额，还有二十多万，又去车库看了一下他的豪车，还剩下一辆。

真的是有点穷了。

他原来只是个三四线演员，钱也比这多多了。

他没有等着去见沈父他们，觉得有点别扭，这些人毕竟是原主的亲人。

沈金台留了十万块钱，车钥匙也留在了家里，然后给沈父发了个短信，自己提着行李箱，就去了一家小酒店。

李美兰和小糖到酒店来接他："你怎么住到这里来了？"

沈金台上了车，说："一个认出我的人都没有。"

他们应该是没想到全国知名的大明星，会住到这么破旧的小酒店里去吧？小糖看了看外头破旧的大楼，关上车门，说："不过这离剧组挺近的。"

"你的房子呢？"李美兰也知道他家里的情况："不会也被查封了吧？"

"没有，我爸他们搬过来了，我懒得跟他们一起住。"沈金台说："反正过不了几天我就住剧组了……对了，剧组包住吧？"

"合同上都写着呢，衣、食、住、行都算在片酬里头了。这签约也有好几天了，不出意外的话，今天他们就会支付定金了，开机当日会支付百分之六十的片酬，拍摄过半的时候再支付百分之三十，剩下的百分之十尾款，杀青前会结清。"

这次的片酬他们要的并不高，毕竟是复出第一个工作，看中的是制作班底和隐形收益，不过加起来也挺多了。

沈金台对片酬一向没什么意见，只要他喜欢的片子，哪怕不要钱他也拍。

沈金台在车上还在看剧本，李美兰拿起一册翻了翻，上头圈圈点点，做了很多批注，有的是红笔勾的，有的是蓝笔勾的，空白处还有笔记，写着沈金台对那一段台词的理解，大概是表演的时候要做参考，字略有些潦草，断断续续的，有些她都读不懂。

还挺像模像样的，看来家里破产加上被瞧不起，给沈金台的打击很大，整个人都像是重生了一样，很上进。

他们到得算比较早了，不过也有比他们到得更早的，扮演太后的是老牌明星宋微，她是第一个来的。

工作人员帮他介绍了一下，沈金台很恭敬地叫了一声宋老师。

“你是最后定的，”宋微笑着说：“这部戏好不好看，全在你这个角色上了，郭导找了好久，没想到挑中了你。”

那语气不可谓不微妙。

郭瑞本人对男二号李叙和男三号周瑛非常喜爱，所以挑演员的时候特别慎重，李叙这个角色是最后定下来的，他们都以为会定一个多优秀的新人呢，结果挑了沈金台。

沈金台什么名声什么演技，大家都是业内的，都明白。

他为什么能获得这个角色，大家也明白。

现在的演艺圈都变成什么样了呀，宋微心里想，什么人都能当演员了。

演技不够，脸能做花瓶也行啊，这个沈金台白白净净的，别说演艺圈了，就是在他们这个剧组，都算姿色一般的。

不断有演员进来，帅哥、美女如云，不管咖位大小，大家明面上都很客气。倒是后来的杨李枝，态度略有些敷衍，她就坐在沈金台旁边，在一众淡妆和素颜里头，唯有她妆容精致艳丽，漫不经心地一撩头发，全都是芬芳香气。

最后来的是导演、编剧和白清泉。白清泉很贴心，给现场所有的演员和工作人员都送了当地很有名的茶饮。沈金台站在位子上看他，白清泉今天格外低调，只穿了白T恤、牛仔裤，纯素颜。

不过他素颜都比别人带妆要好看些，笑盈盈的，唇红齿白。

这个万人迷很合理啊。沈金台想。

沈金台是最后定下来的角色，有些事先已经听说的，有些是到了这儿才知道的，大家的脸上都有些遮掩不住的诧异。

介绍到他的时候，郭瑞显然是满意的，笑着说：“这位大家应该也都认识，沈金台，我们的李叙。”

沈金台站起来，很谦逊地鞠了一下躬：“很荣幸参与到这个戏里头来，接下来的日子里请大家多多指教。”

杨李枝拿起杯子喝了一口水，犹豫着自己要不要此刻就掀桌子。

她现在的咖位，接戏不光看班底，还要看合作的演员。李叙这个角色是男二号，更是后期大反派，跟她的对手戏特别多，郭瑞曾跟她保证过，在这个演员的选择上一定会慎之又慎，她期待了半天，结果告诉她选了个沈金台。

沈头花啊，头花舞她也经常在网上刷到好吗。

而且他挤掉了她们公司的一个弟弟，那弟弟长得比沈金台秀美多了。

杨李枝最后还是保持了她大明星的气度，一撩头发，侧身转向了另一侧。

她另一侧坐着的是白清泉，两人四目相对，杨李枝耸了下肩。

这小动作很多人都看在了眼里。

他们懂杨李枝的不屑，这结果他们也非常意外。

不过外界都传沈金台少爷脾气，性格很差劲，如今看人笑盈盈的，倒是一团和气。

破了产过了气，人生颠倒得让人同情啊。

大家伙在导演的带领下先认识了一遍，然后便开始了剧本围读。

主要演员全都在场，台词极少的配角，由工作人员暂代，大家你一句我一句，开始了正式围读。

这一围读，大家都惊呆了。

因为沈金台的台词说得太好了！

第11章

虽然只是对台词，照着剧本念的，但沈金台的抑扬顿挫和情绪张力，他们都能听出扎实的基本功，就是嗓音条件略差，好像是很久没练功了，嗓子跟不上实力。

本来还挺傲慢的杨李枝，也侧着头看向沈金台，白清泉坐在她另一侧，全程都只看到杨李枝的后脑勺。

杨李枝的头发上别了一支发卡，造型特简单，兰花的，但特别美，看得白清泉心痒痒。

“清泉，”郭瑞提醒：“该你了。”

白清泉回过神来，一紧张就吃了颗螺丝：“太子哥哥似乎不……”

“不是这句，上头那句。”郭瑞提醒。

大家低声哄笑，原本都是善意的，白清泉却红了脸。

他竟然输给了沈金台！

白清泉立马挺起胸膛，正襟危坐，誓要跟沈金台竞争到底！

人家主演都这么卖力地围读，何况其他配角呢。

这场围读会郭瑞非常满意，大家精神头都好饱满！尤其最后白清泉和沈金台的一场重头戏，俩人几乎是在飙戏了。

白清泉的角色此时已经是太子，比较内敛，没有沈金台的角色情绪起伏大。沈金台大概真的入戏了，伸手抹了一把通红的眼睛，都是泪。他这段戏是很倔强的，哭完了一抹脸，丝毫不见阴柔气，眼泪还在簌簌往下掉，反倒格外干脆。白清泉一心要比，没有控制好情绪，最后也是眼泪狂飙，都破音了：“你最好回去想清楚，你是谁的奴才！”

围读成这样，全部人都惊呆了，像是看了一场现场舞台剧。可以想见等正式开拍，这段戏会多刺激。

大家算是对沈金台彻底刮目相看。尤其是编剧孟晓声，白清泉演技不错她是知道的，倒是沈金台，让她特别意外。沈金台眼睛还是红的，睫毛依然潮湿，看着特别有感觉。

还有几个演员没有定妆，围读的间隙过去隔壁定妆，其中就有宋微和沈金台。

这一回宋微对沈金台态度和善了好多：“小伙子台词说得很好啊，我对你都不了解，你是科班的？”

沈金台摇头，说：“不是。”

“那你台词说得可真好，你以前是不是演过戏，我记得你那时候还挺青涩的。”

青涩已经是比较委婉的说法了，沈金台前两天上网搜了一下他的第一部剧，那演技堪称灾难，他看了十几分钟，就尴尬地退出去了。

“那是头一次演戏，结果演砸了，网上铺天盖地都是恶评，从那以后我就下决心要好好练功，这两年学了不少东西。”沈金台说。

宋微越来越喜欢沈金台的腔调，从容自信，又温和收敛，尤其说话的声音，吐字和节奏都特别舒服。

台词本来是演员的基本功，可现在的年轻演员，别说野路子出家的，就是科班毕业的，台词说得好的也没几个，偶像演员就更是灾难。

等沈金台定完妆以后，宋微又看了一眼，没想到这个沈金台，还挺吃妆的，素颜的时候五官寡淡，唇色灰暗，上了妆，光板一打，恍惚还真有点美貌小太监的影子。

沈金台演了很多年的戏，这些流程他都太熟悉了，连摄影师都惊讶于他的配合和默契，定妆照很快就拍好了，郭瑞和制片人专门过来看他，对定妆照都很满意。

“要是再帅气一点就更好了。”张制片低声说。

“他吃妆，打光再注意一点，够用了。他演技不错，等正式开拍的时候，你可以过来查验。”

张制片笑着说：“咱们合作这么久了，你的眼光我是信的。”

那边沈金台已经在脱衣服了，里头只穿了一个短裤，身材匀称，背肌轻薄，可张制片一眼只瞅到了他的翘臀，太显眼。

古装剧的戏服都很繁重，一层又一层的，沈金台才刚要穿另外一套，就见郑思齐进来了。

郑思齐是男三号，太子周瑛的扮演者。

一个眉目分明，英气俊美的年轻男子。他看小说里描写太子周瑛，用的是“积石如玉，列松如翠。郎艳独绝，世无其二”这一古文，郑思齐相貌英俊，重要的是有一股清明的贵气。这个选角，可以说是整部剧最贴合角色的一个了。

郑思齐和他一样，也是今天拍定妆照。

郑思齐还在上大学，是纯新人，对他特别恭敬，进来就先躬身打了招呼：“沈哥好。”

沈金台就笑着说：“咱俩谁大？”

郑思齐愣了一下，问说：“您比我小吗？”

“我二十。”

郑思齐果然就露出很惊讶的表情来，有点尴尬，说：“不好意思，我以为……”

“我出道早。”沈金台笑着说：“你也不用对我这么客气，以后直接叫我名字就行，咱们都是同龄人。”

郑思齐这几天都愁坏了。

他一个在读科班生，能接到这个角色很不容易，光试镜就试了七八次，好不容易敲定了以后，他就等着看李叙这个角色是谁演呢。

这个和他的对手戏是最多的。

结果前几天剧组的人偷偷告诉他，说定了沈金台，合约都签了。

这可把他愁坏了。

沈金台，出了名的坏脾气。

沈金台在演艺圈的时间并不长，一入圈就成了一线，巅峰期退圈，别看在演艺圈的时间不长，但天天“血雨腥风”，他到现在都还记得沈金台的那些出位言论，以及他雷死人不偿命的奇葩造型。据说沈金台脾气特别暴，光是因为排挤和欺负白清泉，就上过很多次热搜。

出道处女作就对上这样的狠角色，郑思齐紧张到失眠。

没想到今天见了真人，发现沈金台和他想象的一点都不一样。

和记忆当中的那个沈头花差别太大了。

沈金台拍完以后也没走，留下来看了一下郑思齐的扮相。

真真一个古装美男子，如松如柏，清冷俊美。

围读结束以后，沈金台叫住郑思齐：“晚上有空吗，一起吃个饭吧？”

郑思齐受宠若惊。

沈金台趁机问白清泉：“清泉，要一起来吗？”

白清泉起了一身鸡皮疙瘩，清泉？天哪，这是在叫谁，好恶心！

白清泉粲然一笑，摇头也透着一股和气温柔，说：“不了，我还要赶飞机。咱们下次围读见。”

白清泉笑着上了车，刚落座，人就黑了脸。

经纪人威哥拉上车门，对司机说：“开快点，别晚点了。”

他说完转头看向白清泉，白清泉趴在车窗上，还在盯着沈金台和郑思齐的背影。

“怎么了？”威哥问。

“这个郑思齐，本人比照片还帅，好高啊。”

威哥：“……能不能不要见个帅哥就夸，天天在演艺圈混，你见的帅哥还少？”

“这种没出道的新人，身上就是有股特别的气质啊。他还是科班的，大学生哦。”

他自己是野路子出道，只是个高中都没毕业的学历，看见这些正经科班出身的，就一肚子酸水。

“你要有点危机感了，你没发现沈金台台词说的，比我们想的要好很多吗？”威哥说：“他那个角色本来就出彩，要是被他抢了风头……”

“啊！”白清泉一听就受不了了：“不可能，我绝不会再被他比下去！”

沈金台简直是他的噩梦！

“那你就要加油了，你今天没表现好，主要是你剧本没读熟，一堆工作赶着要在进组之前完成，时间是比较紧，不过你辛苦一点，还是要抓紧时间背。别到时候沈金台直接脱稿，你还老说错台词。”

白清泉一听，喷了点薄荷脑油，立马掏出剧本来继续看。

人疲惫得很，眼睛都在打架，他这两天总共才睡了四个小时，还都是在路上。

可还是要更努力。

输给谁都行，就是不能输给沈金台。他把沈金台叫过来是反衬的，可不是被让他被比下去的。

沈金台想借他的东风打响复出头炮，做他的春秋大梦！

沈金台找郑思齐吃饭，只是为了熟络一点，他们两个的对手戏那么多，郑思齐对他又很客气畏惧，这样演对手戏，怎么可能演得好。

吃完饭回到酒店，已经晚上十点多了，沈金台正打算睡觉，林旭的电话就打过来了。

“谁呀？”林旭开口就问。

"什么？"

"跟你一起吃饭的，谁啊？好帅啊。"

"……你也在那个餐厅吃饭？我没看见你啊。"

"什么呀，我网上看到的。你又上热搜了。"

"啊？"

沈金台觉得这个世界的热搜好像大白菜，这才几天，他已经上到快没感觉了。

他赶紧上网看了一下，居然在热搜第四位，"沈金台 郑思齐"几个字赫然挂在上头。

要是二三十名还有点可能，就吃个饭，能上第四？

他点开一看，是他和郑思齐吃饭的照片，照片拍得比较模糊，是动图。你别说，模糊产生美，动图里的他看起来格外帅气。有几张是隔着餐厅的玻璃拍的，还有几张是在户外的夜色里，他送郑思齐上车。

夜色朦胧，戴着棒球帽的他，身形清瘦，笑容灿烂。

"呵呵！"刚下了飞机的白清泉，就看到了沈金台这个热搜。

"真不要脸，逮着机会就要炒作，连新人都不放过。"白清泉睡眼惺忪。

威哥说："你别管他了，赶紧多睡一会，你看你眼睛都是红血丝了。"

白清泉仰起头，撑着眼皮滴了几滴眼药水："我真的后悔给他介绍工作了。"

他想起去年冬天的时候吧，他有次和公司高层一起吃饭，出来的时候，遇见了沈金台，沈金台追着阎秋池的车子跑，没追上，一个人落寞又尴尬地站在路边，看见他，还狠狠瞪了他一眼。

白清泉爽死了。他就爱看沈金台这样。

叫他以前欺负他，排挤他！

不信抬头看，苍天饶过谁！

第12章

“头花爆新料了，你区没人聊吗？”

“他是真的要复出了吧，最近炒作是不是有点多？”

“我又上热搜了。”沈金台打电话给李美兰：“我发誓，这次我真不是故意的。”

感觉他低估了自己的人气。

这热度，感觉比白清泉还牛啊。他真的是个过气偶像吗？！

结果李美兰一句话就点醒了他：“这应该是郑思齐他们公司给他上的吧？”

沈金台恍然大悟。

他也觉得这应该是有人炒作，既然不是他，那从得益方看，应该就是郑思齐了。

不过上这种热搜，很危险啊。

他去搜了一下郑思齐的公司，不搜则已，一搜惊人。季风娱乐，这名字有点熟悉。

这好像是阎秋池的死对头开的公司！

原作的沈金台只是个“炮灰”，没资格充当大反派，于是反派的任务就交给了阎秋池在商业上的死对头——季风娱乐的老总季风行。

季风娱乐以炒作闻名，据说经纪部有很多资源，公司的艺人全都走的炒作路线，季风行还曾想挖沈金台过去，一个爱炒作的公司，配一个话题无数的明星，简直是天作之合。

奈何沈金台当初盲目追崇阎秋池，他怎么可能会去季风行那里呢。

不仅断然拒绝，说的话还很难听，“一百个季风行比不上阎秋池一根脚趾头！”

沈金台对这种炒作倒也没意见，演艺圈混久了，很多事都看开了，他自己就是个半红不红的小演员，最能明白小演员的处境，不想红谁来复杂的演艺圈混啊，大家都努力往上爬，只有爬得上爬不上的区别。

星光就是要给人蹭的。演艺圈古往今来，没有一个明星敢说他没有蹭过别人的知名度，也没有任何一个大明星能逃脱被蹭的命运。

何况他这种已经过气的，有人捆绑着他炒作，还能顺便带带他，不花一分钱就能跟着一块上热搜，也挺好。

后半夜下了一场大雨，天气明显凉了很多，快入秋了，阎太太正嘱咐家里的保姆换纱窗。

“妈，你打个电话给小金问一下吧，”阎耀轩缠着她说：“问问他那新闻是不是真的。”

阎太太回头，看了阎耀轩的黑眼圈：“没睡好？”

阎耀轩说：“最近有点失眠。妈，你打电话问问他。”

“你自己不会打？”阎太太问。

“他一向不怎么理我。”阎耀轩很失落。

阎秋池坐在后头吃早饭，头也不抬地说：“暑假作业都做完了吗，你就整天关心一些有的没的。”

阎耀轩回头看了一眼：“我关心我偶像，不行吗？我已经是大学生了，我没有暑假作业。”

阎秋池将报纸叠好放到一边，说：“假新闻，炒作而已。”

“你怎么知道，他告诉你的？”

阎秋池没说话。

当然是假新闻。

想起来沈金台这些诡计，阎秋池喉头滚动了一下。

他这个“傻白甜”弟弟，也不知道喜欢沈金台什么?

阎耀轩放假在家，整天没事干，因为昨天晚上看到沈金台又莫名其妙上热搜，他一夜都没睡好，想了老半天，还是打算去沈金台那里当面探探情况。

结果去了不到半个小时就又回来了。

“见着小金了吗？”正要出门的阎太太问。

“小金搬家了。”阎耀轩说。

阎太太愣了一下：“搬家？没听他说呀，搬到哪儿去了？”

“我也不知道，我去他家，没见着他，倒是见他那后妈在领着工人往里头搬东西，说他们一家如今没地方住，都搬到小金那里去了。”

阎太太一听，立即给沈金台打了个电话。

因为下雨的关系，沈金台睡过了头，一接通电话，就听见阎太太很激动地问：“你后妈怎么带人搬你那儿去了，那你住哪？”

沈金台坐起来，打了个哈欠：“他们那个宅子被查封了，法院要拍卖，没地方住，我就让他们搬过去了。”

“他们搬过去，你呢，和他们一起住？”

沈金台和他那一家人相处可十分不愉快。

“我搬出来了，在酒店。”

阎太太说：“哪个酒店？”

看这架势，是要来看他。

沈金台就说：“我也是暂时住在酒店里，过几天我们的戏就开拍了，我肯定大部分时间都待在剧组的。”

“少废话，哪个酒店？”

沈金台没办法，只好说：“四季酒店。”

阎太太立马带着儿子驱车过去了，一下车，抬头看到四季酒店那破旧的外墙，眼泪就要出来了。

阎耀轩更心疼："怎么这么破。"

看来家里破产，对他影响很大呀。

沈金台正在洗漱呢，听见门铃声，赶紧跑过去开门，门一开，阎太太就扑过来抱住了他。

"你这孩子，也太要强了，遇到困难也不跟阿姨说一声。"

沈金台头发乱糟糟的，胡子没刮，脸没洗，因为睡太久，脸还有点浮肿，看起来又邋遢又可怜。

"走，跟阿姨回家。"阎太太松开他。

阎耀轩直接朝他卧室走："你有什么行李，我帮你收拾。"

"不用，真不用，"沈金台说："我也就在这住几天，过两天我就进剧组了。"

阎太太推了他一把："你先去洗漱。"

沈金台就去洗漱。

"你帮小金收拾一下呀。"阎太太一边整理沙发上的衣服一边对阎耀轩说。

"他自己的东西，让他自己整理吧，大家都有隐私。"阎耀轩淡淡地说。

沈金台漱了口就立马从浴室出来了，阎太太态度非常强硬，就是不许他住酒店："你又不是没家，自己的家不能住，阿姨那儿就是你的家！"

那眼眶泛红心疼怜惜的神色腔调，沈金台都要动容了。

于是他就收拾了一下行李，跟着阎太太他们母子俩，坐车前往阎家大宅。

阎家大宅总共四层楼，一楼是保姆房和客房，二楼是阎氏夫妇住的，三楼住的是阎秋池两兄弟，四楼是娱乐场所，棋牌室、麻将室、家庭影院等等应有尽有。宅子后面有个很大的游泳池，从窗口往下看，碧蓝一片。

“这是你的房间，阿姨定时找人打扫的，”阎太太一边吩咐保姆整理床铺一边对沈金台说：“秋池就住隔壁呢。”

沈金台站在落地窗前回头，就见阎太太冲着他又露出“老娘永远支持你”的表情。

沈金台：……

阎太太今天本来约了姐妹做SPA（水疗）的，倒腾了这么久，已经有点晚了，安顿好沈金台以后，她就赶紧出了门。沈金台关上门，自己往床上一躺。

他竟然住到阎秋池隔壁来了。

阎秋池要是回来知道了，不知道脸会变成什么样。

第13章

沈金台从床上起来，就看见了房门开了一条缝，缝外头站着一个人。

“耀轩？”也不知道他在外头站多久了。

阎耀轩推开门说：“你门没关上。我不是故意要偷看的。”

沈金台就笑了，说：“你找我吗？进来。”

阎耀轩摇摇头，说：“我还有事，正准备出门，我要跟朋友去赛车，你去不？”

“我今天还要去剧组。”

阎耀轩没说话，关上门就走了。

沈金台看了看时间，就给小糖打了个电话。

今天的剧本围读，白清泉和杨李枝都没有来，他们俩都是一线，行程满得很，没办法参加所有剧本围读。男、女主角都没来，他们这些配角能围读的部分也很有限，主要都是来试装。

试装的间隙，沈金台去楼道口抽烟，才刚吸了两口，就见郑思齐跟过来了。

郑思齐似乎有点心虚：“对不起，昨天跟您一起吃饭，没想到被狗仔拍到了。”

沈金台吸了一口烟，眼睛在烟雾里微微眯起来，笑盈盈地看着郑思齐说：“没事。”

他将烟掏出来让了一下，谁知道郑思齐竟然真的抽了一支，自己点上了。只是看他抽烟的姿势，显然是新手。

外头的阳光从窗户那照进来，刚下过雨，日光清淡，郑思齐抽了两口烟，低头说："那个热搜，是我们公司买的。"

到底是新人，脸皮薄，蹭了他的热度，心下就觉得对不住他一样。沈金台安慰他说："那我得谢谢你们公司了，免费让我上了一次热搜，这是互利共赢的事，你不用觉得对不住我。倒是你，跟我扯上关系，不怕被影响吗？我的口碑可不怎么样。"

郑思齐红着脸，说："我都听公司的。"

沈金台听了又笑。

郑思齐面对沈金台的时候，总是有点紧张。明明跟他一样才二十岁的年纪，比他还小两个月，却偏偏有一种很沉稳的感觉，出道早，就是不一样，年纪虽然轻，但见过天地，郑思齐觉得沈金台即便过气了，也依旧是让他仰望的存在。

沈金台抖了一下手头的烟，就见走廊的另一头有一群人走过来。

一群人，大概有七八个，为首的是一个长满了络腮胡的汉子，后头紧跟着一个小帅哥，看到他们的时候拽了一下络腮胡的胳膊，看着沈金台说："就他，顶了我的角色。"

络腮胡有点凶，看了沈金台一眼，直接就进导演的房间里去了，留下五六个穿黑衣服的男人站在走廊里，像保镖。

这阵仗。

"认识吗？"沈金台问郑思齐。

"他叫刘会，原来李叙这个角色最后的两个备选，他是其中之一……我见照片墙上是这么分的。"

不管电影还是电视剧，投资大还是投资少，哪怕是顶级大导演的剧组也少不了关系户。

刘会就是关系户之一，而那络腮胡，是《东宫来了》重要的投资商之一。

络腮胡本来给他争取了个男二号。

这个男生长得倒是很好看，就是演技太难看，郭瑞试了他一段戏，实在接受不了，只能拖着，这也是李叙这个角色一直没有定下来的原因之一……他需要找一个能压得住的人来演李叙，要么名声上压得住，要么就是无比地贴合角色，让谁都说不出二话来。

最后定了沈金台，一来演技还可以，二来名声压得住，况且他和白清泉的关系，简直是免费的宣传广告。

虽然已经签了合约，但沈金台还是紧张得不行。

签了合约也没用，别说戏还没开拍了，他还经历过都拍了一半，结果还被别人顶替的事情。

隔壁闹得挺厉害，好像还吵了两句。沈金台在拍照的间隙去了一趟卫生间，正低头洗手呢，就看见刘会进来了，抱着膀子靠在门框上，一直盯着他看。

沈金台当作没看见，关了水龙头。

“李叙这个角色是我的了。”刘会挑着眉毛说。

沈金台扯了一段纸，擦了擦手，问：“定了？”

“还没有，不过很快就定了，提前跟你说一声，不要再试装了，那些衣服，都会按我的尺寸重做的。”

张扬的小美人，眉毛很凌厉。

“那就定了再说吧。”沈金台淡淡地说。

表面镇静，内里却慌得要命，整个剧组他感觉也就导演比较喜欢他，可是导演可比不过投资商，络腮胡肯定是想捧刘会，至于投资最多的阳光传媒，老总是阎秋池，估计换他的心更强烈。

如果两大投资商都要换他，他就算彻底歇菜了。

大家伙大概都听到了风声，下午的围读会安静得很，导演也不在。

在外地站台的白清泉也听到了风声，坐在休息室里愁眉紧蹙。

“怎么了？”威哥问：“哪里不舒服？”

白清泉抬起头来，清秀的脸庞满是意外：“我听小王说，沈金台的男二号，好像要被顶了。”

威哥也早知道了这个事：“你不正后悔推荐他嘛，他要被顶了，你不也安心了。”

“可是我好纠结啊，我要不要替他说句话呢？”

自打沈金台定了以后，他就一直在后悔与不后悔之间纠结。

他想享受沈金台给他做配的快乐，可又怕沈金台表现太出色，抢了他的风头。

纠结的同时，又很唏嘘。

“沈金台以前多有钱啊，我和他竞争同一部剧，他直接甩了几千万投资，我都要签约了，被他挤下去了。那时候他多风光。”

结果也沦落到要被别人顶替的一天。

苍天饶过谁！

威哥也是同样的想法：“也算有因有果了。”

白清泉靠在椅子上，哂笑。

他觉得自己心还是不够硬。

大概自己也经历过换角，知道那是多失落愤怒的事，如今轮到自己的对手摊上这种事，他一点也没觉得多爽快，甚至考虑，如果沈金台真的被换下来了，他就帮着说说情。

好善良的自己，白清泉想。他这样善良的男艺人，是不是应该千年万年地红下去？

因为心中忐忑，沈金台回去的路上都没说话，躺着养神。

李美兰安慰他：“我问了，导演还在为你争取呢，合约都签了，想换人，没那么容易的事。”

“最近有没有公司要签我啊？”沈金台睁眼问。

李美兰愣了一下：“你想签公司了？”

“我感觉光靠咱们三个单打独斗不行，背靠大树才好乘凉。”

像他这样没有依靠的，遇到这种事，也只能任人鱼肉，没有人为他争取。

“原来多少大公司想签你，你不干啊，估计大家都还是觉得你不想签任何公司，所以没人来接触。”李美兰说：“签公司还是要谨慎，也不能随便找个小公司。”

沈金台点点头：“我再想想。”

碰到无良公司，只有被吸血的份儿，也不如单干自由。

他将来混出头来，一定要开个自己的工作室，自己当老板。

正想着呢，手机响了，是郭瑞打过来的。

沈金台吁了口气，紧张的声音都有点抖：“郭导。”

“嗯，你已经回去了？”

“嗯。”沈金台问：“需要我再回去吗？”

“不用。”郭瑞说：“我打电话给你，就是跟你说一声，放心，李叙这个角色还是你的，不会变了。”

沈金台一时情绪翻涌，眼圈都红了，好像也不只为这一件事，还勾起了他从前很多回忆，已经得到的东西，突然又失去，这种失落难受，也只有经历过的人才会懂。

“谢谢导演！”他说：“我知道，都是导演为我争取的，您放心，我一定好好演，不会让您失望的！”

郭瑞笑着说：“其实这事我也只出了一半的力，最后是阎总拍板，定的你。”

沈金台愣了一下。

第14章

阎秋池竟然支持他，不光他意外，李美兰和小糖都很意外。

“那……”李美兰意外的都不知道说什么好了：“那他还挺大气的。”

沈金台过去是怎样惹阎秋池厌烦的，大家都看在眼里。当初沈金台来试戏，她最担心的因素不是郭导和白清泉，而是阎秋池。

《东宫来了》是阳光传媒出品且主投的项目，话语权最重的就是阳光传媒的阎秋池。

出于对工作的热衷和对李叙这个角色的喜爱，沈金台对阎秋池都有了很多好感。

毕竟这一切算是阎秋池给他的。

“现在这是要去哪，这不是往你家的方向吧？”李美兰看了看窗外。

“我要去洗文身。”沈金台说：“该洗第二次了。”

李美兰以为他要去正规医院，结果车子在一家街头文身店停下来的时候，她都愣住了，拉住沈金台：“你好歹也是个大明星，就在这种店里洗，不怕他们给你爆出去？”

“我上次来的就是这家店，说好了还会再来。”沈金台把剧本都装进包里：“你放心，我有分寸。”

李美兰怎么可能放心，跟着他一起进了店里。

大概上一次来的时候还是粉红头发，如今变成了黑发小年轻，那文身小哥居然没能把沈金台认出来。

“我来洗第二次。”沈金台说。

文身小哥问：“您上次是在我这洗的吗？”

沈金台笑着说：“是。”

等衣服一脱，小哥就认出他来了，眼睛顿时放光，激动得很。

他女朋友最近看了热搜，已经有重新喜欢沈金台的趋势了。他要不要把他女友喊过来呀。

李美兰和小糖在旁边看，李美兰伸手戳了一下沈金台的肚子，说：“这么久不跳舞，腹肌都没了。”

“有时间我再练回来。”

沈金台闭着眼想了一下，原身的记忆他大部分都有，许多舞蹈动作都记得。将来如果哪天心血来潮，再上舞台当一会偶像，也不是不可能。

洗的时候有点痛，闭着眼的沈金台不住地皱眉，李美兰在旁边看着，越看越觉得陌生，一张脸盯久了，总是会觉得陌生的，这样陌生的沈金台，素面朝天，没有了纨绔习气，没变的是依旧很有主见。

李美兰掏出手机来，拍了一张照片，然后发在了自己的社交软件上。

论炒作，她这个经纪人也是很有一套的。

沈金台因为洗文身已经上过一次热搜了，他自己如果再发，就显得很刻意，她这个经纪人没什么粉，但也有金粉关注她，她发在自己微博上，只会小范围流传，上不了热搜，但又能炒点热度。

万一传到阎秋池那边，就当对阎秋池的回报吧！

阎总，您可以放心了，我们家金台，已经改头换面了呢。

阎家大宅周围都是参天大树，园子里黑得要比外头更早一点。阎秋池换了家居服下来，看了一眼餐桌，问做饭的阿姨：“还不开饭？”

“太太说再等等。”

阿姨的话才落下，就见阎太太端着个砂锅从厨房那边出来了，快步走到餐桌旁放下，烫得她直捏耳朵。

“今天有客人？”阎秋池拉开椅子坐下。

“小金打电话说他还在路上，估计还得十来分钟，你再等等，到了大家一块吃。”阎太太尽量装作一副若无其事的样子，压根不给阎秋池反问的机会，转头对阿姨说：“耀轩怎么还没下来，你去叫他，准备吃饭了。”

阎秋池看了她一眼，阎太太就笑了笑。

“不是才来过，怎么又来了。”阎秋池说。

“小金家里的情况你都知道，他们家房子都被法院查封了，就剩下小金住的那一套，他人好，虽然跟他亲爹后妈不对付，但还是可怜他们，把房子让给他们住了……我就说小金这人，你看他平日里脾气不怎么样，其实心软着呢。”阎太太趁机塞了两句私货，然后又转回到主题上：“他把房子让出去，自己跑去住酒店去了，他现在也是难，手里没什么钱，住的酒店实在太破了，我和你弟弟去看他，心疼他，就把他接回咱们家住几天。你没意见吧？都是从小一起长大的，你总不至于这点同情心都没有。”

有没有都让她说了，阎秋池还能说什么。

外头传来了车声，阎太太解开围裙，欢快地迎出去：“回来了！”

对自己亲儿子都没这么上心过。

阎耀轩下楼的时候，正碰到沈金台回来。他看了看沈金台，又看了看餐桌旁坐着的阎秋池，然后下了楼。

“我爸今天不回来吗？”他问阎太太。

“他要回来吃饭才是稀罕事呢，又出国了。”阎太太说。

“他可真忙。”

“等你毕业，你和你哥一起为他分担一点，他就没那么忙了。”阎太太说：“洗手吃饭吧，我都饿了。”

沈金台看到阎秋池，自感有点尴尬。

他们俩是容易尴尬，不过主要是他尴尬，阎秋池倒是镇定自若。

阎秋池穿的是家居服，宽松休闲，但扣子还是扣得很严谨，坐在那里，也不见懒散放松。两人四目相对，沈金台抿着嘴唇，尽量自然地打了个招呼。

沈金台去洗手，阎耀轩跟他一起进去了。

阎秋池冷眼看了看他们俩的背影，摊开了面前的餐巾。

“今天赛车玩得怎么样，赢了几把？”沈金台一边洗手一边问阎耀轩。

“没怎么赢，”阎耀轩说：“你今天工作顺利吧？”

“还行。”沈金台笑了笑。

沈金台很少对他笑，如今每次和他说话都这么和气，阎耀轩心里虽然不满，但也忍不住心生雀跃。

他控制不住自己这种小心翼翼的喜悦。

可喜悦越多，烦恼也越多。

“等你开拍了，我去探班吧。”阎耀轩说。

“欢迎啊。”沈金台又笑。

他现在怎么这么爱对他笑。

洗手间的灯是朦胧的黄光，照在人脸上，更显得皮肤如玉。阎耀轩一颗心扑通直跳，他很想对沈金台说：“不要对我这么笑。”

沈家破了产，沈金台也从有钱大少爷变成了要自力更生的穷光蛋，如今不但为了赚钱要去演艺圈闯荡，家都没了，物质上的穷困或许还不算什么，他小小年纪就没了亲妈，有了后妈亲爹也成了后爹，太可怜了。

阎太太很心疼，这第一顿饭，她做得格外隆盛，留位置的时候也很用心，专门给沈金台留了靠着阎秋池的位置。

这些小心思怎么可能瞒得过阎秋池，不过他在阎太太跟前一向能忍，并不打算和沈金台交流，坐哪儿都一样。

他正这么想着，就见沈金台伸手轻轻推了一下阎耀轩的胳膊，将阎耀轩推到了他身边，自己则坐在了阎太太那一边。

阎秋池：“……”

阎耀轩从洗手间出来的时候，一看那位置安排就明了了。面对阎太太的这些安排，他脸色刚黑下来，没想到沈金台就把他推过去坐下了。

他简直迷惑。

“不是五点就结束工作了吗，怎么回来这么晚？”阎太太一边吃饭一边问。

沈金台感念阎秋池今天为自己做的事，决定回报他一份喜悦。

于是他就回答阎太太：“我去洗文身了。”

餐桌上瞬间沉默三秒钟。

第15章

阎耀轩按捺住内心兴奋，故意问：“洗什么文身？”

阎太太看他这样煽风点火，有点不高兴，直接打断了他的话，问说：“疼不疼？”

“还好。”沈金台说。

说完看了阎秋池一眼，阎秋池没说话，自顾吃他的饭。

好像并没有领他的情。

阎太太觉得这气氛真是有点尴尬，就岔开了话题：“等你哪天开拍了，我去探班，看了那么多年电视，还真没到现场去看过呢。”

“我也要去。”阎耀轩说。

“等他的戏开拍，你已经滚到国外上学了。”阎秋池冷冷地说。

“我可以请假回来。”阎耀轩说。

“不用，我们这个戏特别长，得拍大半年呢，你寒假回来，我们还没杀青呢。”沈金台说。

“你们办开机发布会吗？”阎太太问。

沈金台点点头。

“那得好好置办一身行头。”阎太太说：“什么时候有空，我带你去挑。”

“我的经纪人已经在联系有关品牌了。”沈金台说：“到时候借一套就行。”

他好歹也是前一线明星，要借一套礼服应该不难吧？

“你退圈这么久，能借到的品牌估计也有限，万一借到的不满意呢？你重回演艺圈，就当阿姨送你的礼物，我带你去，直接拿。”

阎太太很豪气。

名利场也是势力场，明星参加活动借礼服是常态，但能不能借到自己心仪的礼服，却是要看品牌的意向，而品牌借礼服，也是看人下菜碟，小咖想借大品牌的礼服，通常都会吃闭门羹，要么就只能人家给什么穿什么。所以有时候经常会看到有些明星穿着很丑的礼服走红毯……那并不是因为他们审美堪忧，而是品牌只给了这件，不得不穿。

沈金台衣柜里什么名牌都有，正装也不是没有，就是款式花样有些过于花哨，如今的他有点招架不住。

他衣柜里的黑西装，竟然只有那一套。

“先让我经纪人借借看吧，借不到我再找您。”沈金台笑着说。

阎秋池在旁边听着，一句话都没有说。

沈金台故意推他弟弟坐到他身边，他就觉得沈金台在做戏，结果才刚坐稳又提洗文身的事，司马昭之心昭然若揭，他心中更是冷笑。

冷笑的同时又放心很多，他还是比较喜欢这种能一眼把沈金台看透的感觉，知道他处心积虑要干什么，就知道如何应对。

烦躁的同时，又觉得欣慰。

阎秋池一直没说话，吃饭是最快的，他吃完以后就站了起来，沈金台见他要上楼，赶紧也擦了一下嘴站了起来：“我也吃完了，我先上楼了。”

阎太太知道他要去找阎秋池，点点头：“去吧。”

阎耀轩也要上楼去，阎太太叫住他：“我有事跟你说。”

阎耀轩看了一眼追上楼去的沈金台，又坐回了椅子上。

“那个……”

沈金台追上阎秋池，才发现他还没有叫过阎秋池的名字。

一时竟不知道该如何叫他。

阎秋池回过头来，他停在阶梯上，仰头看着。

“有事？”阎秋池问。

沈金台点点头，说：“郭导告诉我说，换角的事，是你帮我摆平的。”

他还是决定谢谢他。在他眼里，没有什么比演戏更重要。

“谢谢你啊。”他语气讪讪的，眼神又很真诚。

“我一向公私分明，对你的成见不会带到工作上来。郭导选你，我相信他作为导演的眼光，但这并不代表我看好你。”

沈金台愣了一下，说：“那我也要谢谢你。”

“我不知道你是怎么让导演坚持选你的，但既然定了你，希望你能好好演，这部戏是我们公司今年的主投项目，钱已经花出去了，如果你演得还像从前那么差劲，就算杀青了，也会换掉你。”阎秋池淡淡地说：“到时候我也希望你明白，不管是现在支持你，还是将来做主换掉你，我都没有私心。你现在不用感谢我，将来也不要恨我。”

阎秋池的声音很好听，但是很清冷，他的面庞周正而英挺，看人的时候似乎很专注。

沈金台说：“知道了。我跟你一样，工作是工作，不会混为一谈。我如果演得不好，你尽管换我。”

阎秋池刚才还觉得沈金台依旧是老样子，此刻又觉得他和以前完全不像是一个人了。

沈金台的身上像是笼罩着一层谜，他是怎么做到的，在短短的时间里面，诡计就变得如此高深，连他也能迷惑。

阎秋池回了自己房间。

其实从白清泉举荐沈金台，到郭瑞选定，阎秋池都非常意外。

沈金台和白清泉的恩怨，他一早就知道了。当初他刚创建娱乐公司，旗下主投了一个综艺节目《PM》，沈金台也报名参加了。

真人秀节目多少都有后台操作，说真的，一个人适不适合演艺圈，有经验的镜头前看一眼就能看出来了。沈金台无疑是有天资的，但白清泉同样有天资。

白清泉是草根出身，节目组早早和他签约，自然主捧他。沈金台也有天资，但他富家子弟的脾气性格，不听管教不说，进演艺圈也是为了追星，目的不单纯，节目组就没有选他。

沈金台就觉得是他在捧白清泉，认为这其中关系不简单，和白清泉的梁子就此结下。

沈金台为了欺压白清泉，做过很多让他都看不下去的事情。

看不下去，作为老总就会出手，一出手，梁子更大。

如果说白清泉举荐沈金台，震惊程度只有一颗星的话，那郭瑞选定沈金台来演男二号，他的震惊程度就有三颗星了。

沈金台的演技……真的辣眼睛。

天生不适合当演员，又对演绎工作没有敬业态度，纯粹是有钱阔少花钱进演艺圈来玩一玩，演出来的角色，自然惨不忍睹。

可是郭瑞并不是一个容易妥协的导演，作为阳光传媒旗下主捧的大导演，郭瑞一直有自己的艺术坚持。

他还是相信郭瑞的选择。

或许沈金台真的适合这个角色吧。

浴室的玻璃门蒙上了一层水雾，阎秋池一只手撑着墙壁，微低着头站在花洒下面，热水洒在他宽阔的脊背上，又顺着脊背的沟壑流下去，颀长健壮的身躯，被热水熏染出一种潮红来，水滴顺着他坚毅的下巴流下来，阎秋池突然想起沈金台的文身来。

阎秋池的脑海里，一下子就浮现出那日午后在车里，沈金台挺着胸膛，让他看文身。

沈金台今天晚上没办法洗澡了，他洗漱完以后就躺在床上看剧本，剧本在人设上有一点点小问题，他今天本来打算跟编剧还有导演聊一下的，因为刘会抢角的事，他就把这事给忘了。

剧本围读，就是为了进一步完善剧本，这时候最适合提出修改意见。

不过这意见也不能随便提，因为戏是大家的，万一动了别人的戏份和台词，那是要遭埋怨的。

沈金台就坐在床上想解决方案，怎么样在不动别人戏份的前提下，把他的人设改一下。

正在费心想呢，李美兰的电话就打了过来。

电话那头有点吵，李美兰的两个孩子都在嚷着喝奶。

李美兰在他退圈的两年，趁着空闲生了俩孩子，一儿一女，大的两岁不到，小的才八个月。

“郑思齐他们公司发声明了。”李美兰抱着孩子说：“他们已经否认了你俩联合炒作的传闻，大概是剧组还没有动静，所以他们也没有说太多。”

“嗯，我看一下。”

“我想了一下，咱们就不发声明了，发布会之前，咱们还是尽量低调比较好，免得分散了热度。”

沈金台挂了电话，就上社交平台看了一下。

季风娱乐的声明很官方，看上一句就知道他们下一句要说什么。

就是下头的评论，让沈金台有点意难平。

热评第一条：“头花炒作失败。”

“出了这种新闻，沈金台那边到现在连句澄清都没有，一看就是炒作啊。”

“只有我一个人相信这是真料吗？你们难道不觉得这个叫郑思齐的帅哥，气质长相都特别像阎氏那位太子爷嘛！”

沈金台看到这条评论以后吓了一跳。

他点开郑思齐的主页看了看，你别说，仔细看，还真是像！

主要是身上那种清冷的气质像，论长相，两人不分伯仲，郑思齐更俊美一点，阎秋池更大气一点。

不过这条评论没几个人点赞，显然大部分网友不以为意，关注点都在他爱炒作这件事上。

可是沈金台却隐隐有一种预感。

他觉得这种相似的巧合，将来在剧播出的时候，会掀起滔天巨浪来。

第16章

阎耀轩站在沈金台房门前，犹豫着要不要敲门。

头顶上的灯照着，那人就住在门的另一边，他却不敢进去。

“大晚上的不睡觉，你站在这儿干什么？”

阎耀轩惊慌地回头，就看见阎秋池穿戴整齐地看着他。

“我没干什么……你要出门？”

阎秋池点了一下头，颇有些严厉地看着他：“老二，你现在是想要干什么？”

阎秋池说：“少胡思乱想，要是闲得无聊，你就来公司实习，我给你安排个职位。”

阎耀轩的话都到嘴边上了，又咽回去了。

长兄如父，尤其是他们那个爹整天忙的不见人，阎秋池几乎充当了半个父亲的角色。他们兄弟俩明明也就差四五岁，但是他天生就怵他这个大哥。阎秋池对他也比较严厉，稍微凶一点，他就不敢吭气了。

阎秋池见他不吭气，神色更严厉：“我说的话你听见没有？”

“听见了。”阎耀轩声音跟猫似的。

阎秋池突然接到阎父的电话，要出门一趟，也没时间跟阎耀轩在这耗时间，只说：“我要说什么你都懂，不要让我训你。”

阎耀轩看着他大哥下楼，不服气地撇撇嘴，可撇完了，还是老老实实回他自己房间去了。

就要入秋了，晚上明显凉快了许多，外头树荫满地，到了晚上还有幽微虫鸣。司机已经将车子开到了庭前，阎秋池解开扣子，要上车的时候，回头朝楼上看了一眼。

沈金台的房间亮着灯，窗帘都没拉，隐约能看到半个身影，微微晃动着也不知道在干什么。

沈金台在一边做运动一边刷手机。

他以前也没当过一线明星，倒是经营过自己的社交媒体，粉丝不多，也没什么热血小姑娘，大家都是一副岁月静好的样子，他时不时发发鸡汤文，放放文艺照，粉丝还不到五十万。

如今他的粉丝，都三百多万了。

最近几天，他回粉现象特别明显，每次登录账号，都能给他小惊喜。

如今既然要当明星，也要开始学着经营起来了。

他看了一下关注列表，发现他有个粉丝群的官博，不过不是他在经营。

他就打电话问了一下小糖。

“账号是我在管，”小糖说：“要开始宣传了吗？兰姐说现在先不要动，等你进组以后，再配合你的社交媒体账号一起宣传。”

第17章

第二天，这天是最后一天围读了，和第一次围读一样，全员都要求到场。

他今天又可以见到白月光了。

分别几天，脑子里浮现出白清泉那张美貌温柔的脸，沈金台感觉心情很舒畅。

今天他就要正式开始做任务了。

这么一想，感觉好久没跟小爱聊天了。

“哈喽，小爱。”

叮咚一声，小爱上线：“亲，好久不见呢。”

“我打败白清泉，是怎么个打败法，也是按积分来的吗？”

小爱又听见了他的心声，说：“我们爱心系统，奖励实在是太多了，所以这边的优惠和您对抗阎秋池的优惠是一样的，也是按积分制，只不过这边正好和阎秋池那边反过来，以白月光对您的好感度来作为奖励标准，好感度增加十分，即可获得唇色奖励！”

“OK！”

“友情提示，如果您想尽可能快尽可能多地获得奖励，可以两边同时进行哦，分值是可以叠加的！”

“哇！”

沈金台今天心情明显很好，忍不住开了一点车窗，哼起歌来。阳光照在他脸上，小糖透过后视镜看到他的笑容，便也跟着笑了。

心情愉悦，精神面貌看着也精神了许多，沈金台到了剧组，笑着鞠躬跟宋微打招呼："宋老师。"

宋微笑着说："你还是来这么早。"

"怕堵车，就早来一会，不过还是没您来得早。"

宋微说："我是多年养成的习惯了。我喜欢待在剧组里，老了，好本子接不到多少了，演的每一部我都很珍惜。"

"我要向您学习，争取做一个像您一样敬业的演员。"

日头渐高，演员们陆续到来，帅哥美女，从不同的车上下来，演艺圈的五光十色，由此可见一斑，看得沈金台肾上腺素都上来了。他喜欢演艺圈给他的感觉，这里天地无限大，只要你努力往上爬，就能爬到万众瞩目的地方去。

这是他演员道路的开始，他会沿着这条路一直走下去，也要让阎秋池知道，演员这一行，他可以做得很好！

"都到齐了？"郭瑞进来看了一眼。

"我们的周璟还没到呢。"工作人员说。

他们现在已经开始尝试着用戏中角色的名字来称呼演员了，"周璟"就是白清泉扮演的男主。

郭瑞说："那就再等一会。"

沈金台还记得要说改人设的事，就起身追到了郭导的房间。

"郭导，有时间吗？我想跟您聊点剧本上的事。"

郭瑞拉了椅子坐下："说说看。"

沈金台就说了他要提的问题。

李叙这个角色，编剧已经写得很扎实了，台词、剧情都没问题，但有一点，也是国产剧的通病，就是这种类似"姐妹反目"的大反派，开头一定是善良的小白兔，被欺负惨了，才懂得反击。

"我觉得有两点，第一，女主的人设其实就是从不争不抢的'白莲花'到'黑莲花'的转变，李叙和她几乎是一样的转变，我觉得人设上有点重复，第二就是，后面李叙这个角色这么阴暗扭曲，我觉得他本性就有一些阴暗的东西在的，这样的人，不应该是个'小白兔'，开头比较'白莲花'的片段，我觉得可以删一些，让这个人物一开场就是有心计的，这样和男主周璟也有个互衬的效果。"

郭瑞挠了挠鼻子，问刚才说话的时候进来的编剧孟晓声："你觉得呢？"

孟晓声看向沈金台，问说："你前几集的戏份不多哦，还想要删？"

沈金台点头："有些戏，删掉了，人物反而更简明鲜活。"

演员都想加戏，要申请删戏的，还真的不多。

郭瑞和孟晓声商量了一下，同意了他的要求。

"我看到你的剧本了，"郭瑞笑着说："功课做得很仔细啊。"

"本子这么好，我不敢糟蹋了孟老师的心血，也不敢辜负您的信任。"

谁说沈金台脾气大，难相处的。

这不是很会说话嘛！

郭瑞他们三个回到围读室，发现白清泉还是没有来。

"给他经纪人打个电话，问问怎么回事。"郭瑞说。

威哥接完电话，看向车里的白清泉："还不下车，都等你了，你想让大家说你耍大牌吗？"

白清泉脸上滚烫，他没有勇气去见沈金台！

"你怎么了？"威哥神色也严厉起来。

白清泉抿着嘴唇，吸了一口气，正要下车，就听一个熟悉的声音喊："清泉！"

他抬头一看，就见沈金台笑眯眯地看着他，站在阳光底下，白衫黑裤，目光炙热。

白清泉竟然有点不好意思，脸色微红。

因为不好意思，反感仇视的情绪都淡了，好感度从负数直接上升。

“叮咚，”小爱突然上线：“恭喜亲，这边察觉白月光对您的好感度提升极大，已无法用数值评判，红唇奖励，立即送出！”

沈金台：“……”

第18章

白清泉挤出一抹笑容来，天气不冷，可他还是打了个寒战。

如今的沈金台，真的脱胎换骨一样，很反常！

清泉？他都要吓哭了！

和沈金台在出道前待了几个月，沈金台什么时候这么亲热地喊过他，不是“喂喂喂”就是直接喊“白清泉”，这样不带姓地叫他，也就最近这几天。

他为什么这么反常？

他这样恶劣的人。

白清泉陷入了巨大的危机当中，但他好歹也是有演技在身上的，言笑晏晏地点了点头，一派云淡风轻：“今天打扮好帅气，走商务范啊。”

沈金台今天穿的是轻熟范儿，不合年纪的沉静。

沈金台还沉浸在红唇奖励的震惊当中，都不知道要跟白清泉互动了，随便敷衍了两句，转身往洗手间走。

“小爱！”

他在心里咆哮。

“ 小爱在呢。”

“已无法用数值评判，是什么意思？是提升很多个十分的意思吗？！”

“亲，您要知道，作为白月光曾经的对手，他对您不但没有一点好感，反倒厌恶至极，只是因为自身涵养，所以对您表面上比较客气而已。刚刚发现他对您的厌恶值直线下降，但我们这边根据经验判断，这种断崖式的改变只是一时的，后期还会恢复过来，所以分值不好估算，姑且算十分好感度吧！”

“你这个奖励制度，真的不是多少都由你来定吗？”

“亲，小爱只是个普通的工作人员呢，没有那么大的权力，如果小爱可以自己做主，肯定直接将您变成绝世容颜呢。”

沈金台到了洗手间，直接就到了镜子跟前，他的唇色，真的变了。

他原来的唇色有些暗淡，甚至于有点影响气色，如今红润了很多，但也不至于到小爱说的“自带美颜滤镜”的地步。

“亲，您不要着急，唇色的改变是渐进的呢，不然一下子变得太红，别人只会以为您涂了口红。”

这句话倒是提醒了沈金台。

“那我将来如果身材比例改变，或者变得越来越好看，不会叫人起疑心吗？”

“亲，您放心，无缘无故地变美，又找不到您整容的证据，这种怀疑也只能是怀疑，伤害不到您啦。红能养人，明星走红以后越来越美，本就是常态！”

这倒是真的，明星越红越美，不知道是红了以后妆发高级了，还是人自信了，又或者人逢喜事精神爽，总之明星一旦走红，基本都会越来越美。

活在万千宠爱里面，浸润在星光底下，想不美，都难。

他看得也很开，他只管美他的，管网友怎么说呢，只要够美，就能“真香”。

沈金台打开水龙头，湿了一下手指，然后抹了抹嘴唇，嘴唇柔软鲜嫩，整个人的气色都健康起来了。

沈金台觉得如今的自己，算得上春风得意。

这最后一天的围读，白清泉吃了很多螺丝。

“太累了吗？”郭瑞略有些不满，说：“要不要我跟阎总说一声，让公司少给你安排点工作？”

“工作都做完了，剩下的工作就只有进组了。”白清泉脸色微红，略有些尴尬。

杨李枝说：“你气色有点差，眼圈都是黑的。”

美貌度大打折扣。

白清泉又看了一眼沈金台，他倒是觉得今天的沈金台，格外容光焕发。

这个人好像骨子里就有一股自信，也不知道他自信哪里来的。退圈久了的人再复出，妆容不管多精致，应该都有一种暮气，可沈金台没有，虽不如从前张扬艳丽，却多了一分从容淡定，坐在那里的时候，形态笔直，很有……气质。

他真的没有想到，有一天他会在沈金台的身上，看到“气质”两个字。

马上就要召开开机发布会了，作为年度巨制，开机发布会也举办得非常隆重，在吃午饭的间隙，沈金台见很多演员都在联系服装了。

明星参加活动，礼服都只能穿一次，便宜的也要几万块，女明星高定礼服，几十万上百万都有可能，明星再有钱，也不可能参加一次活动就买一件，所以借衣服就是常态。

不同的咖位，就此凸显出来。

一线明星想穿什么穿什么，杨李枝作为一线花旦，品牌都争着与她合作，她的礼服是空运到的，某高奢侈品牌的工作人员亲自将最新季的高定送了过来，她如今在忙着挑某顶级珠宝品牌的珠宝。

没错，她还是某顶级珠宝品牌的品牌大使。

二线明星如果没有门路，就只能穿大牌过季的衣服了，比如他们剧组的女二，定的是某大牌去年推出的一款礼服。

不过大牌过季的衣服，也不是人人都能穿的，咖位太小的，品牌压根就看不上，怕被拉低了档次。

那怎么办呢，就找工作室租。

没错，有需要的地方就有市场，能跟大品牌直接合作的，都是大明星。金字塔永远是中下层的人最多，针对这些明星的礼服需求，就有人开工作室，将大牌的高定服装买下来，租给三四线小明星穿。

一件礼服，你穿了我穿，撞衫的几率很大，不过小明星即便撞了衫也没几个人注意。

男士出席活动，一般都是西装，款式大同小异，但稍微讲究点的男明星，也要注意一件衣服绝不穿两次。

他们剧组待遇最好的，是白清泉。

作为顶流小生，白清泉不缺衣服，所有品牌都任他挑，但他出席活动或者拍摄杂志封面，永远都穿B字大牌。

因为他是B字大牌的代言人。

这不，B字大牌已经为他量身制作了一身，正在和威哥联系。

沈金台在旁边听着，简直艳羡死了。

他是没有这个待遇的。

“我发布会穿的衣服，有着落了吗？”

“还在联系呢。”李美兰面色略有些为难。

作为当红偶像，又一向走在潮流顶端，沈金台刚入圈的时候，身上的顶级服装代言就有三个，白清泉如今的B字大牌，当初就是他的。

奈何沈金台自己作死，出位言论无数，扯头花事件，更是让他的个人形象掉到谷底，不到三个月，全解约了。

沈金台黑点太多了，身上的代言全部掉光，连微商都抛弃他了。

如今沉寂了两年，演艺圈早就忘了他，没有大品牌愿意借他。

沈金台察觉了李美兰的为难，说：“实在不行，直接租一套吧。”

李美兰说：“我再联系看看。”

演艺圈屁大点事，大家都知道，租衣服简单，传出去可是要被笑话的。

这就是前任一线的尴尬，高不成低不就。

白清泉坐在椅子上，轻轻抿着嘴唇，犹豫着要不要跟沈金台搭个话，探探对方的虚实。

刚起身，就见刘会一屁股坐过去了。

刘会抢角不成，可是不甘心不演，最后合计了一下，他顶了男四号的角色。

男四号，也是个小太监，属于李叙的跟班。这个是比较讨喜的角色，他是女主那个阵营的，良善柔弱，看不惯大反派李叙的所作所为，暗中为女主传递消息，最后被李叙探知，下场超级悲惨。

“炮灰”角色越惨越惹人怜爱，只是和刘会的长相不太搭配。

他和沈金台坐到一块，谁更适合扮演美貌的小太监，不言而喻。

“还没恭喜你啊，”刘会说：“守住了这个角色。”

沈金台见来者不善，就客套地笑了一下。

刘会冷眼看着他，说：“找刚才去定妆，还跟副导演他们聊呢，你说要不要把我化丑一点，不然比男一男二还好看，不合理啊。”

沈金台笑了笑：“你刚才拍定妆照的时候我也去看了，还好，你是本人比较美，镜头里就还好。”

刘会就变了脸色。

这是讽刺他不上镜呢。

一下子戳到了他的痛处！

刘会很帅，现实里看绝对帅气，奈何脸盘子有点大，上镜特别吃亏，脸会大一圈。

所以络腮胡捧了他好几部戏，他从二十岁演到二十五，五年了，也演过好几部男一号，可惜都不红，如今只能在大戏里当配角。

刘会眉毛挑了又挑，就听门口有人叫他，络腮胡进来，说：“等你好久了，还吃不吃饭了。”

络腮胡基本涵养还是有的，客气地跟房间里的所有人都打了招呼，要走的时候忽然瞥见沈金台探身在捞对面的水杯，微弯着腰，一眼就注意到了他的翘臀，多看了几眼。

沈金台忽然察觉有人坐过来，扭头一看，就见白清泉坐到了他身边，笑眼弯弯，和气美貌，叫："金台。"

第19章

沈金台立即眉开眼笑，把盒饭捞近了一点：“刚才怎么没见你吃东西啊，来点？”

白清泉自从当了明星以后，已经很少吃饱了，如今新戏马上就要开拍，他为了上镜好看，也为了维持好身材和肌肉线条，已经在节食了。

剧组的提供的伙食特别好，红烧狮子头、糖醋排骨、酸汤抄手，还有他最爱吃的炝汁莲菜。

白清泉咽了下口水，笑着说：“我不怎么饿，你吃吧，不用管我。”

吃吧吃吧，使劲吃，最后脸大一圈，将来新戏开拍的时候，更会被他艳压！

沈金台取了筷子，说：“我还真饿了。”

白清泉在旁边看着他吃，然后试探说：“我刚才听你的经纪人打电话，好像在借衣服？如果有需要的话，我可以帮你。”

白清泉的声音也如清泉一般，水润动人，再加上那张老少皆爱的脸，怎么看怎么是个“小仙男”。

沈金台都疑惑了。

《对家》的原文里，并没有写白清泉心里多么恨他。尽管受尽沈金台的刁难，但男主白清泉依旧以德报怨，从来没有说过沈金台半句坏话，都是白清泉的那些粉丝，比如“黑月光”这种，在挑事。

这些都不关白月光的事，他一无所知，善良纯洁。

可是就在不久前，小爱告诉他说，白清泉心里对他的厌恶值极高，好感度几乎为零？？？

看着面前这张笑嘻嘻的脸，他怀疑是系统出了问题。

不过话说回来，白清泉就算真的厌恶他，凭着他的优良品德，依旧维持良好的社交礼仪，更说明这个人有涵养啊。

有涵养的“小仙男”！

沈金台就笑着说：“谢谢啦，目前还不需要。你的衣服都准备好了吗？”

提到这个，白清泉难免有些得意，他尽量压了一下要炫耀的感觉，说：“品牌方已经帮我准备好了。”

这个从沈金台手里接过来的代言，让白清泉心里舒爽了很多。他抿了一口保温杯里的柠檬水，说：“你如果需要，我可以跟品牌方说一声，我跟他们关系很好的，我出头，他们肯定借。”

结果沈金台还没回答，就听外头威哥喊：“清泉，你来一下。”

白清泉回头看了一下，威哥在朝他勾手。

“你接着吃，我先过去。”白清泉笑着起身，出了门。

第20章

忙了一整天，最后的围读会总算是结束了。沈金台身心疲惫，坐在车上的时候直接就睡着了。

天色已经黯淡下来，夏日的末尾，暮色是最先透出秋日感的。西边天空上是深紫色的云彩，一点金边也即将淡去。他靠在椅背上，吹着窗口涌进来的风。

额前头发拂着眼睛，有一点痒，可是很舒服。

“你在阎家住，会碰到阎秋池吗？”李美兰问。

“偶尔。”沈金台有气无力地说。

李美兰也笑了一下，说：“说真的，如今你家里经济状况这么差，我家里状况也不好，我可两个孩子呢，我得赚奶粉钱，你也得赚钱，咱们俩好好干，别管什么阎秋池了。”

大概是太累了，人一累，心就特别软。沈金台听她说这样的话，竟然觉得很是伤感。

他“嗯”了一声，说：“你放心吧，不会了。”

李美兰回头看了他一眼，神色略有些意外，还有点心疼，说：“你才二十岁，年轻着呢，未来不知道会有多好的前途在等着你。这么好的年纪，不用来奋斗，岂不是辜负了。”

是啊，二十岁，真是人生最好的年纪。

上天让他做最好年纪的男子，就是要让他做最闪耀的明星。

李美兰觉得如今的沈金台很陌生，可仔细看，人还是这个人。

大家都说困难是最能让人快速成长的东西，看来此言不虚。

沈金台更严重，他还碰上破产，从天堂直接掉到地狱。

“你们觉得，我跟阎秋池比，作为男人来说，差在哪？”沈金台忽然问。

李美兰：“你干吗要跟他比？”

“找到差距才能进步。”沈金台倾过身：“我知道他是个很优秀的人，我拿他当目标，岂不是奋斗起来更有方向！你就从女人的角度来看，我比他，都差在哪？”

“你真的要比？”李美兰半开玩笑半为难地说：“你们俩差很多啊。”

沈金台：“不要怕伤害我，说。”

李美兰拧开了一瓶矿泉水，喝了两口，说：“虽然说，我作为你的经纪人，应该站在你这一边，但我不得不说，阎秋池这种男人，真的是极品，我很懂大家喜欢他的点。”

她回头看了沈金台一眼，沈金台鼓励她：“接着说。”

“阎家是什么家世就不要说了吧，首屈一指的豪门，谁不认识他爹阎铁峰啊。他妈方凤美，家世更不用说了吧，那不是咱们平头老百姓能议论的。单说阎秋池这个人，名校毕业，能力出众，才短短几年，就把阳光传媒做得这么好，听说今年《东宫来了》这部剧如果收益好，‘阳光’就要上市了呢，目前已经在向证监会申请IPO（首次公开募股）了，长相更不用说了吧，大家不就最爱他那张脸，身材也够啊，又高又挺的，他这都属于硬件、软件都算顶级的名门公子了。”

李美兰又数了数他的条件：“你呢，有钱，不过跟阎家比不了，以前比不了，现在更比不了。这一点，输了。长相呢，说真的，我觉得你长得不如他帅，你看他那鼻子、鼻头、山根，都是完美啊，你就……”

“还有没有？”沈金台泄气地问。

“身高，这个我觉得你还可以，他有点太高了，你这一米八就刚刚好，再高就不好配戏了。嗯……还有……”李美兰回头认真看了看他的脸，忽然直起身：“你抹口红了吗？”

沈金台愣了一下，擦了下嘴唇：“没有啊。”

李美兰凑近了看：“你现在唇色好看多了，我记得你原来唇色有点暗啊。”

“可能最近身体调理得好，”沈金台嘟嘴给李美兰看：“好看多了是吧？”

李美兰点头：“看起来健康多了，我还以为你抹口红了呢。”

李美兰最后夸了他一下做结束：“说起来，你皮肤挺白的。男人跟女人不一样，这世界对女人比较严苛，男人只要面貌稍微帅一点，就有人‘吃’。你知道去年拍双男主剧火的那个倪帅吗？我觉得丑死了呀，结果一堆小姑娘还是爱得要死要活的。女明星要是丑能被人骂，男明星还有丑帅、丑苏这一说呢。”

“男明星的魅力比好看更吸粉。”沈金台说。

“对啊，我觉得这就是你将来该走的方向，咱们美是美不过人家了，可以往魅力的路子上走。”

说不定有一天他可以又有魅力又好看呢。沈金台笑了笑。

心里有奔头，人就不怕累。

他打算晚上健个身。

他不打算练腹肌胸肌这样，就打算练一下臀部。

他如今的臀部看起来又白又软，很不习惯。

他要练成个电动小马达。

也不要求像阎秋池一样厉害了，毕竟人家是作者花了很大心血塑造的极品，谁能比得过他。

他只求能赢过白清泉。

说起来也是奇怪，白清泉五官柔和，形貌美丽，可人一点都不阴柔。

太阴柔的男人读者们不太喜欢。即便白清泉这样的美貌男子，也很有男子气概。

他要健身，不需要跑到外头去，阎家一楼靠近游泳池的地方，就有健身室，阎太太跟他说了，他们阎家还有专门的健身教练："我那个私人教练就不错。"她对沈金台说："小伙子长得帅，业务能力也很好。"

有健身教练就更好了，他可以有针对性地健身。

"那我去给他打电话。"

阎太太说着就去给教练打电话了，今天餐桌上就他们两个，阎耀轩和阎秋池都不在家。

"耀轩朋友过生日，他说今天晚上不回来，秋池有饭局，他跟你阎叔叔一样，应酬特别多。"

"我听说，阳光传媒快上市了？"沈金台说："还有我们这个剧也要开拍了，他肯定忙。"

"忙点好，忙得他都没空谈恋爱的。"阎太太说。

阿姨您错了，您儿子要是谈起恋爱来，可是指头缝里的时间都能挤出来的，工作那么忙，不耽误他三妻四妾。

阎太太联系的私人教练很快就到了，教练姓李，第一次见到沈金台，还有点激动。

阎太太对他也很客气，留他在客厅说了好一会话，才送他们去健身室。

"你想练什么？"李教练一边走一边问。

"臀吧。"沈金台说。

李教练让沈金台先练习悬空蹲坐和臀桥。

悬空蹲坐，顾名思义，就是膝盖弯曲，假装自己坐在一把椅子上，坚持几秒钟，再慢慢直起身体，然后循环往复。

李教练平时多服务贵妇，服务大明星，他还是头一遭。

但他不是第一次见沈金台了，第一次见沈金台，是一年多以前，那时候的沈金台还不像如今这样过气，他的人气还在，一头红发，人群里看过去，特别显眼。

那次他教完阎太太从健身室出来，阎太太叫家里的司机送他，他刚要上车的时候，就看见另一辆车子停在了他跟前，几个人从车上下来，其中的一个粉红头发，特别张扬。

谁能想到他有一天也可以教大明星健身。

他考虑着等混熟了，和沈金台来张自拍。

"其实你臀部已经很完美了，"李教练衷心地说："不需要再练了，倒是可以练练腹肌。"

沈金台也想练腹肌，只不过他新角色是个文弱的太监，不适合有太健壮的身形。

他其实连臀部都不该练，只是他每次洗澡，都忍不住要看看自己的翘臀，每次看到那么肉的臀，他就想，还是要练一下，不然他浑身别扭，怕别人注意到自己的臀。

这哪里是什么奖励，分明就是惩罚！

李教练是打心眼里觉得沈金台不需要再练臀了。

说真的，这是他见过的最完美的臀了。

但男人的臀部和女人的不一样，大了不美观，扁了又失去了美丽，翘又不大最好。沈金台的无论大小还是形状，都刚刚好。

李教练咳了一声，拿过一瓶矿泉水，咕咚咕咚就喝了几口。

不一会阎太太也到了，他就一次辅导两个。

沈金台这身体显然太久没有运动过了，练了没几分钟就汗流浃背了。

李教练在旁边鼓励他："再坚持一会，再坚持一会。"

阎秋池平时只要有时间，也会来健身。

年轻力壮的年纪，精力在那摆着，有时候需要累个半死，才好清心寡欲地入眠。

他回来以后，先上楼换了衣服，然后直接去了健身房。

才刚走到健身房外头，他就听见李教练说：“屁股下来点。”

第21章

然后他就听见阎太太咯咯地笑。

阎秋池愣了一下，有些尴尬，冷着脸走到门口，才看见健身房里还有个人。

是沈金台，在那做深蹲。

他就说，李教练跟阎太太说话，不会这么没有分寸。

沈金台快要坚持不住了，腿一直抖，根本控制不住，汗珠子顺着他的脸颊往下滴。

阎秋池冷冷地进去，阎太太最先看见了他，笑着喊："秋池回来了。"

"嗯。"阎秋池目不斜视，直接去了跑步机那儿，戴上耳机，打开了跑步机上的电视，调到新闻频道。

在新闻主播字正腔圆的播报声中，他隐约听见沈金台喘了一声，然后脱力坐在地上。

阎秋池脸色自若，调高了耳机的音量，一边看着新闻一边跑了起来。

沈金台喘着气坐在地上，摆手说："让我歇歇、歇歇，实在撑不住了。"

李教练笑着一膝跪地，在旁边给他捏已经酸痛的肌肉，沈金台浑身热气腾腾，散发着一种青春活力，唇色更是红润。

明星就是明星，沈金台在明星里头，不算出挑，可现实里看，还是比一般人好看很多，皮肤好，出了汗更显白腻，身形清瘦，两条腿又长又白。

"第一次练，还是不要练过度了，免得你明天下不来床。"阎太太在旁边说。

“那就不做深蹲了，咱们等会再做几个臀桥。”李教练说。

沈金台喝了几口水，坐在地上休息，喝水的间隙扭头看了一眼旁边的阎秋池，阎秋池只穿了背心和短裤，身形颀长，跑步机调的速度很快，脖颈后头的黑色背心已经湿了一块。

看看人家的臀部，结实挺拔，一看就是电动马达。

再看人家的腿，修长结实，大腿紧绷，小腿矫健，腿毛都很男人。头发浓密乌黑，后背隐约露出肌肉的沟壑，匀称又健壮，典型的穿衣显瘦脱衣有肉!

这才是他梦想中完美男人该有的样子啊。

他什么时候能变成这样啊。

沈金台一边喝水一边看，却见阎秋池忽地扭过头来，眉眼凌厉地看向他。

沈金台吓得一口水差点呛住，吞了一半流出来一半，直接流到了身上。

他赶紧转过头去，擦了一下下巴。

后悔后悔，不该看不该看。

阎秋池后脑勺是长了眼睛吗，这感官也太敏锐了。

李教练见状，笑了笑。

李经理颇有自信。他别的不说，长相六七分肯定有，身材更是好，肌肉结实健壮，堪称他们俱乐部的翘楚。

当然，和阎秋池那肯定没得比，谁能跟阎秋池比啊。这是让他看了都自惭形秽的男人。

阎秋池最符合他脑海中名门贵公子该有的样子，绅士、有礼貌，但又很冷漠、话不多，让他见了都自动离得远远的，不敢打扰。

现代社会，人人平等，可阎秋池是那种你一眼看过去，就知道和你不是一个世界的那种人。

沈金台是大明星了吧，对他们这些普通人来说，已经是遥不可及的存在，可在看他来，沈金台和阎秋池，还不是一个等级。

阎秋池跑了半个小时，他健身强度一直不大，只是保持得好，跑完以后已经汗流浃背。他关了跑步机，去旁边的小冰箱里拿了瓶矿泉水，一边喝一边朝沈金台看过去。

汗珠子顺着阎秋池的下巴往下滴，有些还流到眼角去了，有些蜇人，他拿毛巾抹了一把脸，就看到了沈金台的臀。

沈金台在做臀桥，肩膀以上着地，双脚撑着地面，身体呈拱形挺起来，大概力有不支，身体绷得很紧，一直在抖，浑身都是温热的潮气，身躯成了一个直角形，翘臀就格外明显。

他很少会去注意沈金台，大概心里排斥，下意识里更会避免去观察他，他都不知道，沈金台身材还挺好的。

高、瘦、白，还有个翘臀。

目光往上去，沈金台闭目躺在地上，头发湿漉漉的有些凌乱，贴着额头，唇色极红润，整个人像刚出笼的包子，竟有一种说不出的鲜艳。

不是那种浓妆艳唇的鲜艳，是一素到底，淡极更见花艳。

阎秋池忽然觉得，沈金台演李叙，或许是能演出来的。

表面上的小白花，内里爱欲生，恨欲死。

沈金台忽然睁开了眼睛。

阎秋池立即转过头去，下巴滴下一滴汗珠子，头发湿漉漉的泛着光。

沈金台怀疑自己看错了。

刚才阎秋池是在看他吗？

他身上出了汗，人有些潮气，看着阎秋池出了健身室。后背都湿透了，还挺健壮性感。

他也想变成这样。

“哈喽，小爱。”

“叮咚”一声，小爱上线：“亲！”

“接下来就是开机发布会了，告诉我一下接下来的奖励是什么，好让我更有斗志！”

“亲亲，我们爱心和谐系统也在考虑呢，您马上就要展开人生新篇章，为了祝贺你复出，这边也打算送您一个小小的优惠呢。”

又优惠！

“你说。”

“奖励再次升级，以后的每一关，都会给您两个选择，您可以二选一。红唇奖励过后，就是性感奖励了，这边为您准备了两个奖品，请您选择。”

沈金台一听，立即满怀期待。

“奖励一，腰！奖励二，‘樱桃’。”

……

“樱桃”是什么鬼！是他想的那个“樱桃”吗？

“是的呢，就是您想的那个‘樱桃’呢。”

这叫什么选择。

“腰腰腰，”沈金台不假思索地说，“不过我要男人的腰，我不要女孩子那种小蛮腰！”

“您放心，年轻男子要细腰其实很简单，可是我们的细腰，和六十岁不会下垂的翘臀一样，是老了也不会发福的细腰，您只需要稍微锻炼一下，就能拥有轻薄腹肌，纤细而有力量，绝对的‘小腰精’！”

那岂不是他一辈子不用担心身材。

哇噻，这个奖励还蛮可以的。

“细腰奖励免费赠送您两个浅浅的腰窝哦！”小爱笑嘻嘻地说。

健身结束以后，沈金台回他的房间洗澡，洗完以后站在镜子前，端详了好一会。

这张脸和初时并没有明显变化，只是唇色红润了很多，整张脸一下子就鲜亮了起来，他左右侧头，将刘海捋起来，脸上没有任何表情，水雾在眉毛上集结成了水珠，他抬起手里，用手指轻轻抹去。

第22章

爱欲其生，恨欲其死，李叙是个爱恨都很浓烈，但很会掩藏的人。

沈金台每看一次剧本，都会多爱这个角色一分。

这种角色不够正，一般很难担当男一号，可是演好的话，可能比男一号还要出彩。

《东宫来了》这部剧采取的是边拍边播的模式，这还是他第一次尝试这种制播模式，看了一下时间表，播出就比开拍晚一个月，时间还是挺紧的。

这种边拍边播的电视剧，坏处是如果收视率低迷，可能会被砍掉，好处就是可以及时通过观众的反馈来调整剧情和人物角色，差评太多，过于拖累收视率的角色会被砍掉，而如果角色受欢迎，配角被扶为主角的情形也有。

前二十集的戏份已经定了，杨李枝和白清泉在合约上都有要求，这二十集的戏份是不准有大改动的，不过据编剧孟晓声说，这部剧预估有四十集。如果收视率可以，后面延长也不是没可能。

事实上，这部电视剧他记得确实延长了，最后拍了四十六集。

四十六集的电视剧，又是一周两集的播法，要火起来是非常吓人的。前期和后劲加起来，几乎要霸占一整年的热度。

后面的二十六集，真的要看命了。

当然，男女主依旧是男女主，改变最大的，是他们这些配角的命运。

沈金台野心勃勃，他的志向可不仅仅在电视剧上。

这一炮他必须打响才行，能不能翻身，就靠这部即将大火的剧了。

发布会马上就要到了，沈金台却还没有借到衣服。

他的名声太差了，没一个品牌愿意把衣服借给他，唯恐被他玷污了口碑。

沈金台打算租，去一家工作室挑衣服。

这家工作室专门为艺人服务的，店里许多高定礼服，不过租衣服，尺寸完全合身的可能性几乎为零。

沈金台没找到合适的，而且里头男士礼服本来就少，很多都被十八线的明星穿遍了。

男士礼服就那几款，沈金台觉得如果没人诚心黑他，应该没人会看出来。

李美兰觉得不行。

“你想多了，你对家可不止一个，足以把你从头到脚挑一遍刺了。不管怎么说，你好歹以前也是顶奢代言一堆的一线，穿得稍微没质感肯定就会被嘲，这是你的复出秀，咱不能凑合。”

李美兰依着她经纪人的直觉，觉得这次复出首秀要重视，一朝不慎，复出首秀就可能成为全网嘲。她觉得沈金台复出当晚，无论是个人状态还是衣服鞋子，都要让人挑不出错处来才行。

沈金台也认同。

他不能给人过气的感觉，不然网络舆论会很尴尬。

他就去找了阎太太。

阎太太早就等着他开口了：“你再不开口，我就直接抓你过去试衣服了。”

她虽然不混演艺圈，可名利场里的那些弯弯绕绕她都懂，沈金台要复出，她一定要让他耀眼四方！

阎太太立马吩咐司机带他们去试衣服。

阎太太是谁，方凤美的名号一报上来，哪个品牌敢怠慢她！平时这些大牌出了什么珠宝首饰、当季新衣，还没上市，就先送她挑选了。

阎太太坐在沙发上喝着咖啡，看着工作人员帮沈金台穿衣服。

人靠衣装马靠鞍，顶级男装高定穿上身，沈金台都觉得自己麻雀变凤凰。

他其实不是穿正装的身架，但胜在个头够高，虽然清瘦一些，但形体很好，腰背很挺拔。

沈金台别的没有，形态绝对没得说。这是他作为明星的职业素养，只要出门，他形态就会特别注意，绝不会含胸驼背。

“这是秋池最喜欢的牌子呢。”阎太太小声说：“他也要参加你们的发布会，让他看看，你只要好好收拾，也不比别人差！”

定了服装，接下来就只准备发布会了。

《东宫来了》投资规模太大，阳光传媒又指着这部剧上市，所以特别重视。发布会定在周五晚上，包了酒店来办这场发布会，金粉好多已经都知道了，李美兰抽了几个粉丝代表过去撑场。

沈金台要复出的消息，已经有点捂不住了。

最近试衣服，参加剧组活动，知道的人太多了，舆论已经在发酵，只等今晚引爆。

不只是沈金台这边的人很激动，很忐忑，剧组那边也很兴奋。

找来沈金台做男二，简直是天上掉下来的惊喜，剧组和阳光传媒的人都很期待，他们这部剧，宣传头炮算是十拿九稳了。

前一线和现一线，对手碰头，再加上一个正当红的花旦杨李枝，他们就想知道热搜能上几个。

他们剧组就能承包今晚的热搜了吧！

白清泉穿着定制的礼服，站在镜子前看了又看。

身旁的工作人员都忍不住花痴：“真的好帅好帅啊。”

在一堆彩虹屁中，白清泉对着镜子微微一笑。

他长得好看，最近节食健身，身材状态更是好，天生的衣服架子，无论是休闲服还是正装礼服，他都撑得起来。

“你告诉我的粉丝，让他们今天多带点灯牌进现场，我怕沈金台看不到！”他对威哥说。

他觉得沈金台可能还没有见识过他如今的人气。

几乎大部分关注一演艺圈的人都已经提前知道沈金台要参演《东宫来了》的消息了。

“沈金台穿什么衣服，你知道不？”他又问威哥。

威哥说：“不要管他了，他现在怎么跟你比。”

倒不只是外表，红能养人，白清泉这两年春风得意，身上都是强大的气场，他的自信是从骨子里散发出来的，这是万千宠爱和镁光灯滋养出来的星光，只有红的人身上才会有。

“他这人一向喜欢奇装异服出风头，”白清泉说：“虽然说这几天看他穿衣服很低调，可我相信江山易改本性难移，这次是他复出头炮，他不可能不重视。”

依照他对沈金台的了解，沈金台肯定憋足了劲，今晚要爆发。

说不定最近的低眉顺眼都是假象，就是为了今晚一鸣惊人。

呵呵！

白清泉再朝镜子里看了一眼。

他平时都是不化妆的，今天特意请了顶级造型师为他量身定造型，本就美貌的一张脸，经过细致妆容的装饰，美貌更是惊人，身上像是发着光。

今晚上，就让他用这盛世美颜，彻底击垮沈金台吧！

“报！沈头花果然要复出了，定了！”

“看到了看到了，有人发了后台的照片，看到了沈头花！”

“我天，我有点激动是怎么回事，有没有人把图传过来看看！”

“我要看沈头花这次如何奇葩！红头发花裙子安排起来！”

"图在这儿！"

立马有人贴了后台的一张图，拍得不是很清楚，只见一群人围在化妆室里，里头有好几张演艺圈的熟面孔，沈金台就站在图片的右上角，前头很多人，挡住了他，看不清他的装束，只看到一头黑发。

"哇！"

"哇，沈头花真的改头换面！"

"拉倒吧，发型正常，衣服肯定还是雷瞎人！等着看吧！"

"看来这几天一直炒炒炒，真的是为了复出做准备，只是没想到他会参演《东宫来了》！"

"他竟然和白清泉演一部剧，是他疯了，还是白清泉疯了，他们俩不是对家吗？！"

"估计马上就要上热搜了，我看已经刷屏了。"

"沈头花沈头花。"

接着便是沈金台那几张头戴大红花扭来扭去的"鬼畜"动图刷屏。

"今晚我什么都不干，也要蹲直播！"

"直播地址贴上来，我也要蹲！"

"我已经发了直播楼，欢迎进去一起聊！"

红毯已经在进行当中，举办地是个大礼堂，他们一行演员早就到了后台，只等一一上场。

除了他们这些参演的演员，还有这部剧的制作方和投资方代表，阎秋池作为出品方，也出席了这场发布会，已经在台下落座。

沈金台一只手插在兜里，微微低着头。

李美兰穿过人群过去，小声问："紧张吗？"

沈金台抬起头来，笑着看向李美兰，眼眶竟然是有些湿润的："有一点。"

"不用紧张，你天生就是属于舞台的。一切都会回来的。"李美兰也很感慨，很紧张，又很激动。

沈金台点点头。

杨李枝和白清泉打头炮，后面是宋微等老牌大咖，他排在中间，每个人都间隔一段距离，听从调度的安排。

“沈金台，跟我来。”调度说。

沈金台吁了一口气，跟着调度走到红毯入口处，已经有人在拿手机偷拍他，他站在阴影里朝外看，看到了台下第一排坐着的阎秋池。

只听到月光粉震耳欲聋的呼喊声，全都在叫：“白清泉，白清泉！”

她们的呼喊热烈、真挚，闪光灯一直闪烁个不停，白清泉和杨李枝等人却已经练就镁光灯中也毫不眨眼的本领，男的俊朗温柔，女的明艳霸气，和传统男女反过来的气质，反倒别有一种魅力。

沈金台心跳快得厉害，他忽然看见了旁边有个女孩子，抱着一束鲜红的玫瑰花。

他走过去，低声问：“能给我一枝吗？”

那女孩子有些愣，点点头。

“谢谢。”

“沈金台，到你了！”调度喊。

沈金台抽了一枝带叶子的玫瑰花，插在胸口的口袋里，吁了一口气，腰背挺直，走到了光里面。

“沈金台！”他听见有人喊。

镁光灯一下子全都转向了他，闪烁个不停，沈金台略有些眩晕，定了定神，微笑着挥挥手，抬步朝红毯走去。

这些长枪短炮，好像都在都他一个人。

白清泉在前头走，突然发现镁光灯从他身上挪开了。

他心里一惊！

心痛，历史又要重演了吗？有沈金台的地方，就没有他的光！

他回头看去，就见沈金台一身黑色正装，通身只有黑白两色，唯有胸前一枝从口袋里伸展出来的红玫瑰，点亮了他，镁光灯的光化为了他身上的星光。他步伐坚定，佩花披光而来。

第23章

媒体比网友更早知道了内幕消息，沈金台复出，这是大事。

沈金台身上就是有这种迷之属性，作得要死，性格差、人设差，偏偏一举一动都能在演艺圈掀起风浪。

“接下来出场的，是我们好久没露面的沈金台，”主持人也知道他是今晚上的焦点，笑着看向他：“今天晚上的金台，和以往都有些不一样呢。”

不是不一样，是变化太大了。

沈金台一向喜欢奇装异服，越是重要场合，他越喜欢雷人夸张的造型，即便穿西服也都穿花里胡哨得让人看不懂的那些，尤其后来他个人形象跌到谷底，参加活动穿的都是一些不入流的小牌了，更是怎么吸引眼球怎么来，配上他一头粉红的头发，“雷人爱作妖”是他一贯的风格。

如今不雷人了，可爱作妖的性格还是没有变。

白清泉面带微笑，看着沈金台，心里把沈金台骂上千百遍。

他胸口的红玫瑰是在搞什么，一看就是博出位，为了吸引眼球！

虽然……

虽然他不能不承认，胸口插了一朵红玫瑰，有一种出人意料的散漫精致。

蹲直播的网友已经炸开锅。

“啊啊啊啊沈头花！”

“头花今天也太美了吧，涅槃归来！”

“实话实说，说美有点夸张，但气色真不是盖的。”

“某小生出事以后退圈，后来复出，我天，颜值残得不能看。红能养人，红的一旦走下坡路，脸都绷不住。可沈金台怎么保持得这么好。”

“因为年轻吧，他不是才二十，颜值巅峰期还没到呢。”

“他是不是长开了一点？”

“我真的有点认不出来了！说真的我对他一直有点脸盲，认他就靠他一头红毛，如今红毛没有了，我看着好陌生！”

“他胸口那朵玫瑰花是谁设计的，还挺有心思的，画龙点睛。”

粉丝一股脑奔向各大论坛和社交平台，网上有些人手脚好快，沈金台出场的动图竟然已经做好了，动图加了滤镜，沈金台看起来好像身上有光。

那一束玫瑰花真的……太有感觉了。

如果是他们的月光哥哥这样装扮那该多美颜盛世！

其实不止这些好久没有见过沈金台的网友吃惊，就是昨天才刚见过他的阎秋池，都很吃惊。

沈金台在让人眼花的闪光灯中走来，眼神坚定，笑容灿烂，一身黑色高定，衬托得他形态笔立，沉静而自信。

“你看他胸口那花……”白清泉面带微笑，低声对杨李枝说。

杨李枝对沈金台抢了风头也有点不满，不过她对沈金台的敌视，显然没有白清泉大：“还挺好看的。”

白清泉以为杨李枝会说真会炒作呢，结果来了这么一句。

他又转头看了一眼面前的记者，那些记者的长枪短炮，几乎全都转向沈金台去了，只有一家杂志社的记者，还在对着他拍。

他要拿小本本记下这家杂志社，以后给他们家专访。

如今舞台的焦点已经不是他们了，就连主持人都去沈金台那了，白清泉就牵着杨李枝的手，到了第一排落座。台上主持人已经朝沈金台伸出手来，沈金台很有礼貌地躬身握了一下主持人的手，接过了递过来的话筒。

“这就是我们《东宫来了》李叙的扮演者——沈金台。金台，跟大家打个招呼吧。”

沈金台吐字清晰，声音清亮：“大家好，我是沈金台，好久不见。”

他这句“好久不见”，让金粉直接泪奔。

“金粉世家”群里，活跃用户一下子达到两百多位。

“呜呜呜，哥哥终于回来了。”

“终于等到你，还好我没放弃！”

“哥哥今晚好耀眼，好像又回到了当初出道的时候！”

“我真的哭了，太激动了。”

真的太久没有出现了，只有她们金粉，才能明白此刻的心情。

出不出名不要紧，是不是一线也不要紧，但是要常相见啊。

你一直在，我们也一直陪着你。

和李美兰当初预料的一样，沈金台引爆了今日的热搜，“沈金台复出”后面紧跟着一个紫红色的“爆”字。

不过这些沈金台都不知道，他手机在李美兰那里，自己坐在台下，专心致志地看着台上。

按流程，主演们都会一一上台，介绍自己的角色，和观众互动。

白清泉上台的时候，底下的欢呼声是最热烈的，今天来的网友，一百个里头有九十个都是月光粉，靠月光粉撑起来的热度——主持人也喜欢采访他，白清泉侃侃而谈，显然准备充分。

不过就算是采访他，问题也绕不开他的对手——沈金台。

毕竟剧组和主持人都清楚，这部戏最大的卖点，就在于白清泉和沈金台的联合演出，什么样的因缘际会，让这对昔日经敌走到了一起？！

“我听剧组的工作人员说，是你向导演推荐了金台来演李叙这个角色？”

白清泉微笑着点点头，然后看向台下的沈金台：“他退圈好久了，我听说他要复出，正好我们剧组有个角色还没有定，我们是一起出道的嘛，彼此都还有联系，我就打电话给他的经纪人兰姐，第二天兰姐就带着金台来试戏了。”

“时隔那么久，再次和他一起工作，你觉得彼此都有什么变化呢？”

白清泉一点也不想回答有关沈金台的问题，但主持人很少临场发挥，这些问题肯定都是有台本的，最大可能还是剧组要拿他和沈金台的关系来炒作。他笑了笑，说：“毕竟两年过去了，我们都不是当初刚出道的样子了。彼此有什么变化，大家都看得出来吧？”

最大的变化就是他做了男主，成了一线呀，沈金台过了气，工作还需要他来介绍呀，这些难道还要他自己亲口说出来吗，那太羞耻了吧！

主持人最会察言观色，隐隐察觉出白清泉的异样，好在他的问题也问完了，赶紧说：“好的，谢谢清泉，也让我们一起期待清泉在《东宫来了》中的精彩表现吧。”

主持人笑着目送白清泉下去，看了看台本，笑着看向台下：“接下来请我们的李叙上台。”

沈金台在音乐声中起身，朝舞台上走，他和白清泉在舞台入口处擦身而过。白清泉扭头看着他，他很有礼貌地冲着白清泉笑了笑。

也不知道是不是错觉，白清泉觉得今天的沈金台格外容光焕发。

反倒是他，有点心烦意乱。

在沈金台退圈之前，他们俩一起出席活动，沈金台永远都是媒体的焦点，他总有各式各样的办法吸引眼球，身上的话题更足，媒体自然也喜欢这样的艺人，采访一次一个月的业绩就有了。

反倒是他这样不争不抢的白月光，一直活在沈金台的阴影之下。

后来沈金台退圈，他成为新的一线，以为这两年自己已经站稳了脚跟，却不知道沈金台一复出，月光就散了。

月光再美，终也比不上金粉闪耀。

白清泉觉得特别恐慌，他不要再过以前的日子，一辈子都活在沈金台的阴影里头。

落座以后，他就看了一下手机，一打开社交平台，沈金台复出已经爆了。

白清泉觉得自己脑袋晕乎乎的，他坐得更加板正，脸上挂着最标准的微笑，看着台上的沈金台。

“金台绝对是我们这部剧带给大家的一个惊喜，”主持人很会说话：“众所周知，你曾是舞台上的王者，被称为新一代舞王，那我就特别想问问金台，休息了这么久，是什么原因让你选择了出演《东宫来了》作为复出首秀呢？”

为什么，还能为什么，因为过气了，没有更好的工作机会啊。

不过这种问题一般都有标准答案：“因为剧本，因为导演，因为合作的演员，因为幕后制作团队。”

但沈金台说：“因为我喜欢表演。”

在万众瞩目的场合，说这句话，一直都是他的梦想。当他获得最佳男配提名的时候，自己偷偷无数次演练，如果他获奖，会站在台上说什么。

他会说这句话，向表演告白。

他真的特别喜欢表演，爱情、金钱对他来说，统统都没有表演事业更重要。

他可以为了自己的演艺事业，一辈子不谈恋爱。

他感动他的，其他人可不这么想。

沈金台喜欢表演?

呵呵，喜欢还能演成那个样!

白清泉不着痕迹地冷笑一声，跷起了二郎腿。

主持人也觉得很意外，这让他怎么接。

沈金台就演过一部剧啊，演砸了以后还甩锅给制作方，和制作方扯皮了好长时间，制作方爆料说他拍摄的时候各种耍大牌，迟到早退，擅自改台词，甚至在台词里借着吐槽明星的剧情，攻击白清泉。

罄竹难书啊。

沈金台接着说：“在休息的这两年时间里，我思考了很多，其实当初退圈，主要也是考虑自己接下来的路要怎么走，决定从事表演事业以后，我就报了个培训班，一直在学习台词和表演。”

他这也算给自己脱胎换骨的演技找了个理由。

“希望这部剧播出以后，大家能看到我的改变。”

主持人笑着说：“我们也很期待你在《东宫来了》中的精彩表现，我们都知道，你在剧中扮演的是一个非常重要角色——大太监李叙，接下来让我们聊一聊你在剧中这个角色吧。”

接下来就是常规流程了，主持人本来还有点紧张，怕一向不按常理出牌的沈金台会突然冒出惊人之举，他手里握着的台本，预备了好多应急策略，就是专门为沈金台准备的。

谁知道今天的沈金台格外配合，最重要的是言之有物，这让主持人非常意外。

言之有物，看起来好像很简单的一个标准，但在演艺圈，很多明星都不合格。

在平时接受采访的时候“嗯嗯啊啊”地不成句也就算了，有些演员，在采访他对剧本和角色的理解的时候，也是磕磕绊绊，或者照本宣科，说一大堆冠冕堂皇的东西，其实空洞得很。

但沈金台说话很有内容，也有深度，显得特别有文化。

他形容李叙，是一个“有脆弱感的反派”，他说他读剧本，“看完以后眼泪都要流出来了，心里特别澎湃”。

他是侃侃而谈的，又是从容的，专注又温和地看着主持人，胸前的玫瑰花仿佛也是鲜活的。

简直像是变了一个人。

白清泉在台下坐着，坐立难安。

他也不知道他是怎么了，大概恐慌、震惊，又无所适从，他借着上厕所的机会，打开水龙头，在隔间里哭了好一会。

出来就看见了威哥，很严肃地看着他。

白清泉的眼睛还是红的，威哥说："擦一擦，不要让人发现了。"

白清泉点点头，说："我后悔了。"

后悔给了沈金台这个机会。

"你要自信一点，不要看到沈金台就自卑。你比他好看，比他受欢迎，你的演技也不比他差，你还是男主角，他是绿叶，为了衬托你而存在的。白清泉，你怎么总是发现不了自己的好。"

沈金台给他留下太深的阴影，万千宠爱，铺天盖地的赞誉，也弥补不了他出道时受到的伤害。

"我一定不会被他比下去的。"白清泉说："我死也要演得比他好。"

他重新整顿妆容，回到了发布会现场。沈金台已经下台了，坐在导演身边，正微微侧着身体，和导演耳语。

李美兰坐在休息室刷手机，关注着网上的动态。

在铺天盖地的骂声中，路人的好评穿插其中，她总结了一下，无外乎都是在说沈金台的改变。

脱胎换骨的改变，外貌上的，性格上的，"沈金台像是变了一个人"。

不管怎么说，复出的头炮，成功了。如果沈金台能把握住这个机会，在电视剧播出的时候，他的演技只要比以前强一半，口碑就能回升。

她正在那激动呢，就听见外头喧闹起来，不一会沈金台就在小糖的陪同下推门进来。

沈金台拿出口袋里的那枝玫瑰花，赶紧问李美兰："怎么样怎么样，骂我的多还是夸我的多？"

李美兰说："一半一半吧。"

这已经很不容易了。

沈金台一听，立即开机上网看了一下，正在浏览网友评价呢，就听小糖的手机一直响一直响，好像有源源不断的信息进来。

他抬头看去，就听开机的小糖说："哇，好多人申请入粉丝群！"

这才两个多小时，已经好几百了。

回粉效果显著!

沈金台在今天晚上成了焦点，就连他胸口佩戴的那朵玫瑰花，都上了热搜。

"你怎么想起来戴玫瑰花的？"李美兰觉得这简直是神来之笔。

沈金台说："我当时想，这是复出头炮，我得打响，不怕被黑，就怕没水花，正好看见有个小姑娘捧着一束玫瑰花，也不知道送给谁的，我就要了一枝，插在了口袋里。我自己觉得虽然有炒作的嫌疑，但是有亮点啊。"

男士礼服就那几样，很难像女明星的礼服一样惊艳，有记忆点。一朵玫瑰花，就能和其他男演员区分开了。

他没了一头红发，总要有新的亮点才行。

"我觉得挺好的，都是夸你这设计特别有新意的，我觉得以后是不是可以把这当作你个人标签？"

沈金台也看到了那些评论："沈头花戴花吗，哈哈哈哈。"

李美兰也笑了起来，说："说不定还能把你这个黑称给洗了呢。"

"那我以后出席重要场合，胸口都佩花。"

"必须要是真花，而且要有梗的这种，不能像佩戴大红花似的。"

李美兰觉得沈金台今天戴的花这么受好评，就在于花梗，青色花梗还带着两片小叶子，纤长挺拔，造型感就出来了，显得比较散漫随意，而不是精心佩戴的那种刻意感。

沈金台又去他的"金粉世家"看了一眼，金粉们更是激动不已，两个多小时，刷的发言有几千条了，其中有个粉丝，手特别快，竟然已经按照他今天晚上的造型，给他画了一张像。

沈金台觉得那张图虽然简单，但特别美，胸前的红玫瑰，很显眼，一眼就能看出画的是他，作为他个人标签，很不错。

他就让小糖联系了一下那个粉丝，经过粉丝同意以后，他就做了自己社交平台的头像。

换头像的同时，他终于从草稿箱里，找出早就准备好的动态发表。

图片拍的是《东宫来了》的剧本，巍峨的宫殿剪影，烫金的“东宫来了”四个字，配文：“李叙，你好。”

今天阳光传媒在酒店设宴，发布会结束以后休息片刻，便是开机晚宴。

晚宴来的明星更多，像白清泉和杨李枝等大明星的业内好友也都过来捧场了，酒店外头围了许多粉丝，尖叫声就没停过。沈金台拉开窗帘的一角往下看，见黑压压的人群，闪光灯闪个不停。

不知道什么时候，他也会有这么多的粉丝，公开亮相的时候，都有人尖叫他的名字。

外头传来了敲门声，工作人员进来说：“沈先生，要入场了。”

沈金台点点头，李美兰又给他整理了一下衣领，拍了拍他说：“去吧，我们在这里等你。”

沈金台点点头，跟着工作人员出来，走廊里乱哄哄的都是人，宋微现在特别喜欢他，老远就招手：“小金啊，这边。”

沈金台笑着过去，跟着宋微一起往宴会厅走。

宋微是老牌明星了，年轻的时候也是呼风唤雨的大花旦，如今偶尔出演影视剧，都是演妈妈这一辈的了。如今她在《东宫来了》当中扮演的是萧皇后。

沈金台跟着她穿过走廊，快到宴会厅的时候，就看见阎秋池也走了过来。

老总就是老总，派头杠杠的，身后跟了好几个公司高层，阎秋池个头有一米九了，乌压压的一群人里头，即便都穿一样的正装，他也出类拔萃，特别显眼，在一堆星光的围绕之下，更显贵气沉静。

宋微笑着跟他打招呼：“阎总。”

“宋老师。”阎秋池微笑着跟宋微打了个招呼，又冲沈金台点点头。

在公众场合，他一向给沈金台面子。

沈金台也点了一下头，并没有说话，透过人群看到了杨李枝和白清泉。

就在这时候，小爱突然上线，“叮咚”一声，吓了他一跳。

“真的非常抱歉在这个时候打扰您，”小爱说：“可是我觉得还是应该及时通知您一下。”

“怎么了？”

“这边检测白清泉对您的好感度直线下降，下降值无法估量，暂且算负十分了！”

“什么鬼！”

“亲，您真的要加油了，不然下一关奖励遥遥无期！”

“下一关奖励是什么？”

“细腰呀，您自己选的。”小爱说：“相信我，绝对是性感大杀器！您值得拥有！”

沈金台抿着嘴唇，透过人群看向白清泉，白清泉言笑晏晏，好像和从前并没有什么区别。

他是很有涵养的“小仙男”，即便内心厌恶谁，也不会表现出来。

他为什么会厌恶自己？

难道是因为今天抢了他的风头？

可是没办法，这风头他也要，不能让。

他虽然喜欢白清泉，但白清泉和变美，乃至做巨星相比，那还是没办法比的。

他最爱的只有表演。

他要事业，就需要人气，要想做主角，抢得好的影视资源，就要演技和名气两手抓。

这还真是个死结呢。

他本来有两条路可以走，要么讨白清泉的欢心，要么和阎秋池对着干，难道以后只能走这后面一条路了嘛。

他又去看前面的阎秋池。

他只看到阎秋池的背影，被人簇拥着往前走。

和阎秋池对着干……他好像也干不过。

好难！

“亲，如果赢得太过容易，又有什么意思呢，您可不要忘了，如果完不成终极任务，您的下场会是什么？”

“是什么？”沈金台问。

他只知道能变美和不能变美，难道还有别的？

“当然有啊，我再重复一遍我曾跟您说过的话。您将获得的最高级别奖励是，不但可以在新世界活下去，还会有个人一辈子都是您忠诚的朋友。”小爱停顿一下：“您如果完不成最终任务，不能让男主绝情绝爱，一心一意奔事业的话，沈金台的命运您就无法改写，还是死翘翘。

“所以亲，迎难而上吧，加油！小爱不打扰您用餐了，拜拜！”

嘀的一声，小爱下线了。

沈金台后背都凉了。

果然天下没有免费的午餐。

沈金台面色严肃地朝前看去，隔着觥筹交错衣香鬓影，看了看远处的白清泉，又看了看阎秋池。

白清泉美貌温柔，阎秋池英俊高冷。

那他接下来要怎么做，和阎秋池对抗？还是打败白月光？

这都不是他想走的路。

活着固然重要，可活得舒服，活得有尊严，更重要。

和阎秋池几次交锋，他都没有出风头，反而让阎秋池对自己的误会加剧，被一个优秀的男人看不起，也是很伤自尊的一件事。他觉得对待阎秋池，最好的处理方式就是各自安好。

至于白清泉……

接下来他要和白清泉在同一个剧组待大半年时间，不谄媚，不死缠烂打，他要靠自己的业务能力，堂堂正正地战胜白清泉！

他信步朝白清泉走过去，阎秋池却在这个时候扭过头朝他看了过来。

沈金台的背影尤其挺拔，光看背影的时候，完全像是一个陌生人。

第24章

阳光传媒这几年风头极盛，公司出品的剧，几乎占据了这两年的热剧榜单和主流奖项，收视率和品质两手抓，属于香饽饽，明星们过来捧场，也是想搞好关系。

电视台的也来了，鉴于阳光传媒的高口碑，《东宫来了》这部剧还没开拍就已经和电视台签署了协议，电视台已经预留出了金秋档期，今天的开机发布会，同时也是电视台的招商会，阳光传媒这一次算是出了大手笔了。

晚宴的过程中发生了一个小插曲。刘会跑去媒体桌敬酒，大嘴巴说了几句话。

有人问他："你以前也出演过好几部男一号了，这次为什么接了《东宫来了》男四号的角色，是不是这个角色非常出彩？"

刘会的妆容丝毫不比曾经的沈金台逊色，抹了紫红色眼影的眼角微微挑起："我本来想演男二号呀，差点就定了，结果被沈金台抢走了啊，啊哈哈哈。不过我也没想到，他肯给白清泉演男二啊。"

笑得很爽朗，感觉就是个被抢了角色，却还没心没肺的小可怜。

桌上不久就有人把这段话发了出去。

"是啊是啊，谁能想到呢，沈金台竟然愿意给白清泉演男二。"

"所以这话的意思，沈金台是靠幕后操作得到的这个角色？还是带资进组吗？"

"沈家破产了吧？我前段时间还看有帖子贴出法院的公示，破产应该是事实，还有钱买角色？”

“瘦死的骆驼比马大。”

小糖在酒店里，一直在联系金粉们，刷到这个消息的时候心里一惊。

刘会可是资源咖，别看人气不行，粉丝没有白清泉多，可人家有钱啊。

他正要跟李美兰汇报呢，就发现刘会这条评论翻车了。

“他们俩半斤八两。”

“就是，他演技还不如沈金台吧，男一却是一部接一部，也是资源咖，如今是恶人碰上恶人磨了。”

“说真的，我宁愿看沈头花也不想再看刘会，他那个大脸他自己心里没点数吗？喂了那么多资源，要能红早红了。”

“他这是要借着沈头花炒作吧。说实话他这两年一直在模仿沈头花，只可惜他压根不懂偶像和演员的区别！”

刘会气到差点摔手机，小号亲自下场和网友对骂，没骂输，可是骂了一肚子的气，扭头看沈金台，沈金台简直春风得意。

今天的晚宴，最出风头的就是沈金台。

一向爱耍大牌的沈金台，今天竟然像个花蝴蝶似的端着酒杯满场飞，业界大人物他要讨好，媒体朋友他也要讨好，白清泉坐在椅子上偷偷观察，一杯酒下肚，差点要当众翻白眼。

“你今天心情不错啊，这么能喝。”杨李枝一边补妆一边笑着说。

白清泉眯着眼笑了两声：“开心嘛。”

沈金台今天喝的酒不少，有点上头了，他如今这个身体，远没有他以前酒量好。

他以前半斤白酒都没什么感觉。当演员的，饭局是少不了的，参加多了，也就练就了千杯不醉的本领。

很多人的眼睛都在偷偷盯着他看，人在宴会上谈笑风生，名字在网上还缀着个“爆”字。

沈金台敬酒敬了一圈，正要回到自己座位上去，刚拉开椅子，就听背后有人叫。

“金台，好久不见。”

他回头一看，是个颇为高大成熟的男人，看起来三十左右，眉眼略有些阴戾。原主大概是见过的，因为他觉得很面熟。

“几年不见，不会连我都不记得了吧？”那男人笑道。

沈金台伸出手来，笑着说：“季总。”

大反派季风行。

季风行握了一下他的手，眼睛却一直打量着他，眼神锐利，脸上虽然带着笑，但眼睛太利，笑起来也似不怀好意，像是老鹰盯着猎物。

季风行算是大人物的代表，浑身裹着一股霸道总裁的气场，《对家》里头，作者致力于塑造一个狂野不羁阴戾负面的大反派，以至于沈金台第一次看到他，就觉得有些燥热。

这个小说确实需要改造，太不和谐了。

季风行和阎秋池是竞争对手，因为旗下艺人郑思齐有参演这部剧，所以今天晚上他也过来了。

老总亲自来给自家新人撑场子，可见季风娱乐对郑思齐的重视。

“我听说你的经纪人目前在接洽经纪公司，”季风行笑着说：“两年过去了，不知道你的看法改变了没有。”

两年前，季风行曾亲自接触过沈金台，想签他。

可沈金台说什么来着。

“一百个季风行比不上阎秋池一根脚指头！”

他笑了笑：“我的确有签新公司的意向，不过还没最后决定，先看看自己还有没有行情。”

“季风娱乐的大门永远都为你敞开。”季风行说：“以前给你开的条件，如今依然没有变。”

“那我得好好谢谢季总。”沈金台笑着把端酒的服务生叫了过来，拿了一杯递过去，季风行接过来，和他碰了一下杯子。

喝酒的时候，季风行的眼睛还在盯着沈金台看。

沈金台的变化真的太大了，他差点都认不出来了。

不过没变的，还是他身上的话题度，复出头炮打得这么漂亮，沈金台还是过去那个沈金台。这样的艺人，最适合他们季风娱乐。

如今季风娱乐已经被阳光传媒远远地甩在后头去了。阳光传媒有个白清流，看那架势，将来要做巨星。他们季风娱乐自从几个大牌单飞以后，如今已经缺少男一线了，以前的沈金台，只知道追在阎秋池的后头跑，如今又是洗文身又是改头换面，看起来应该是彻底悔悟了。于公于私，他都要把沈金台争取过来。

“沈金台的经纪人最近在接洽经纪公司，你知道吗？”另一个餐桌上，萧扬低声问阎秋池。

阎秋池顺着他的目光看过去，就看见沈金台和他的竞争对手站在一块，两人把酒言欢，很是热络。

也不知道是不是角度的问题，如今侧对着他的沈金台，剪裁得体的西装裤裹着他挺翘的臀部，怎么看怎么惹眼。

“他会签经纪公司？”

当初在自己面前那么卑微，都没有答应签阳光传媒，说是喜欢自由自在，想自己当老板。

“人都改头换面成这样了，还有什么是不可能的，”萧扬说：“你有没有考虑过签他？”

“不考虑。”阎秋池很果断地说。

萧扬笑了笑，看起来格外风流：“我就知道。好不容易甩掉这个黏人精，是不能再和他有什么瓜葛。不过你不签，他大概率要落到季风行的手里了，季风娱乐这两年下滑厉害，他肯定想签个有话题度的，沈金台虽然退圈两年了，可热搜体质没变，我听说两年前他就想签沈金台了，可是沈金台一心追在你后头跑，没看上，如今看他们俩这相谈甚欢的劲儿，十有八九是要合作了。”

阎秋池没说话。

萧扬扭头看了他一眼，说：“其实我觉得沈金台……好像没以前那么招人烦了。”

他对沈金台印象也很不好。沈金台这个人性格很讨厌，待人很双标，对阎秋池哈巴狗似的跟着，对别人态度就很高傲刻薄。

结果今天沈金台碰见他，还热情洋溢地叫了一声“扬哥”，吓得他手里的酒都差点洒了。

沈头花真的像换了个芯子。

又坚定，又有活力。

阎秋池说：“你要不要把眼睛长在他身上。”

一晚上就只顾着盯着沈金台看了。

萧扬觉得很冤枉，今天大家的眼睛十双有九双都在盯着沈金台看好吗。

“我天这身材……”萧扬说。

阎秋池喝了口酒，眼睛去看别处。

眼不见心不烦，以前是这样。

现在还是。

虽然烦的点可能有点不一样。

今天的晚宴，白清泉完全是强撑到散场的。

喝多了酒，人就有些飘，靠在威哥身上说：“我今天……有没有艳压四方？”

威哥和助理扶着他：“有，有。”

白清泉又猛地直起身，回头朝宴会厅看：“沈金台呢，沈金台。”

威哥赶紧把他拉走了。

白清泉回到房间就呜呜地哭，助理一筹莫展，威哥说：“喝醉了就这样，别管他。”

白清泉哭够了，就躺在床上刷手机。

各个社交平台他全都刷了一遍。

看完以后，心情略平衡了一些。

他现在已经不是当年那个完全被艳压的白清泉了，一线就是一线，他有一群暖心的小天使粉丝。

大概加起来算了一下，还是他的好评多。

很多人都在夸他盛世美颜。

他点开一张自己粉丝拍的美图，放大了，从眼睛看到嘴巴，就连喉结都看了看，很完美。

再点开沈金台的图看，沈金台现在连个帮他美颜修图的粉丝都没有，放大看，五官缺点还是挺明显的。

就是唇色，好像很诱人。

不知道他今天晚上抹的什么口红，看起来怎么这么自然。

明天到片场，一定要打听清楚。

刘会和网友骂完以后，一肚子气没地方撒，缠着络腮胡帮他出气。

“你不要胡闹，”络腮胡说：“这剧我也是有投资的，闹崩了我也会有损失。”

“我又不抢男二那个角色了，我就是想出出气。”

喝了酒，脸上带着红，长睫毛抖啊抖的。络腮胡就问说：“你想怎么出气？”

“我听说沈金台酒品超差。”刘会望着远处在敬酒的沈金台，咬牙切齿。

这可不是道听途说，沈金台以前喝醉过好多次，丑态都记录在记者的镜头里。

沈金台不知道如今自己的酒量到底有多少，满场子转了一圈，晚宴已经到了后半段，大家开始陆续离开，他也打算回自己房间的时候，忽然遇到了几个业内大人物。

大人物主动和自己搭讪，于情于理都不能怠慢，一激动，酒就喝猛了，当下还没什么感觉，坐了一会酒劲就上来了。

他对付醉意的办法就是狂喝水，狂喝水的后果就是尿急。好在他还撑得住，没有当众走得踉踉跄跄。

明星上厕所还是要注意隐私的，一般的洗手间不能去，得去贵宾区。才刚走到走廊里，人就踉跄了一下，走廊里的服务员赶紧扶了他一把，这时候忽然从后头跑过来一个人，笑着说："交给我吧。"

宴会都是明星，所以安保很严格，不是有名有姓的是进不来的，倒不用担心对方是什么狂热粉丝。服务员见他穿着体面，应该也是今天来参加晚宴的贵宾，就把沈金台交给了他。沈金台扭头看去，见对方有点面熟。

"你是……"

"你不记得我了？"那人有些激动，声音都是抖的，说："前几天在阎太太的生日宴上，咱们还聊过呢。"

他这么一说，沈金台就想起来了。

脚下还有些软，他颇有些尴尬地说："今天喝得有点多。"

"没事，我扶你。"

沈金台笑着抓住他的胳膊："谢谢。"

那人扶着他往洗手间的方向走，沈金台捋了一下头发，脸上全是酒红，眉眼却仿佛被酒热给熏染开了。至少在扶着他的人看来，是一脸春意盎然。

他仰慕沈金台真的超久了。

从沈金台在真人秀舞台上第一次出现，他就觉得这个一头红毛的"小鲜肉"不一般。

他看着他在舞台上光芒万丈，也看着他为了阎秋池犯蠢，更看到了他失恋加破产的落寞，如今沈金台涅槃重来，他真的好高兴。

他在近距离接触自己的偶像欸！

沈金台越走越觉得自己脚下虚软，醉酒的感觉越来越强烈，脑子都开始迷糊了起来。

根据残存的理智分析，他这是要醉了啊。

当明星的警觉性还是有的，他立马从兜里掏出手机来，还没点开呢，手机就脱手掉在了地上。

“我帮你我帮你。”对方赶紧弯腰帮他捡了起来。

“给……给我经纪人打个电话。”沈金台不走了，靠在了走廊的墙上。

他如今的酒量是真的不行。

沈金台打开通讯录，才想起他如今的通讯录上加了无数个联系人，刚看到小糖的名字，那人就抓住了他的手，说：“你喝醉了，我送你去房间休息吧。”

“谢谢，不……不用了。”沈金台说。

但那人却不松手，态度不算强势，但直接抓住了他的胳膊：“你喝多了。”

其实如果是清醒状态，沈金台还真不会反抗，主要对方也不像是狂热粉丝，能受邀参加阎太太的生日宴，想必也是有头有脸的人，况且这酒店监控安保又这么严格。但他如今喝多了酒，本能意识超过理智，当了多年的公众人物，警惕性特别强，直接一把将那人推开，自己靠着墙一屁股坐在地上：“你干什么？！”

那人却突然上前来，一把抓住了他的胳膊。

沈金台一惊，立马又推了一下，那人却直接抱住了他：“你别嚷，别嚷。”

你不说别嚷我还想不起来要嚷呢。

沈金台刚要喊，那人就捂住了他的嘴，对方可能也是害怕，刚捂住他的嘴，又立马松开了：“我……我……我就是想帮你。”

“滚！”沈金台抹了一下嘴巴。

那人撒腿就跑了。

沈金台猛地松了口气，一松劲，眩晕感立即就上来了。

服务员听到动静赶紧就跑过来了，沈金台受了惊吓，又醉得厉害，谁都不相信，嘴里嘟囔着：“别……别碰我，滚，我……我报警了啊……我报警……”

围观的人越来越多，但不管谁上前来，沈金台都发酒疯。

啧啧啧，神经病似的沈金台又出现了。

沈金台忽然觉得特别伤心，也不知道是为什么，一只手掩着眼睛，眼泪直往下掉，脸色红得厉害。

混乱当中，他挥舞的拳头落入一个力气很大的手掌里头，那人按住他的胳膊，说：“沈金台！”

很严厉，但是很熟悉。

他即便醉得厉害，可还是听出来了，是阎秋池。

是很讨厌他的阎秋池。

虽然很讨厌他，但很值得信赖。谁都会欺负他，但阎秋池不会。

他就老实了下来，松开捂着眼的手。

衣服乱了，头发也是乱的，鼻头是红的，眼睛也通红，但眸子是散的，湿漉漉地看阎秋池一眼，又仿佛很泄气地垂下头来，不再动弹。

阎秋池黑着一张脸，正要起身招呼服务员过来，却发现自己起不了身。

他低头一看，只见沈金台的两只手，攥着自己的衣角。

第25章

像小孩子攥着大人的衣角，心里就有了安全感。

抓得还挺紧的，他想要起身都不行，被沈金台抓得死死的。

他都怀疑沈金台是装醉。

“阎总……”服务员犹豫着要不要上前来。

阎秋池本来想让服务员送沈金台回房间的，或者打电话把沈金台的助理喊过来，但看这情形，压根拽不开。

他也不好当着众人的面去掰沈金台的手。

这下没有退路了，阎秋池冷着脸犹豫了一下，就把沈金台扶了起来。

围观的人自动让开了一条道，阎秋池扶起来以后，才发现他不知道沈金台住几号房。

今天来的艺人特别多，每个艺人基本都单独安排了房间，这时候去问前台或者其他相关人员，只会越闹越大。眼下得先把沈金台带走再说。

服务员赶紧帮他按了电梯，阎秋池说：“二十一楼。”

服务员按了楼层，犹豫着到底要不要跟上去的时候，电梯门就合上了。

服务员是认识阎秋池的，也认识沈金台。

眼下电梯闭塞，服务员双手扣在一起，微微踮起脚尖，又兴奋又煎熬，隐约听见沈金台在扭动。

我天。

服务员抿着嘴唇，抬头看着电梯上的楼层数，然后就听阎秋池冷冷地说："再动？"

沈金台立马老实了很多。

只可惜在阎秋池扶人进了房间以后，就不能再继续跟进了。

阎秋池把沈金台扶到自己房间去了！看来这俩人的关系，并不像传闻说的那么差嘛。

阎秋池将沈金台放到沙发上，发现沈金台还攥着自己的衣角，这下旁边没人，他就伸手去掰沈金台的手指，谁知道沈金台拽得特别紧，怎么都掰不开。

"松开。"阎秋池忍着说。

沈金台哼唧一声，听起来格外柔弱。

沈金台以前也装过醉，他好心送他回家，谁知道沈金台又是扭又是叫，比现在还夸张。

那时候一听就怀着猛烈的攻击性，如今哼唧得弱了，反倒像是那股劲儿也被酒给熏醉了，不再听从主人的意志。

阎秋池黑着脸："喝多了就会发酒疯。"

沈金台的脸上还有泪痕，今天出席这么重要的场合，要上镜，所以沈金台是化了妆的，如今搅和着眼泪用手搓了一把，脸花了，整个人显得更可怜。

他其实很多年都没有认真看过这张脸了，从前这张脸被艳色涂抹，如今恢复了本来面目，五官清秀，还透着一种陌生的脆弱感。

但那嘴唇却极红润，在脸上酒色的晕染下，看起来很抢眼。

阎秋池将自己的外套脱了下来，这才算彻底挣脱了沈金台。

他喘了口气，就给助理高桥打了个电话："联系一下沈金台的经纪人，叫她来我房间一趟。"

高桥赶紧去联系了李美兰，李美兰还在关注动态呢，他们本来预估今天沈金台会被骂的，没想到竟然获得了很多好评。

这真是意外之喜。

她接通了电话，声音都透着重整旗鼓的喜悦：“你好，这边是李美兰。”

“那个，我是阳光传媒的高桥，我们阎总让你去一趟他的房间，2109。”

因为沈金台的关系，李美兰和阎秋池的关系也很紧张。

“叫我吗？阎总叫我？”

高桥也很纳闷：“是叫你。”

李美兰惴惴不安地来到了2109房门前，房门打开，阎秋池上身只着白衬衫，卷了下袖子，说：“进来吧。”

李美兰鞠了一躬，小心翼翼地进了门，才刚进去，就看见沈金台大喇喇地躺在沙发上，手里还攥着一件黑色西装。

我天。

不会是从阎总身上脱下来的外套吧！

李美兰的脸红了又白。

她不知情呀，这是怎么回事，她真的一点都不知道呀，找她兴师问罪也没有用呀！

“他喝多了，”阎秋池说：“你在这照顾他吧。”

李美兰赶紧过去，拍了一下沈金台，沈金台一点反应都没有了，睡得死死的。

外头又传来了敲门声，阎秋池去开了门，进来的高桥，提着一件新外套，一看见李美兰和沈金台在里头，吓得手里的衣服都差点掉在地上。

他瞪大了眼睛，呆呆地把手里的西服给了阎秋池。

他们阎总肯定要气炸了。

他小心翼翼地看了阎秋池一眼，阎秋池将外套穿上，回头对李美兰说：“房卡在他手上的那件外套兜里，你就在这待着陪他吧。”

李美兰赶紧站起来，点点头。

这到底是怎么回事，咱也不敢问。

李美兰和高桥互相看了一眼。

等阎秋池和高桥走了以后，李美兰立即坐到沙发上，啪的一声拍了一下沈金台的胳膊："沈金台，起来！"

沈金台迷迷糊糊睁开眼睛，竟然也认出了她来，只是身体不大听使唤，说："兰姐，有……有人打我主意。"

李美兰："……"

你小子想得倒美！

看来是醉糊涂了。

她立即给小糖打了个电话："买点解酒药，送到2109号房来。"

那边高桥跟在阎秋池后头进了电梯，实在忍不住心中好奇了，仗着自己平时还算受宠，开口问说："阎总，沈金台他是不是又缠上您了？"

阎秋池脸上情绪寡淡："我带他上来的时候不少人看见了，如果有人散播，你就让公关部处理一下。"

高桥点了一下头，知道阎秋池这是不想多说了。

阎秋池喉咙滚动了一下，薄唇动了动，抿得更紧了，搓了一下右手的手掌心。

他很少与人有太过亲密的接触，扶沈金台，更是头一遭。

第一个感觉是轻。

沈金台比他想的轻多了，一米八的个头，身上却仿佛没有几两肉。

可要说没肉，也不是，因为他刚开始把沈金台扶起来的时候，可能没经验吧，不知道怎么，大手一不小心碰到了沈金台的臀部，说真的，那刹那的肉感有震惊到他。

即便他赶紧将手往下挪了下去，可那刹那的触动，还是久久不能消散。

不过他对沈金台，依旧一点好感都没有。

沈金台被骚扰的事情，没有人知道，唯一知道内情的沈金台，如今还人事不省。

但好奇的高桥，实在想知道发生了什么事。

他调查了一下，从周围人的口中得知的情况是：沈金台喝醉了酒发酒疯，被阎秋池碰到，就带到楼上去了。

事情真的这么简单吗？

难道不是沈金台又装醉？

高桥带着强烈的探求真相的欲望，决定去调监控。

他倒要看看，这个沈金台又在耍什么花招。他们阎总有涵养，不代表就可以随便被污蔑！

结果一看监控，他惊呆了。

这是哪里来的人，竟然骚扰沈金台！

凭他对沈金台的了解，他确信沈金台是喝醉了，不然早踹得那人哭爹喊娘了。

视频还算清晰，对方是个长相挺清秀的年轻男人，看穿着打扮，非富即贵。

也是，今天酒店安保严格，能进来的肯定都是收到邀请的，偷混进来的可能性不大。

他虽然讨厌沈金台，可遇到这种事还是义愤填膺。

他犹豫要不要把这件事告诉阎秋池。

他们阎总虽然从事的是演艺圈行业，但很少出现在镁光灯底下，之所以有这么多人认识阎秋池，除了阎家的权势，很大一部分原因还是沈金台。

高桥去见阎秋池的时候，阎秋池正在看这个季度的财务报表，他见高桥进来，直接把报表往桌子上一甩："这次的报表是谁做的，核算方式怎么改了，打回去让他们重做。"

高桥应了一声，将财务报表收了，阎秋池抬眼："有事？"

高桥天人交战了半天，说："我去查了一下，结果听人说，沈金台喝醉酒，被人骚扰。我就调了监控看了一下，还真是。"

阎秋池不知道这回事，他看到沈金台的时候，沈金台就在发酒疯。

“看清楚是谁了吗？”他问。

高桥说：“不认识，不过看着有点面熟。”

他说着便上前来递上手机，他还专门拍了这段录像。

阎秋池接过手机看了一眼，越看脸越黑。

他们阎总就是素质高，平时烦沈金台烦得要死，看他受欺负，也没幸灾乐祸，神色还很凝重。

“您认识他不？”

阎秋池认识，是钱家的公子，钱家树。

钱家树跑了以后，又后怕又后悔。

他整理了一下衣服，朝酒店门口走去，才刚走到门口，就有安保人员拦住了他。

钱家树皱了一下眉头：“干什么？”

“钱先生，”旁边的高桥放下手里的咖啡，笑着走过来，说：“我们阎总找您有点事，耽误您点时间。”

沈金台睡了一夜，第二天醒过来的时候头痛欲裂。

他现在总算是知道自己如今的酒量有多少了。

他从床上坐起来，发现自己手里还攥着一件外套。

模糊的记忆一下子涌入脑海，他就想起来他失去意识之前，好像遇到了阎秋池。

这还真像是阎秋池的外套。

天哪。

他赶紧掀开被子看了一下，他竟然穿的一身睡衣！

沈金台一下子清醒了大半，坐在床上揉了下头发，浑身发麻，一时竟然分不清什么是现实和梦境。

外头进来一个人。

他立即抱紧被子，看向门口。

小糖一边用勺子吃着红豆羹一边推门进来：“金哥，你醒啦！”

“你怎么在这？”沈金台又看了看又陌生又豪华的卧室：“这又是哪儿？”

“金哥，你昨晚上喝醉了，阎总把你带到他房间里来了。”

沈金台呆滞半分钟。

竟然不是做梦！

他伏在膝上用力揉了一下头发，就听李美兰说：“你还不赶紧起来，今天开机你都忘了吗？看你的脸又红又浮肿，等会看你怎么拍戏。”

“第一天没有金哥的戏份。”小糖小声说。

沈金台抬头看了小糖和李美兰一眼：“你们先出去，我洗个澡。”

李美兰说：“衣服都给你准备好了，你洗快点，没戏份也应该去现场看看，熟悉熟悉环境。”

他们两个出去以后，沈金台才下了床。也不知道是不是他的错觉，还是宿醉就这样，他竟然觉得两条腿有点不听使唤。

“你们是多久来的？”他擦着头发从浴室出来，神色尽量镇定：“我被阎秋池送过来的？”

“你是喝了多少，连自己怎么来的都不知道。”李美兰就把昨天的情况跟他说了一遍：“接到他助理电话的时候，我都蒙了。”

“你来了以后他就走了啊。”沈金台长吁一口气。

“不然呢？”李美兰说。

第26章

“我身上的衣服，谁给我换的？”他又问。

总不是阎秋池吧？

“想好事，想美事。”李美兰说：“你吐了你不知道吗，我让小糖帮你换的衣服。”

小糖澄清：“我只脱了你外头的衣服！”

沈金台说：“我以后再也不喝酒了。”

“要在业内混，完全不喝酒是不可能的，以后少喝点就行了，你说你酒量怎么那么差。这么多年也没长进。”李美兰把衣服丢给他：“赶紧穿上衣服准备出发吧，今天是棚拍，你去熟悉熟悉拍摄环境。”

《东宫来了》大部分宫廷戏都是棚拍，剧组一比一打造了很多宫殿楼宇，他都还没见过。

昨天宿醉，小糖买的早餐他也没吃几口，换好衣服正准备出门，外头忽然传来了敲门声，小糖过去开了门，就看见高桥一张冷若冰霜的脸。

身后还跟着一个年轻男人。

沈金台一看到他身后的人，脸色就阴沉了下来。

“这是昨天晚上的人，阎总让我带他过来，跟你道个歉。”高桥说。

钱家树进了房间，脸色涨红：“我真的抱歉，我当时看你喝醉了，想帮你。”

沈金台面色看起来有点憔悴，但眼神坚定，说：“你是我的粉丝吗？”

钱家树点头。

他真的是沈金台的铁杆粉丝。

“那我以有你这样的粉丝为耻，”沈金台说：“你以为我是第一天在外头混生活呢，你想干什么，你以为我看不出来。”

钱家树好像一夜没怎么睡，已经有点放弃狡辩了，垂着头，脸红透了，说：“对……对不起。”

沈金台说：“你走吧，我不追究你，希望以后不会再看到你。”

对于一个粉丝来说，没有比偶像嫌弃更伤自尊的事情了。钱家树臊得满脸通红，看了高桥一眼，见高桥没说话，就赶紧溜掉了，像只老鼠。

“替我谢谢阎总。”沈金台对高桥说。

“阎总说了，换别人他也会这么做。”高桥依旧没什么好脸色：“他昨天没有造成实质伤害，你又是公众人物，闹大了对你的影响不好，所以这事只能就这么了了。不过你放心，我们阎总跟他聊过，他以后不敢了。”

沈金台点点头。

高桥转身要走，那边李美兰和小糖都还云里雾里不知道发生了什么事呢，正要抓住沈金台的胳膊问，就见高桥走到门口忽然又停了下来，转头看过来：“我有几句我自己想说的话，想跟沈先生聊一下。”

“你说。”

“沈先生今天也知道被这样的人缠上，是什么感受了吧？”

这个高桥，果然是男主最忠心的助理，一心一意为阎秋池考虑。

“你放心，让你们阎总也放心，”沈金台也知道，这种事口头说得再好听都没用，他曾经的形象已经根深蒂固，想扭转没那么容易：“这段时间发生了很多事，大家都变了，我也是。”

高桥跟阎秋池久了，也沾染了一些他的脾气，作为助理，很多阎秋池不能发作的时候，都是由他充当黑脸角色。

“我们阎总的外套呢？”高桥说。

沈金台愣了一下，回头就把阎秋池留在这里的外套取出来，递给了高桥。

高桥点了一下头，拎着外套就走了出去，态度格外倨傲。

沈金台哂笑了一声，回头就看到呆若木鸡的李美兰和小糖。

他把昨天的事跟他们讲了一遍，小糖气得要死："还有这种事！"

"阎总这样处理得很好，"李美兰说："能让这人来道个歉已经不容易了，这事闹开了对你是没好处。"

"你替我去谢谢阎秋池吧。"沈金台说："我就不亲自去谢他了。"

他不出现在阎秋池跟前，才是对阎秋池最好的感谢吧?

这样的感觉还真难受，真不知道以前那个沈金台是怎么做到的。

他是做不到。

他也不要和阎秋池对抗了，就当熟悉的陌生人。

"他这样跟你说的？"阎秋池问高桥。

高桥点点头，说："还挺认真的，不像是在撒谎。他可能真的不会再纠缠您了吧。"

后面这句话说完，他也讪讪的，觉得这话说得不合适。

好在他们阎总脸上一向寡淡，看不出什么来，只用右手的大拇指，摩挲着左手的手掌心。

他赶紧说："您的外套，我已经差人去送洗了。"

剧组开拍，阎秋池本来打算要去拍摄现场看一下的，奈何他接下来的行程安排特别满，要出国一趟，他就派了公司的副总过去。

"你跟张副总一块去吧。"他对高桥说："有什么问题直接给我打电话。"

高桥做了多年助理，经验和能力都上来了，再做私人助理有点屈才，阎秋池打算提拔他，有意让他去历练。

高桥点头："是。"

高桥先送了阎秋池去机场，然后又和张副总一起去了片场。

《东宫来了》是边拍边播的模式，一个月之后就要播出，所以拍摄总体上都是按照剧本顺序来拍的，只是有小范围的调整。比如今天拍的这一场男、女主角的对手戏，本来是在第二集才出现的，剧组为求好彩头，先拍了男女初相见的片段。

女主角贺兰璧随母亲入宫，看望她的姑母，也就是宋微饰演的萧皇后。

萧皇后本来要把她许配给自己的儿子，也就是太子周瑛的。奈何女主在这次进宫的过程中，和男主一见钟情。

男主角是白清泉饰演的二皇子周璟，是德妃的儿子，德妃早亡，他是最不受宠的皇子之一。

这场戏只有一个要求——美。

桃花夭夭，落花满天，鼓风机吹啊吹，吹得贺兰璧的裙摆都飘起来。

沈金台坐在旁边，拿着个电动小风扇对着脸吹。李美兰在他旁边蹲着，小声说："郎才女貌啊。"

是养眼，杨李枝的美貌不用说了，有名的古装小花旦，白清泉的古装更是美貌，贵气秀美，他俩都有单独的造型师，发髻和戏服都和其他人有差别，看着就特别有质感。

导演一喊"卡"，立马三四个人围上来，有的给他补妆，有的给他扇扇子，白清泉拿了小镜子照了照自己的妆，看到沈金台在盯着自己看。

大热的天，他一身厚重戏服，沈金台倒好，穿着T恤拿着小风扇，特清凉。

他就冲着沈金台笑了笑。

沈金台立马挥了一下手。

他今天没戏份。

虽然没他的戏份，可在旁边看着也激动。

他还是喜欢拍戏。光是看到这些机器设备，看到头顶的人造光，他就觉得心潮澎湃。

在片场待了俩小时，他就去了剧组安排的酒店。

酒店就在影视城里头，影视城的酒店条件都很有限，有些甚至很简陋，谁知道他打开房门一看，给他安排的是个套间，竟然是特别豪华的大房间，看来剧组对他很重视，他很满意。

“你的房间都这么好，那白清泉杨李枝他们的房间得豪华成什么样啊，这酒店外头看着挺普通的，没想到里头有乾坤。”李美兰说。

房间多，她和小糖没事都可以在这留宿。

沈金台打开阳台的门，站到外头，影视城一览无余，让人心旷神怡。

这就是他将来要奋斗的地方了。

回家拿行李之前，他先让小糖买了许多凉饮送往片场，结果车子要进大门的时候，他看到有一群小姑娘在路边站着。

一看就是来蹲守的粉丝。

他就让小糖停了车，摇下车窗问：“你们在等谁呀？”

结果那群小姑娘看见他，像是见了鬼。

“我们是白清泉的粉丝。”其中一个胖胖的姑娘颇有些敌意地说。

月光粉啊，怪不得看见他这个态度。

外头这么晒，这边连个凉荫都没有，这些小姑娘脸色都被晒得通红，额发都是湿漉漉的，打伞根本没用。

“他要拍到晚上才出来呢。”沈金台说：“你们这么早就在这等了。”

小姑娘们神色微妙，领头的敌意最大，后头几个则有些害羞地看着他。沈金台笑了笑，让小糖送了一箱凉饮给她们：“白清泉知道你们在外头，可是他的戏比较满，没空出来，这是他让我给你们带的，你们辛苦了。”

那几个姑娘一开始还不想要，一听说是白清泉给她们的，立马欢呼雀跃，她们捧在手里的哪是冷饮，分明是哥哥的爱！

车子走远，小糖说：“你干吗替白清泉做好人，瞧她们对你那个态度。”

“小姑娘也不容易。”沈金台回过头来说：“也不知道我什么时候能有粉丝来看我。”

“金粉们正在商量啊，她们说等剧组开放探班的时候，她们一定会过来看你。”小糖说。

“那我是不是要给她们准备礼物？”

“她们会给你带礼物。”小糖说：“不过你如果也给她们准备，她们肯定高兴死。”

“那就帮她们准备一份礼物吧，贵不贵的是个心意，”李美兰说：“毕竟你复出第一部戏，这样做看起来也比较有诚意。这个让小糖帮你弄吧。”

“我还是自己准备吧。”沈金台说：“我这几天好好想一想。”

他看了看剧组的通告表，第一次开放探班，是在一周之后，当天是皇室宴会的群戏，重要的主演都在。

因为第二天就要正式进组拍戏，所以他回到家早早就睡了，第二天起来容光焕发，正准备出发，就看见阎太太和阎耀轩已经在楼下等他。

“走吧。”阎太太说。

“你们要干什么？”沈金台提着行李箱说。

“送你啊，你第一次进组拍戏，我们要去给你加油打气。”

“我们剧组还没开放探班呢。”

“我是阎秋池的妈，他们还敢不让我进去？”阎太太说：“走吧走吧，我是给你们剧组送温暖来了。”

阎太太出马就是大手笔，一卡车的东西送过去了。

沈金台瞠目结舌。

张制片和郭导专门跑出来迎接阎太太，工作人员一箱一箱地往下抬东西，阎太太挽着沈金台的胳膊，说：“你们要多关照他呀。”

大家都知道沈金台和阎秋池俩人关系很崩，却不知道沈金台和阎太太的关系这么好。

“那是谁呀？”杨李枝只着单衣，对着小风扇问。

白清泉冷冷看了一眼：“阎总的母亲。”

“她就是方凤美呀。”杨李枝立马坐直了身体，方凤美可是真正的名媛。

这气质，杠杠的。

怪不得阎总那么帅，原来他妈妈长这么漂亮。

阎太太来一趟，全剧组都炸开了锅。

沈金台去化妆的时候，阎太太由张制片陪着，绕着片场转了一圈，然后问张制片：“哪个是白清泉呀？”

她倒是见过白清泉的视频和照片，但是不好意思，没记住长相。

张制片就指给他看：“椅子上坐着那个。”

阎太太冷眼看去，小模样倒是很招人疼。

不过男人过分漂亮未必就好，白瞎了这么秀气的一张脸。她还是觉得沈金台看着最顺眼，有一种说不出的可爱。

自家孩子总是可爱到爆。

“你唇色真好看。”化妆师对沈金台说：“不用上口红都行。”

沈金台吃妆，本来有点寡淡的五官，一上妆姿色能提高八个度。化妆师帮他调了一下头套，等穿上戏服以后，活脱脱一个古装小帅哥。

群戏最难拍，尤其是今天这样的大场面，几乎一半的主演都要出镜，光调度就要半天，沈金台还不能坐，他是白清泉的贴身小太监，要站在他身后服侍。

从小没沾过阳春水的阎太太在旁边看着，都要心疼死了。

尤其沈金台还要给白清泉做配，也不知道他心里多委屈。

不过她又很欣慰，沈金台以前脾气是有些差，如今家里出了事，人一下子长大了很多，能吃苦了，站在那儿一句怨言都没有。

第一场戏，沈金台没台词。

可他还是很激动，他天生就有表演欲，对演戏有一种不寻常的热爱，穿着古装往镜头前一站，他就能忘了自己是谁，一心一意做他的小太监。

虽然没台词，但是他有特写镜头。在剧情里，这是他第二次看太子周瑛，在群宴上，隔着一群舞姬，偷偷抬眉，朝对面的太子看去，谨慎又敬仰。

看现场倒还好，乱糟糟的，光也有些亮，但是阎太太和阎耀轩往导演监视器后头一看，简直可以用惊艳来形容他们的感受。

镜头里完全是另一个光影世界，经过了打光和调色以后，每一帧画面都精美通透得不可思议，沈金台看了太子一眼，然后微微垂下头来，镜头里太子的面目渐渐模糊，焦距调到了沈金台的脸上，放大，看到他垂下的睫毛，和唇角转瞬即逝的微笑。

阎太太感觉自己受到了震撼。

越是熟识，越是陌生。

“眼神真好。”郭瑞忍不住说。

阎耀轩觉得自己心跳好快，他看到了沈金台滑动的喉结，雪白的内衬，青色的长袍，光影将他打造得玉色风流。

第27章

他们这场戏就拍了一天，晚上的时候终于收工，大家都筋疲力尽。

第一天开拍，大家都还没有调整好状态，所以没有夜戏。

白清泉尽管很疲惫了，可出门看到自家粉丝，还是下来跟她们打了个招呼。

“哥哥，我们都等你一天了。”

白清泉笑着说：“大家辛苦了。”

“哥哥拍戏辛苦了！”

“这是我们给你带的礼物！”

“哥哥能给我签个名吗？”

一群小姑娘，叽叽喳喳欢呼雀跃。沈金台坐在车里，从他们身边过去，透过车窗看夜色里的白清泉，温柔而有耐心地和粉丝合照。

真好。

“再到你住的地方看一看，我们就回去了。”阎太太说。

阎耀轩问：“不吃饭了？”

“我的意思就是吃了饭回去。”阎太太说：“我还约了郭导他们呢，包间都订好了，怎么能不吃。”

沈金台知道这都是在给自己铺路。他一个人独闯演艺圈久了，第一次感受到被人保护的幸福，有点感动。

“谢谢阿姨。”

阎太太笑着看了他一眼，说：“你第一次拍戏的时候，我在国外，都没能回来看你。今天还是我头一次进剧组看你呢，你演得真好。”

“都没有台词，哪儿能看得出好不好。”沈金台笑着说。

“你光往那一站，就像变了个人，我都快不认识你了。”

“他们剧组的摄影师很厉害，拿过奖的。他镜头拍得特别美，郭导好像也是摄影师出身。”阎耀轩回头说。

“你怎么知道？”

“这些我都查过。”阎耀轩语气略有些兴奋，看沈金台的眼神里掺杂着仰慕的光。

他以前只知道沈金台在舞台上做自己的时候很耀眼，没想到影视剧里演别人的时候，更迷人。

阎太太请了全剧组来吃饭，却只叫了导演、编剧、制片人，还有摄影师坐他们包间。就是杨李枝和白清泉这样的男女主，都和剧组其他演员安排到一起去了。

杨李枝很客气地婉拒了，说太累了，要休息。

“你要休息？”威哥问白清泉。

白清泉抠着手指甲：“没安排到主桌去？”

威哥说：“没有。”

“你有没有觉得阎太太好像不大喜欢我？虽然笑眯眯的，可我总觉得她看我的眼神不对。”

“你是她儿子的摇钱树，她怎么可能不喜欢你。”威哥说：“你自己照照镜子，你长成这样，人又这么好，谁能不喜欢你。”

“沈金台啊，他就恨我恨得牙痒，他跟阎太太关系这么好，不知道背地里说了我多少坏话。”

话音才落，沈金台就来敲门了。

一身宽松T恤，戴着棒球帽的沈金台，笑眯眯地进来，说：“清泉，你怎么还没下去吃饭，走啊。”

白清泉笑着说：“我有点累了，就不下去了。”

“再累也得吃饭。”沈金台笑着说：“走吧走吧，顺便咱们聊聊明天的对手戏。”

这是要让他坐到主桌去的意思吗？

白清泉就站了起来：“那好吧。”

那句“吧”的语气有点孩子气，有一点点可爱。

白清泉刚卸了妆，素面朝天的一张脸，依旧水润光泽得不像话。二人和威哥他们一起进了电梯，他问沈金台：“你都用哪个牌子的唇膏，颜色真好看。”

介于番茄色和枫叶色之间，鲜润的程度刚刚好，对男人来说不至于过分鲜艳，干净自然，没什么口红感。

“你说今天拍戏的时候吗？”

“我说你现在。”

“我什么都没涂。”

白清泉就扭头看了沈金台一眼，凑近了看，沈金台笑了笑，伸手抹了一下嘴唇。

终于第一次体会到变美的喜悦。

“你看。”他轻声说，伸手指给白清泉看。

白清泉愣了一下，说：“这是你本来唇色啊。”

沈金台以前喜欢浓妆艳抹，以至于他都怀疑是不是自己的记忆出现了错乱，他记得在真人秀节目上，素颜的沈金台唇色很黯淡啊。

“最近气色养得好。”沈金台说。

白清泉抿了下嘴唇：“我最近比较忙，嘴唇特别干，还以为你有什么好唇油可以分享呢。”

沈金台就轻声笑了笑。

威哥在旁边一脸问号。

这两人的对话，哪里像死对头，倒像是交流美妆心得的好朋友，气氛诡异得和谐。

恍恍然觉得，这俩如果能成为真的好朋友，好像也不错。

这念头刚冒出来，他就见白清泉扭头看过来，偷偷翻了个白眼。

好吧，他想多了。

这顿饭吃得很愉快，不过阎太太和阎耀轩，还是有点不开心。

阎太太不开心的点在于，她觉得沈金台好像真的挺待见那个白清泉。

她记得沈金台在她生日宴的时候跟她说过，说他现在不纠缠阎秋池了，和白清泉一块玩。

她以为只是声东击西，没想到沈金台好像是来真的，和白清泉坐在一起的时候，沉静、从容、温柔，很有绅士的样子。

这还是从前那个火辣辣暴脾气的沈金台吗！

阎耀轩就更不开心了。

“这个白清泉，好像脾气还挺好的。”阎太太说。

“他就是‘小仙男’啊，”沈金台说：“人也特别好。”

“真好的谁会往名利场钻。”阎耀轩说。

阎太太瞪了他一眼。

阎耀轩就赶紧对沈金台说：“我不是说你，我……”

她这个小儿子真是从小憨兮兮的，跟他哥简直不像一个爹妈生的！

沈金台笑着说：“我知道。”

他打开房门说：“进来吧。”

阎太太和阎耀轩进了酒店房间，阎太太看了一圈，说：“还行，比我想的要好一些。”

“妈，你就别装了。”阎耀轩对沈金台说：“这是妈给大哥下的死命令，说要给你住最好的房间。”

“怪不得呢，”沈金台说：“我就说，剧组怎么给我安排了这么好一个房间，我还以为大家都这样呢。”

阎太太笑着说：“这算什么好，虽然是五颗星，可跟外头的差远了。不过没办法，这边的酒店普遍条件都不好，你将就着住。咱们家自己投资出的剧，怎么能委屈了自家人。”

这边到主城区要两个多小时车程，时候不早了，阎太太他们母子也要回去了。

沈金台洗了个澡，出来的时候浑身舒畅。天热，他只围了个浴巾就出来了，喝了口水，最后重温了一下他明天要拍的戏。

明天算是他第一场重头戏，《东宫来了》这部剧之所以能火，他看了剧本以后觉得最大的原因就是不走寻常路。

通常这类型的剧，第一个出马的都是“炮灰”宠妃，《东宫来了》这部剧，开篇却是兄弟争权。

节奏也快得可以，第一集女主进宫，男女主角相见，小太监和太子相识，顺便没了几个“炮灰”妃子。

原著小说里写了几十章才写到的内容，电视剧第二集就全拍出来了。

他看了看剧本，李叙和周瑛的戏份，竟然写得还挺详细。太监诡计迷惑太子的戏份，剧情很饱满，张力十足。

紧接着就是萧皇后发现端倪，将他鞭笞的戏码。

在男女主角都还在成长的这前几集里，戏剧冲突全都在李叙这个角色身上，他一定要演好，来个先声夺人。

这念头刚冒出来，就听叮咚一声，小爱上线了：“警告警告！”

沈金台蹙眉：“怎么了？”

“系统这边检测到您刚才的想法很危险！您要知道，你表现得太出色，盖过白月光的风头，他对您的好感度会越来越低的。”

“有个词，叫置之死地而后生，你听说过吗？”沈金台分析说：“我和他以前是对手，如果突然做他的马屁精，戏也演得不好，他只会更看不起我。我要想让他彻底心服口服，首先就要在他面前成为一个有魅力的人。论美貌我肯定比不上他，可我知道他也是个有艺术追求的人，立志要做一个好演员，如果我成为一名特别优秀的演员，我相信他会对我彻底改观！”

小爱：“……您分析的，似乎也很有道理呢。”

“我一定会成为这个‘小仙男’最崇拜的男人！”

小爱：“加油……”

对于自己这场重头戏，沈金台非常谨慎，敷了一张“前男友”面膜以后，他就赶紧睡了。

今天这场戏不光他准备充分，白清泉准备更充分。

这是他和沈金台第一场对手戏，绝对不能输。

白清泉和杨李枝作为当红艺人，拥有自己单独的化妆室和休息室，白清泉今天的妆化了超久。

他的美貌今天又要在线“杀”人！

谁知道还没等开拍，郭瑞瞅了一眼他的妆，就说：“你这妆不行，不连戏啊，昨天没这么浓。你底子这么好，不用上这么浓的妆。”

白清泉讪讪地笑了笑，说：“是吗，那我回去改改。”

刚转身要走，就听郭瑞对沈金台说：“你的妆也不行，太淡了，回去补补。”

他回头看了一眼，见沈金台说：“我这妆跟昨天是一样的。”

“昨天是夜戏，我们用的又都是烛火自然光，看着会艳丽一些，白天拍的时候你的妆得再浓一点。”郭瑞到底是摄影师出身，很懂这些：“白清泉是要往淡里化，他越素越好看，你反过来，吃妆，上妆和素颜完全两个人。”

沈金台和白清泉双双回去改妆。

白清泉的妆要卸了重新化，又花了很长时间，外头工作人员都过来催了，他才赶紧从化妆间出来。

今天这场硬仗，出师不利。

等看到补了妆的沈金台，他心里就紧张了。

他昨天就发现了，一到镜头跟前，沈金台就跟变了个人一样，特别严肃、认真，见到他，也只轻微点头示意了一下。

沈金台对他热情他不习惯，这样严肃认真，他更不习惯。

他便也冷着脸点头回了一下，然后低头看自己手里的剧本，最后熟悉一遍自己的台词。

心里想，沈金台原来还挺弱的，如今怎么看起来越来越……强了。

李美兰和小糖也在，这么重要的时刻，如果不是剧组不允许，他们都想拿手机拍下来。

沈金台站在殿门口，人造日光在地上投下他颀长的影子，他侧头朝李美兰这边看了一眼，李美兰就朝他竖了一下大拇指。

目光移过去，发现他们剧组的大部分演员都在，包括暂时不需要出镜的那些群众演员。

事实证明，大家都有一颗好奇的心，都想亲眼看看沈金台和白清泉的对手戏。

女主杨李枝也来了。

今天没有杨李枝的戏份，不过她还是早早就来蹲场了。

她对沈金台的表演太好奇了。

剧本围读的时候说的好是一回事，实拍好不好又是另外一回事。沈金台的演技是不是跟他的人一样脱胎换骨了，她也超好奇。

戴着超大墨镜坐在小椅子上，一个助理给她端着果汁，一个助理给她举着小风扇吹，旁边还跟着几个剧组的几个配角，她拨了一下头发，十足的高冷女王范儿。

就连还在休息室候场的宋微都出来看热闹了。

张制片觉得他们决策失误了，不该把媒体探班放到周末，应该放在这一场。

沈金台和白清泉同台飙戏，话题多足啊！

“你拍了可别外传。”他拍了一下前头的高桥。

高桥拿了个手机，正在拍视频。

“我就发给阎总看，他不放心，说要看一下。”

张制片说：“他不是晚上就回来了吗？”

高桥“嗯”了一声，说：“阎总大概要盯全程。”

他觉得阎秋池是担心沈金台这个木头会拖后腿。

他也很担心。

剧本围读他是没有参加过的，他印象中的沈金台，还停留在当初那个偶像剧上头。

男二号是个很重要的角色，沈金台如果演砸了，会毁了他们公司上市的希望。

“来，准备开拍了，”工作人员举着场记板：“三，二，一，Action（开始）！”

沈金台微微垂下头来，摇臂摄影机就在他正前方随着他移动，他穿过华丽的宫殿，步伐紧促而轻微：“殿下。”

白清泉一身青白色的团花竹叶纹袍，只背影便觉得是个气度高华的美男子。他正在浇花，闻言便回头看了一眼，旁边的宫女立即上前来接过他手里的水壶，另有一个宫女捧上来一条手帕子。

白清泉不急不缓地接过手帕，擦了一下手，说：“回来了。”

晕，他紧张得要命，第一次拍戏都没这么紧张。

他这是在和沈金台演对手戏啊，天爷！

吃奶的演技他都要使出来！

第28章

外头起风了，吹动殿内的帘帐，宫女们鱼贯而出，跑去关窗门。

李叙垂手立在殿内，说："太子身边的人传话，让奴才去东宫伺候。"

周璟"嗯"了一声，走过去，半天无言，最后伸手摸摸他的头。

"李叙，我们将来能爬到什么位置，都看你了。"

秀美绝伦的一张脸，别说是在太监堆里，就是在争奇斗艳的妃子里，也是出类拔萃的。

周璟松开了手，李叙却一把抓住了他的胳膊。

周璟回头去看，就看见了李叙闪动的眸子。他微微垂下眼帘，李叙便松了手。

身体的姿态是畏惧的，眼神却是闪烁的，似乎胸口憋着一句话，欲言又止。

周璟背过身去，说："去吧。"

李叙垂下头来，终一句话都没有说，只跪下来，给周璟行了个大礼。

他从此以后就是太子的奴才了。

他从地上起身，弓着腰退了出去。

等他走了以后，周璟才回过头来，大声喊："永远不要忘了，你是谁的奴才！"

"咔！"郭导喊了一声，便从监视器后头站起来："清泉，你这个情绪有点不对。"

白清泉赶紧走了过去，郭瑞说：“李叙几岁的时候就在你身边做玩伴了，对你来说已经不是单纯的奴才，他去东宫，你一方面期待靠他扳倒太子，一方面又很担心他变节，同时作为朋友，你送他去太子身边这件事，是有羞愧和怨怼的感觉在的，所以你后面说台词的时候，既要给他主子的威严感，又要有朋友的情意在，这种恩威并施，既是谋略，也是感情，你明白我说的吧？”

旁边早有化妆师赶过来给他补妆，白清泉看了看监视器，很严肃地点了点头。

主要是他刚才盯着沈金台那张脸，走神了。

浓妆的沈金台，又有了当年的味道，当年欺负他时候的样子。

对这样的沈金台，他眼里没有情，只有阴影和恼恨！

他相信后期周璟和李叙反目的戏码，他肯定可以演得非常好！

“来，各部门准备，我们重来一遍。”

沈金台又回到了殿门口站着，李美兰趁机给他吹了吹风扇，拍了一下他的肩膀：“演得很好，继续加油。”

她都有点吃惊沈金台的工作态度。特别认真、严肃、不苟言笑。

第二遍，沈金台演得更好，作为老演员，宋微一下子就发现了他的节奏感。

演员的节奏感非常重要，可这个是学不来的，要靠天赋和悟性，这个节奏感不只是台词的节奏感，还包括台词和动作的配合，一段台词，或者一个回眸，中间的停顿从零点几秒到几秒甚至几十秒，都要和表演连起来看，节奏感好，流畅而有张力。

从周璟说“去吧”，到李叙跪下叩头，这中间的节奏，沈金台掌握得太好了。

叩得太快，张力就没了，叩得太慢，又会失去电视剧该有的节奏。

她还去监视器后头看了一下沈金台的特写，那个眼泪似有还无，潮湿的程度也刚刚好。

懂得收着演，可是非常难的一件事，尤其是对于年轻演员来说。

白清泉在年轻一辈里算演技比较好的了，可他的表演就比较外放，不够高级。

郭导是摄影师出身，很懂得扬长避短，沈金台的表演细腻沉静，他给的特写就多，白清泉美貌，但细节差一点，他把特写放在美貌的展示上，需要表演的时候，多给全身，本来表演上不和谐的两个人，通过镜头的调配，拍出来的效果就既有质感，又有美感。

张制片对高桥说："可以放心了，这俩都压得住场子。"

高桥没说话，将视频发给了阎秋池。

这个沈金台，竟然演得这么好。

这还是那个演戏浮夸的沈金台吗？！

郑思齐也在旁边观摩，晚上就是他和沈金台的对戏了，他都紧张死了。在旁边看了一上午沈金台的表演，他比别人还要震撼。

白清泉回到自己的保姆车上就黑了脸。

助理气都不敢喘，威哥上了车，说："累了？"

白清泉一语不发，是真的心情很差。

他自认为自己的演技在年轻演员里已经算不错的了，谁知道今天和沈金台对戏，他自己都心虚。沈金台那个气息、台词、表情，他多看一眼都会多心虚一点。

怎么会这样，怎么会这样？！

沈金台退圈两年，居然把他给反超了！

沈金台拍了一整天以后，多了个外号，叫"沈一条"。

小糖太激动了，忍不住把这件事跟金粉们分享。

哥哥第一次演戏，金粉们也都特别期待，小糖答应了要把今天的拍摄情况跟她们说一声。

“剧组不让拍照，不然真想录一段给你们，我只能说，金哥表现特别好，导演送了他个外号，‘沈一条’！”

金粉们嗷嗷叫，她们简直好奇死了！

沈金台说他这两年一直在学习表演，难道是真的？

话说当初沈金台演第一部偶像剧的时候，她们追剧真的追得好辛苦，即便作为铁粉，她们也觉得沈金台的演技，嗯……

她们也想自己的偶像是个真正的演技派呀，看她们不吹上天，腰杆都能直起来。

毕竟作为演员，什么都是虚的，演技才是实打实的资本。

这种喜悦当然不能一人独享，如今有了这个料，金粉们立即前往各大娱乐板块发散消息。

“笑死人了，头花粉居然自己给自己的偶像换外号，不叫沈头花，改叫沈一条了！”

“一条什么？一条没过吗？哈哈哈哈！”

“听说这周末就出第一版预告了，可以期待下，他作为男二应该会露脸吧？”

“呜呜呜，我不关心沈金台，但是想到又能看到白月光演古装我就兴奋，又可以舔颜了！”

“白清泉的古装真的是标准‘小仙男’，某站一堆博主在等！”

拍了一天戏，剧组的氛围都变了。

白清泉被全方位压制住了，这是那些群演都能看出来的事。

因为白清泉今天越往后拍，NG越多，心态显然已经崩了，最后脸色都有点挂不住了，笑得特别勉强。

最后郭导让他去休息，留了一场戏打算明天再拍。

倒是沈金台，没有因为他NG一次。

白清泉的助理今天尤其小心翼翼，将盒饭从袋子里掏出来，小心摆好，然后对白清泉说："泉哥，吃饭了。"

白清泉正在看手机。

手机在播放一部电视剧，是偶像剧。

没错，就是沈金台出道拍的第一部辣眼睛的偶像剧。

里头的沈金台油腻地冲着女主眨眼放电，脸部像是抽搐了一样，配上他如今看起来已经有点过时的厚刘海，又油又腻。

白清泉感觉心情舒畅了很多。

这两年，他一直拿这部剧当娱乐综艺来消遣。

"你这个心理素质不行，"威哥吃饭的时候说："我看你前半段还行，后半段直接撑不住了。"

"我心情刚好一点，你就别说了。"白清泉很失落。

"沈金台演技突然变得这么好，是有点意外，不过他肯定抢不了你的风头，戏份和人设在那摆着呢。除非你自己先崩了，把风头让给他。"威哥说着把他手里的鸡腿夺过来："保持好身材。"

"我怎么可能让给他。"白清泉擦了擦嘴巴说。

"那你就打起精神来，其实这部剧都是演技派，他演得好，对整部剧来说是好事，不会拖后腿，这部剧配置这么好，剧本又写得这么扎实，火是肯定的。你不要老想着和他过去的恩怨了，就把他当成普通男二号看不就行了。你是皇子，将来的太子、皇帝，他只不过是个太监，你气势上如果输给他，主子还不如奴才有腔调，那才真是全完了。"

"历史上的太监哪个不是缩肩弓腰的？为什么不让他演得真实一点，像个太监的样子？"

"咱这部剧走的不是历史正剧路线，"威哥说："缩头缩脑的太监怎么会有人看？为了美观，那肯定要把他往美里表现。不说他了，你今天晚上早点睡，好好调整一下状态。"

"我等会要去片场看他和周瑛的戏，"他现在已经不自觉学着剧组的人，用剧中角色称呼别人了：“我不是去看他，我是去看‘小鲜肉’。”

威哥看他有点沮丧，就说：“才二十二，你慌啥，再拼两年，就站稳了。”

白清泉心想，二十二才是胜负欲强的年纪呢。

可怜他如今还要天天装作清心寡欲，呜呜呜。

都怪那个沈金台。

他现在的人设，基本都是和沈金台相反的。他是高岭之花“小仙男”。

高桥去机场接阎秋池，阎秋池下了飞机，回去的路上，才有空看高桥给他发的视频。

“没想到沈金台演戏还不错，”高桥坐在副驾驶上，回头报告说：“导演还给他取了个外号，叫沈一条。”

察觉阎秋池抬头，他就解释说：“他的镜头都是一条过。”

其实光看手机拍的视频看不出什么来，现场很嘈杂，鼓风机一直吹个不停，打光的、收音的、摄影的，乌压压一堆人，沈金台站在光里头和白清泉配戏，现场的声音也听不大清楚，不过看起来像模像样的。

“晚上是谁的戏？”阎秋池问。

“晚上是重头戏，”高桥有点兴奋：“沈金台和郑思齐的对戏！”

阎秋池没说话，屏幕的亮光照着他的眉眼，光影之间，五官更显深刻。

他昨天晚上做梦了。

居然梦见了沈金台。

他还要去看今晚这场戏吗？

阎秋池是个理智的人，他很理智地分析了一下他昨天晚上做的这场梦。

他觉得是他的心理问题。他有很严重的皮肤饥渴症。

皮肤饥渴症严格来说算心理问题，顾名思义，就是格外渴望皮肤的接触。有这种心理的人，却会有两种极端表现，一种是特别喜欢接触别人的身体，一种是特别抗拒，一向自律的阎秋池，显然是后一种。

因为怕自己沉溺，也羞于让这种心理问题被人探知，所以更为克制，抗拒与人接触。

他不该去抱沈金台的，他抱了沈金台，醉了的沈金台在他怀里，便引发了他压抑多年的症状。

“阎总，您是回家还是……”

“去片场。”阎秋池说。

路灯的光透过车窗照进来，阎秋池坐在黑暗里头，唯有脖颈和胸膛处有亮光，性感的喉结上下滑动了一下，坚毅的下巴没入黑暗中，看不清他的表情。

第29章

昨天导演还专门问了一下沈金台对今晚这场戏的想法，秉着为艺术奉献的角度，他回答："只要剧情需要，我都可以。"

反正是影视剧，创作方面题材限制比较少，应该不会太过分。

沈金台看了看剧本，上头写："李叙退无可退，太子一把将他翻过身去，从他背后一把将他擒住。"

根据他多年拍戏经验来看，这就是艺术化处理，张力足，够带感，又含蓄。

为了拍好这场戏，他吃完饭就先回去洗了个澡，才到片场，就见郑思齐在片场等着他了。

他冲着郑思齐点了一下头，笑了笑。

他现在对郑思齐很和气，主要觉得郑思齐好像还是有点怕他。

今天这场戏，太子还是比较霸气的，倒是李叙这个"黑莲花"，装得非常"小白莲"。

"要不要先对个戏？"他主动问。

郑思齐正有这个打算。

"那咱们去化妆室聊吧。"沈金台说。

郑思齐点头："好。"

他便跟着沈金台往化妆室去，片场照明灯多，有点热，沈金台只穿了个宽松的背心，下面一个宽松的短裤，胳膊瘦长白皙，后背隐隐露出来肩胛骨的形状。

他总是不自觉地将沈金台看作前辈大明星，如今看到他这样清瘦年轻的背影，才恍然想起来沈金台如今才二十岁这件事。

郑思齐吁了一口气，再就看到了沈金台的翘臀。

阎秋池对《东宫来了》这部剧的确非常重视。

他们阳光传媒一开始主打艺人经纪和娱乐营销，后来开始涉足影视剧制作，逐步发展成如今业内闻名的综合性影视机构，这几年也制作过很多部影视剧了，出过收视率很高的电视剧，制作的电影也出过好几部票房黑马。不过这些影视剧的投资，都没有《东宫来了》高，几个亿投进去，看中的就是这部剧的回报比。

古装剧容易爆，这类型的戏自带收视率群体，他们这部戏的制作班底全都是顶级的，电视台也看好，这是一部大家都寄予众望的一部剧，阳光传媒上次冲击 I P O失败，就靠这部戏再冲一冲了。

开拍这段时间最重要，毕竟是周播剧，开头一个月基本定生死。这一个月，阎秋池得亲自盯。

他回来草草吃了两口饭，就先去见了郭导他们，见完郭导，便来了化妆室这边，和主要演员一一见了面，最后到了沈金台这边，一进门，就见郑思齐抓着沈金台的背心，两人推推搡搡，正在试戏。

“你手可以再往下一点。”沈金台抓着郑思齐的手，直接往下挪。

郑思齐紧贴着沈金台，他到底年轻，又是头一次拍戏，有点放不开，薄唇抿着，额头都冒汗了。

试戏，只是排练一下台词和动作，台词是固定的，肢体动作尤其需要事先排练，郑思齐扣住沈金台的胳膊，作势去拽他肩头的背心。

沈金台想要往下拉一拉被拽起来的背心，奈何双手被郑思齐扣着，他的反抗在郑思齐看来，就像是在配合他表演。

年轻人，个头比他高一点，劲儿也不小。沈金台看到门口的阎秋池一行人。

郑思齐这才看见阎秋池，赶紧松开手，鞠躬说：“阎总。”

阎秋池在业内已经是举足轻重的大人物了。

阎秋池点点头，说：“排戏呢？”

郑思齐“嗯”了一声。

阎秋池说：“你们接着排。”

等阎秋池走了以后，郑思齐才松了口气。

阎秋池这个人很威严，他很少看到阎秋池笑，冷冰冰的霸道总裁，他们老总季风行不大喜欢阎秋池，私底下都叫他小阎王，据说手段跟他爹老阎王一样黑，就是会做表面功夫。

杰出青年奖拿了一大堆，要多绅士有多绅士，披了一张文明的皮，其实打小就是个狼崽子。

他听得多了，就对阎秋池有刻板印象，比较怵他。

阳光传媒在做大之前，和季风娱乐一直都是竞争关系，他作为季风娱乐的新人，能拿到这个角色很不容易，季风行都交代他要低调。

不过最让他意外的是，刚才沈金台和阎秋池两个人似乎都把对方当成了空气。

关于这两人的事情，他还是个素人的时候就听说过了。沈金台狂热崇拜阎秋池，只是阎秋池礼貌地对记者说了一句：“我讨厌他。”

“接着排吧。”沈金台说。

郑思齐点点头，看了看沈金台被拽乱的衣服，露着一截腰身。

郭瑞也很重视这场夜戏，为了让沈金台和郑思齐更好发挥，这场戏他选择了清场，除了必要的工作人员以外，其他大部分人都被拦在了外头。

很多同剧组的演员和剧组成员都想过来看看呢，想看个新鲜，想看看郭瑞会拍成什么样，沈金台又会演成什么样。

快要正式开拍的时候，郭瑞看了一遍他们的排戏，然后又给他们俩讲了一遍，做了些许调整。

阎秋池就在远处的监视器后头坐着，身边跟着高桥他们。

沈金台一开始还有点不自在，但是等心思进入工作状态以后，他就把阎秋池忘到一边去了。

作为反派大太监的重要黑化因素之一，这段戏自然越凄美越动人，现场布置得非常浪漫，窗景外全都是蔷薇花，殿内用鼓风机一吹，帐幔飞舞，宫灯幽微，除了烛火的自然光以外，再也没有别的。

李叙的装束和他的试妆照又不一样了，戏服看起来更为精美，袍角绣了大团的蔷薇花纹。他掌着灯穿行在帘幔之间，走到内室，却不见太子的身影，他将手里的灯放下，身后忽然蹿出一个人来将他制服，正是太子周瑛。

周瑛只着宽松的内衫，内衫松垮，平日里贵气清冷的气质荡然无存，烛光下反而有些纨绔形色。李叙惊了一下，伸手按住了周瑛的双手，殿内一片静谧，只有他们俩挣扎的细微声响，脚踩在木地板上“咚咚”沉闷作响，紧接着扑簌簌一声，李叙的青袍被一把扯去，露出白皙清颀的肩背。

这个要做慢镜头，袍子在夜色里抖动，想拍出唯美的感觉并不容易，来回拍了好几遍。

李叙挣脱开了太子的束缚，仿佛受了极大的惊吓，后退着跪到了地上。

太子急切上前，他便往后倒去，发簪掉落在地上，一头乌黑的头发披散下来，喘着气，仰头看着太子殿下。

“给李叙特写。”郭瑞盯着监视器说。

周围的人气也不敢喘，镜头拉近，李叙的眼睛是湿润的，几次来回拍摄，他的额头上也是潮湿的，映着烛火的光，工作人员将光板移动过去，李叙的脸便愈发动人，五官不算美貌，但眉眼很紧，像是涌动着光，在监视器里头看，更是灵动慑人。

这是阎秋池完全陌生的沈金台。

他已经不是沈金台了，他是李叙，身上没有一点沈金台的痕迹。

阎秋池盯着监视器，感觉心脏狂跳。

“咔！”

灯光一下子乱了起来，郑思齐赶紧将沈金台拉了起来。

工作人员将沈金台的袍子捡起来，沈金台接在手里，笑着对郑思齐说：“扣子都让你扯掉一颗。”

沈金台一开始还有点尴尬。可是转念一想，他变美不就是为了事业吗？

为了事业，都不是事！

阎秋池一动不动，坐在监视器后头。手指轻轻摩挲了一下嘴唇，好像有一种预感，预感沈金台这脱胎换骨的模样，将来播出的时候，或许会在荧幕上大放异彩。

他确信，沈金台真的变了，过去的沈金台已经不存在了，从一个毁誉参半的偶像，变成了一个真正的演员。

太子周瑛的人设非常简单，演起来也很容易，郑思齐的那种青涩感，反而格外融入这个剧情里头。这段戏，看着是太子强势，但实际上他是被掌控者，掌握全局的是太监李叙。

拍摄完毕，已经是深夜了。沈金台裹着袍子来到监视器跟前看了一遍回放。

他对这场戏很满意。

大家都很兴奋，郭瑞笑着说：“演员们辛苦了，早点回去休息吧。”

明天上午没有沈金台的戏份，他躬身笑着对现场的工作人员说：“大家也辛苦了，有想吃消夜的我请。”

现场的工作人员很多都是年轻人，很多齐声跟着附和。郭瑞笑着看向阎秋池：“阎总今天也辛苦了。”

阎秋池就看到沈金台闻言笑着看了他一眼，不知道是不是对着灯光的缘故，眼睛特别亮。

他才要说话，就见沈金台眼睛转过去了，笑着招呼工作人员跟他去吃东西。现场乱糟糟的，灯也全都打开了，有些晃眼。郑思齐显然也很兴奋，和沈金台一边朝外头走，一边兴奋地说着话，沈金台还裹着那身宽松的长袍。天热，他把袍角卷起来了，露着瘦削白皙的小腿。

“演得还不错吧？”郭瑞很得意地问。

阎秋池收回眼神来，淡淡地说：“他变化很大。”

是很大，高桥在旁边想。

简直像是变了一个人一样。

演技突飞猛进不说，对他们阎总的态度也变了，看他们阎总的时候，眼神清亮，一点不卑微。

刚才陪阎秋池一起站在监视器后头，有那么一瞬间，他甚至觉得沈金台身上很有气质，坚定又从容。

时候已经很晚了，阎秋池打算回去了，要上车的时候，又看到了沈金台，在跟郑思齐他们商量去哪吃消夜。

车子从他们身边驶过去的时候，他还特意盯着沈金台看了老半天，试图看到沈金台的一些细微动作，比如装作不在意地偷偷打量他的车子。

但没有。

沈金台好像压根就没看出这是他的车子，他穿着白色的背心和大裤衩，趿拉着拖鞋。

大概郭瑞也对今天的拍摄非常满意，第二天官博就发了一张新海报。

沈金台裹着袍子的那张背影图，半边隐没在黑夜里，很诱人。

“我天！这是什么？！”

“这身材，我可以！”

“看身形是个男人啊，有谁告诉我这是谁吗？”

“左上角小字有标示啊，沈金台！”

“我天，这竟然是沈头花？”

“沈头花身材这么好的吗，太绝品了吧。”

“这部剧别的不说，海报真的做得都很有质感，不愧是年度巨制。”

“怎么办，有点期待了欸，我原来还想说沈头花的剧我坚决不看的，会‘真香’吗？”

“‘真香’预定。我昨天都在隔壁楼说了，这部剧最大的看点肯定是沈头花啊，他那个角色演好了肯定特带感！”

“实话实说，他复出以来的形象都不错，说改头换面不为过，应该真的可以期待一下吧？”

“他最近确实给人脱胎换骨的感觉。我倒不觉得是身材的问题，而是气质，整个人的气质都变了。”

就在这时候，突然有人贴了一张动图。

动图是开机发布会上的一幕，当时主创们都被邀请上台做一个小游戏，沈金台背对着舞台弯腰又起身，修身的西装裤裹着修长的两条腿，露着脚踝。

不过这都不是最吸引眼球的部位。

第30章

沈金台的翘臀这一回出圈了，随便一搜，网上都在说他的臀，话题爬上了热搜榜末尾，很快又下去了。

好在是下去了，不然“沈金台臀部”这样的热搜挂在上头，他就不要出门见人去了。

李美兰一边吃着花生米一边看旁边汗流浃背的沈金台：“拍戏都这么累了，你也不歇歇？”

沈金台哼哧哼哧地摇头，锻炼得更欢快了，看着热气腾腾。

他在照着李教练教的训练，他要练成电动小马达。

阎耀轩躺在床上，不断地翻看着那张海报，简直思绪翻涌。

再过几天就到九月，他就要开学了。

他如今在国外上学，和沈金台隔了十万八千里。

他必须在他离开之前，做点什么。

他喜欢沈金台舞台上光耀四方的样子，这层偶像光环一直都在。

阎太太作为这部剧的头号粉丝，没有比她更关注这部剧的动态了。她还特意关注了《东宫来了》的官博，没事就向阎秋池打听这部剧的最新动向。

“我听小金说，好像快发预告片了？”

阎秋池说：“不清楚。”

“你是老总，会不清楚？”

“就因为是老总，不会什么事都归我管。”阎秋池说。

他不大喜欢跟阎太太提起沈金台，阎太太心里也明白。

可是如今的沈金台，已经不是过去那个沈金台了，阎太太天天就盼着沈金台越来越优秀。

新海报她也看了，海报上的沈金台，很出众。

阎耀轩在旁边几次欲言又止，最后还是忍住了。

他哥特讨厌，自己不喜欢沈金台竟然也不让他接触。

只可恨自己胆子小，不敢忤逆这个长兄。

阎秋池忽然扭过头来，问他："你几号走？"

阎耀轩说："一号。"

"那也没几天了，你不提前去？"

阎耀轩就没说话。

"也玩了三个月了，该收收心了。你要是毕不了业，我饶不了你。"

阎秋池很严厉。

他爹阎铁峰对他都没这么严厉。

阎耀轩岔开话："妈，爸都多久没回家了？"

"昨天回了，睡了一宿就又走了，要去A市参加一个政府会议，说要后天才能回来呢。"

"最近有个女明星好像在跟爸传绯闻。"

这都是寻常事了，阎耀轩说起来也不痛不痒的。

阎太太笑："还是上次那个吗？她怎么这么喜欢和有钱人传这些，一个没结婚的姑娘家。"

阎太太御夫很有一套。名门之女，资本雄厚，眼里容不下沙子，从结婚起就跟阎铁峰说了，如果被她发现出轨，立马离婚。

她不是口头说说，而是真的这么想，哪怕结婚多年，夫妻感情融洽，她也能说断就断，阎铁峰也心知肚明，这些年一直特别安分，家里大小钱都是阎太太在管，每天外出都会报备，已经养成习惯。

她自己的婚姻观如此，也是这样教育阎氏两兄弟的，所以虽然是豪门，但阎秋池和阎耀轩在私生活方面都非常检点，阎秋池是个精神洁癖，严苛律己，阎耀轩性格很活泼，但也从不乱来。

“这事我会处理。”阎秋池说。

阎秋池严苛律己，也喜欢用同样的标准来要求别人，尤其感情方面。对于这个隔三岔五炒到他爹这个已婚男人头上的女明星，他早想收拾了。

阎太太很欣慰。

她这个大儿子虽然性格有点冷，但有本事，大小事都能包揽，而且少年老成，年纪轻轻就让人特别有安全感，特别适合做一家之长。

也特别适合当老公，有这种老公，一辈子不用担心他出轨不说，什么他都能搞定，修得了电灯泡，镇得住大场子。

就是情趣上欠缺点，不过人无完人嘛。

等阎秋池上班去以后，阎耀轩才对阎太太说：“妈，我知道他们什么时候开放探班，就这周末。”

阎太太说：“我知道啊，小金跟我在微信上说了。”

“那你怎么还问大哥？”阎耀轩说。

阎太太看了他一眼，摇摇头。

她这个儿子智商真的有点不够用。

“那咱们还去不去？”阎耀轩又问。

“不是才去过，也不能老去。”

“我想开学前再去一次，我再回来就要过年了。”阎耀轩说。

“想去你就去，”阎太太说：“说起来还是你有良心，你看你大哥那个冷淡样。”

“那大哥如果问起来，我就说是你让我去的。”

阎太太扭头看了他一眼，阎耀轩耷拉着脸，说：“我每次跟小金接触，我哥都不高兴，会训我。”

阎太太闻言立即皱起眉头来："这个阎秋池。"

阎耀轩得了阎太太的首肯，立马开着跑车去看沈金台，在片场一待就是一天，沈金台的戏份很多，基本没空理他，他一个人在旁边也看得津津有味，午饭他给全剧组加餐，一天下来，人人都知道他是阎总的弟弟。

白清泉一边补妆一边用眼睛的余光偷偷打量。

这年头的"小鲜肉"帅哥实在是太多了，又高又瘦又白的，不愧是他们阎总的弟弟。

他们阎总平日里比较严肃，他弟弟倒是和蔼可亲，见谁都笑眯眯的，就是眼睛一直盯着沈金台看，显然是沈金台的迷弟。

说起沈金台，白清泉就心塞。

他都怀疑是不是自己的选择出了错！

或许他应该选李叙这个角色的，这个角色看起来真的很带感。

尤其是前面几集，男女主都还在成长阶段的时候，李叙这个美貌又心机的小太监，简直是全篇吸睛所在，感觉这部剧一开拍，热度就要被沈金台吸走了。

他当初看剧本的时候，脑海里的这个角色，应该是美貌风流的，如果刘会来演，就比较符合他的预期。

可是没想到，沈金台完全把李叙演成了另外一个样子，不是绝顶美貌，但身上就是有一股劲，沉静又不温吞谄媚，而是裹着冷静野心和凶猛情绪，克制又灼人。

沈金台正在拍戏，这是被皇后鞭笞的一场重头戏，鞭笞的戏份刚刚拍完，工作人员帮沈金台换了一身衣袍，衣袍破烂，沾着血污，沈金台的长发披散，化妆师在往他脸上喷水。

水一湿，衣服贴着身体，看起来有一种可怜的性感。

主要是沈金台身材太好，换做别的男人，可能也很性感，但会有俗气的感觉，可沈金台身形挺拔颀长，性感得很清冷，一点阴柔气也没有。

今天的戏，他这个男主只是个背景板，这是沈金台和郑思齐的主场。

补完妆以后，白清泉就回到了他的位置上。

沈金台又往下拉了拉衣袍，往肩膀上抹了一把血污，然后便看向了导演那边。

沈金台这几天都是这样，平时嘻嘻哈哈和周围的人打成一片，一旦临近开拍，整个人就格外坚定、严肃。

这样的他，有一种诡异的气场，让人忍不住屏气凝神，去看他的表演。

白清泉舔了一下嘴唇，喉结动了动，看向沈金台。

说真的，这两天沈金台的翘臀引起那么大的讨论度，搁在以前他早发飙了。他这个男主角的海报都没有那么大的讨论度好吗！

而且他也不错啊。他的腿尤其好看，又白又直，也很值得上次热搜，比如“白清泉的腿”。

但他这两天真的没心情管这些事了，一门心思都盯在沈金台的演技上。

他这几天连受暴击。

别人关注沈金台裹着袍子的翘臀，他看到的却是沈金台的表现力。

他有回看那一晚上的表演，郭瑞拍得好，沈金台演得也好，看完他就一个感觉，就是觉得自己要完蛋。

尤其是沈金台和郑思齐的对手戏，每一场都精彩绝伦，说真的，他看着都觉得超赞。

唉，不知道是不是他太在意的缘故，每次轮到沈金台的戏，他都会非常注意看，越是注意看，越觉得沈金台的演技扎实，简直陷入恶性循环，偶尔还会觉得：“哇，这个细节处理得也太厉害了吧！”

今天鞭笞的戏码超带感，前面高潮迭起，后头煽情不断，不知道沈金台会发挥成什么样。

他真的超期待，又害怕又期待，五味杂陈。

最喜欢沈金台的是扮演萧皇后的宋微，今天是她和沈金台的第一场对手戏，老戏骨很久没过过戏瘾了，今天小露一手。

拍戏嘛，就是要和接得住的人拍才有意思，刚才萧皇后和李叙的鞭笞戏码，他们俩演得酣畅淋漓。

演艺圈就该有这样的后生来接班，现在的那些年轻演员演的都是什么鬼，白清泉这样稍微演技合格的，都能拿最佳男演员奖了。

不是白清泉拿的奖水，而是其他年轻演员实在太菜！

“来，准备开拍了，三，二，一，Action！”

李叙从地上爬起来，萧皇后身边坐着的太子周瑛，见他如此惨状，一下子站了起来。

“把他装到绢袋里，扔到水沟里去。”萧皇后声音威严，“有你做例，看看还有谁敢放肆！”

“母后！”周瑛急道。

萧皇后阴沉沉地看了他一眼：“你身为太子，还不如你二弟脑子清楚。他跟了你不过几天，却已经跟了老二数年，如今他犯下这样的罪行，你看看老二是怎么做的，那才是帝王家的儿子。”

周瑛看向周璟，周璟面色严肃，静默不语。

小太监们将李叙装进绢袋里，扛着出了东宫，李叙头发凌乱倒立，还滴着血水，他眼睛半开，朝周璟看了一眼，嘴角露出一抹似有还无的笑容。

这一次拍摄现场的人虽然很多，但都很安静，只有机器略显嘈杂的声响，白清泉对上沈金台的眼神，好像突然入了戏，喉咙动了动，眼圈一红，看向了别处。

沈金台今天的戏份都比较惨，可是他特别敬业，水沟里的戏份，上头用水管喷着，水沟里的脏水溅了他一脸，拍完这个场景以后，工作人员将他拉起来，要给他漱口，沈金台却拒绝了。

“接着来吧，别断了情绪。”他对导演说。

下一镜需要准备时间，他却一直趴在水沟里没有动。

沈金台一演戏就有点疯，为演戏吃的苦，属于艺术创作，他不但不觉得苦，反而会更兴奋。

因为重伤的李叙被扔在水沟里，淋了一夜雨，他趴在脏水里，这种身体上的直接感受，远比什么心理共情更容易入戏。

周瑛亲自跳下水沟，将李叙捞了起来。

这个剧情点上，李叙重伤，几乎没什么台词，但沈金台觉得，这其实是他和太子周瑛的一个重要里程碑。

李叙是为了报恩，主动去迷惑太子的，他对太子只有利用伤害之心。他甘愿一死，也不怕死。可是死亡的过程改变了这一切，将死之际，一夜寒雨裹着死亡来临，一心赴死的人反倒有了畏惧，周瑛身上的温度，暖热了他的心。

他赌赢了，却也赌输了，赢了这一场，输了一辈子。

烛火摇曳，深夜里只有他和太子两个人。

“我只最后问你一句，你到底是不是有心接近我，这一切是不是如母后所说，是二弟指使？”

李叙昏沉沉抬起头来，眼泪将落未落，嘴唇微微动了动，叫：“我……”

周瑛却已经先落了泪，说：“我从此以后再不疑你。”

李叙在这场戏是不该哭的，可是沈金台被郑思齐抱着，却突然泪流不止。

“咔！”郭瑞站起来：“金台，眼泪收一收。”

这是沈金台这几天第一次NG。

郑思齐松开他，颇有些意外，擦了一把脸上的泪水，看向沈金台，两个人对视一眼，沈金台笑了笑，眼泪却掉得更凶了。

“对不起，等一下。”他抬了一下手，然后低头遮住了自己的眼。

这场戏他哭得莫名其妙。

连旁观的白清泉都惊住了。

可是没有人觉得他演技不好，或者觉得荒唐可笑，大家都知道，沈金台这是入戏了。

郭瑞走过来，说："缓一缓咱们再拍。"

沈金台略有些尴尬，抹了一把眼睛，笑了笑，对郭瑞说："他后来什么都不记得了，只记得太子。"

李叙这一辈子，可恨又可怜。

沈金台在那缓了很长时间，白清泉在旁边呆呆地看着他，沈金台很伤心，作为演员来说，共情成这样，不知道是尽职还是失职。

可白清泉却被感动到了。

沈金台虽然人品很差劲，但业务能力，真的"吊打"他。

他是公私分明的人。要承认，沈金台如今已经不是过去的沈金台了，是个好演员。

沈金台缓过劲来以后，有些尴尬，他起身去了一趟洗手间。

刚关上洗手间的门，就听叮咚一声。

"亲！"

小爱很振奋。

沈金台关上水龙头："你又吓我一跳。"

"忍不住来向您报喜，这边检测，白月光对您的好感度上升八颗星！"

沈金台抹了一把还有些红肿的眼："我的情绪不能断，请你不要打扰我演戏。"

小爱："……可是您马上就要获得细腰奖励了，还有腰窝！"

沈金台感觉自己有点压抑不住心中喜悦，于是问说："怎么对我有的好感，是被我的演技征服了吗？"

"对呀！"小爱一声娇嗔。

沈金台："……你消失吧，不要打断我好不容易稳定的情绪。"

第31章

沈金台很振奋，他又酝酿了好一会，才压下自己心里头的这点振奋，回到他该有的状态上。

看了看镜子里的自己，眼睛还有些红。

他一流眼泪，眼睛就特别容易红，今天化的妆又很淡，专门往虚弱里化了一下，所以看起来很脆弱、素净。

他洗了一下手，沉静了一下情绪，从洗手间出来，就看见了阎耀轩。

阎耀轩看他的眼神非常炙热。

他第一次体会到粉丝的热情和崇拜，就是在阎耀轩眼睛里。

“我都忘了你还在这呢。”沈金台笑着说：“这么晚了，你还不回去？”

“你不是说你十点就收工了？”阎耀轩说：“我等你吃消夜。”

他都在这等了一天了，沈金台怎么会拒绝：“好。”

阎耀轩一边跟着他走，一边说：“小金，你演得真好。”

又一个被他演技征服的人！

沈金台觉得这比夸他好看还让他高兴，他笑着看了阎耀轩一眼，整个人像是在发光。

自信，又从容，笑容特别亮。

沈金台现在真的从内到外都散发着一种说不出的魅力。

他现在积累了八分了，也就是说，再来两分，他就能获得细腰奖励了。

他对这个系统的性感奖励都不太感兴趣，更期待变美奖励。

剩下这两分，他要尽快拿下。

这一条沈金台克制了一下，很顺利地过了，郑思齐抱着他，只觉得温热满怀，作为演员的他，有那么一瞬间，竟然有点异样的触动。

导演喊了一声“咔”，他松开沈金台，红着眼笑了笑。

今天这场戏，郑思齐也演得特别好，经过了这几天的拍摄，他显然已经进入状态了，作为新人演员，他的演技已经算是很不错的了，主要是身上的气质和周瑛特别搭，有一种很纯净的俊朗英气。作为剧中白月光似的存在，他这个角色只要够美好，播出以后就能躺着吸粉。

接下来是白清泉的一场独角戏了，他扮演的周璟在殿内来回走动着，犹豫着要不要去救李叙，在私人感情和宏图大业之间纠结摇摆。

殿内烛火摇曳，他的侧影半隐在黑暗里，看见沈金台和剧组工作人员聊了两句便转身离开了片场。

……

他的这场戏，他揣摩了很久，本来想让沈金台看看他的实力的，结果沈金台竟然走了。

郁闷。

才郁闷了一会，他又被自己的这种想法给惊到了。

他感觉他现在就像是作业写得很好，等待老师夸奖的学生，老师没看到他的努力，他就感到很失落。

沈金台什么时候是他的老师了！这才拍了几天，他怎么就有了这么没志气的想法！

沈金台本来想留下来看一下的，但怕阎耀轩等太久，就先出来了，草草卸了妆，便坐车和阎耀轩一起离开了。

“我看白清泉他们都有房车，给你也弄一辆吧？”阎耀轩问。

“现在基本都是棚拍，离酒店很近，用不着。”沈金台说。

等拍外景的时候，或许用得到。他现在的钱其实也够买一辆了。

可以先买个二手的用。

阎耀轩的手机忽然响了起来，他掏出来一看，是阎秋池打过来的。

阎耀轩一下子就紧张起来了，没接。

结果阎秋池隔了两分钟就又打了一个。

阎耀轩就不敢不接了。

“你今天在剧组待了一天？”阎秋池开门见山。

阎耀轩小声“嗯”了一声，可是沈金台在侧，给了他莫大勇气：“是。”

阎秋池在电话那头沉默了大概有两秒钟，阎耀轩几乎都能想象出他哥如今的样子，沉着脸，眉眼凌厉，只需要被他这样沉默着看上两秒钟，他就完蛋。

“我……就回去了。”阎耀轩说。

“我让助理给你买了后天的机票，你明天有什么要见的朋友见一见，该收拾的收拾收拾。”

阎秋池说完就挂了，连个反驳的机会都不给他。

挂完电话以后阎秋池略有些烦躁，站起来，走到落地窗前。

已经是深夜了，南城的街道像是交叉的火龙，一直绵延到极远处。

他这个弟弟是要干什么？追星？

阎耀轩作为他弟弟，面对他厌恶的人，就不该追着沈金台跑。

阎秋池觉得最近的沈金台像是在憋大招，整个人都透着一种蠢蠢欲动的不安分。

性格突变，演技扎实。但这不妨碍沈金台依旧是这世界上他最不喜欢的人。

阎秋池的一通电话，破坏了阎耀轩一天的好心情。

“家里要你回去？”沈金台问。

“没有。”阎耀轩抿了一下嘴唇，说：“就问了一下。”

看了看近在眼前的沈金台，他心中又升起了无限勇气。

他的心还是热的，问沈金台："原来我以为你接这部戏就是为了赚钱，没想到你演这么好，等这部剧播出，你肯定会火的。"

沈金台笑着说："主要是本子写得好，碰到这么好的本子，不好好演良心上都过不去。"

"那你以后还会回归舞台吗？"阎耀轩问。

他觉得舞台上的沈金台，也很耀眼。

也是奇怪，舞台上的沈金台和拍戏的沈金台都很耀眼，却是两种截然不同的感觉。作为偶像的沈金台，妖冶狂野，艳光四射；作为演员的沈金台，自信坚定，光华夺目。

两种他都好喜欢，而且是让他仰慕的喜欢。

沈金台闻言却愣了一下。

回归舞台，做回歌手和舞者，他还真没想过。

不过却又莫名觉得刺激。

将来他在影视圈站稳了脚跟，爬到了自己想要的位置以后，重返舞台，也不是不可以尝试一下。

当演员的，就是要有一颗冒险的心，多尝试。

影视城这边的饭馆特别多，明星们也经常会来这边吃饭，很多老板都见怪不怪了。他们跟着服务员上了二楼，要进包间的时候，隔壁恰好出来一个小姑娘，差点撞到沈金台的身上。阎耀轩很绅士地挡了一下，将沈金台护在身后，那小姑娘大概喝了酒，脸色都是红的，忙不迭地道歉。

"没事。"沈金台笑着说。

小姑娘朝他看了一眼，好像认出他来了，愣了一下。

阎耀轩已经拉着沈金台进包间去了。

这家饭馆是仿古建筑，包间和包间之间只隔着薄薄的一堵墙，挡不住隔壁热闹的说话声，他们才刚坐下没多久，就听见隔壁有声音说："你们猜我刚才上厕所碰见谁了？"

“谁啊？”

“沈金台！”

接着便是一阵乱哄哄的说话声。

沈金台有点激动，这还是他在影视城这边第一次被人认出来。

他如今打扮低调，加上这边大大小小的明星经常出没，所以他这几天来这边吃饭，都没有人认出他来……或许也认出来了，但也没把他当明星看。

人气爆棚的大明星，去哪都被人认出来，对他们来说，这是烦恼，可像他这样演了多年戏，走在大街上也没几个人认识的小明星，就特别享受这种被认出来的成就感。

他今天穿得有点随意，身上星光不足，下次再来这边，还是要稍微拾掇一下。

因为要拍戏，沈金台饮食都非常注意，点菜的时候点的全都是清淡的，等着服务员上锅的时候，他起身去上洗手间，才从包间出来，就看见刚才那个差点撞到他身上的小姑娘 。

她身后还跟着两个女孩子，三个人略有些害羞地看着他。

阎耀轩比较有防范意识，还专门跟着沈金台出来朝走廊里看了一眼，看见那三个小姑娘，脸色一黑，问：“有事？”

后头的一个小姑娘看着沈金台问：“请问，你是沈金台吗？”

沈金台点了一下头，就见那三个姑娘兴奋得差点蹦起来说：“我们是金粉！”

沈金台笑了笑，说：“你们也在这边吃饭？”

“我们就在隔壁！”小姑娘兴奋地问说：“真没想到会在这边遇见你……我们能跟你合个照吗？”

沈金台笑着说：“好啊。”

一听他说好，三个姑娘全都挤过来了，拜托阎耀轩帮她们拍一下。

见是金粉，阎耀轩的脸色好看了很多，接过姑娘们的手机，帮她们拍了好几张。

“我们几个是被抽中周末来探班的粉丝，提前几天过来影视城玩，本来想去剧组看你的，可是剧组管太严了，不让进，没想到竟然在这里碰见你了！”领头的小姑娘激动得厉害，眼圈都是红的。

这种被热爱的感觉，真的特别感染人。沈金台都有些感动了，又跟她们聊了好一会，等这些小姑娘恋恋不舍地离开以后，沈金台才往洗手间去。

他比这些粉丝还兴奋。

被人喜欢的感觉真好。

让他浑身都充满斗志。

才刚走到洗手间门口，就听里头有人在说话，听到他的名字，他就在外头停了一下。

“刚才那个是沈金台吗？最近老看到他的新闻，他变化还真大。”

“就是他。他在这边拍《东宫来了》吧？”

“说起来就不服气，当初我也去东宫剧组试过戏，你们是不知道，试这部戏的有多少大咖，大家都争破了头，最后选定的演员，一个比一个靠谱，结果里头混进去一个沈金台，他那演技，啧。”

“人家一直带资进组吧。”

“带什么啊，沈家早破产了吧，他但凡手头有钱，也不会去给白清泉做配吧？”

说话的是个瘦高个，他察觉外头进来一个人，他回头看了一眼，看见沈金台，手上一抖，差点尿在手上。

三个人都噤了声，看着沈金台走到最里头，像是什么都没听见。

三个人赶紧提上裤子走了。

沈金台倒是不在乎这些，原来的沈金台口碑太差，别人怎么看他都不奇怪。

反正他自己知道自己不是这样的，也相信将来《东宫来了》播出的时候，所有人都会看到他的改变。

不说演技炸裂吧，起码让这些人大跌眼镜是没问题的。

所以听到这些讨论他演技的声音，他不但不恼，反而很兴奋，有一种可以“打脸”的快乐。

把他踩得越狠，将来脸打得越肿。

不知道是不是刚才几个粉丝的热情感染到了他，他胸中都充斥着一股野心和冲动，他想火，他要火，他要用他的实力，掩盖住他所有的“黑历史”。

回到包间以后，菜已经上齐了。沈金台坐下，说：“上这么快。”

“你喝什么酒？”阎耀轩说：“这边的白酒有三种，你挑挑。”

“我就不喝了。”沈金台说：“明天我还要拍戏呢。”

“喝一点吧。”阎耀轩说：“不然我一个人喝也没意思。”

“你不是要开车，还喝？”

“我可以找代驾，主要今天高兴，想喝点。”

沈金台也不想扫了他的兴，就陪着他喝了一杯意思意思。不过阎耀轩却很能喝，一杯一杯下肚，不一会就喝了二两多。

要不是他神色兴奋，精神饱满，沈金台都怀疑他在借酒浇愁。

他觉得也可以理解，阎耀轩跟刚才那几个女孩子一样，也是他的粉，和自己的偶像一起吃饭，怎么能不激动。

说起来，作为“炮灰”男配角，阎耀轩也很可怜，因为哥哥是男主，处处都被压一头。

想到这里，他特意问了一下阎耀轩对白清泉的看法。

他记得原著里，也是在拍《东宫来了》的时候，阎耀轩崇拜上白清泉。

“长得挺好看的。”阎耀轩醉醺醺地说。

果然。

沈金台又笑了笑，阎耀轩却有点兴奋。

喝了酒的沈金台，唇色真好看。

因为唇色鲜亮，整个人都鲜亮了起来，皮肤更显白，人也更鲜活……

仰慕就是这样，带着粉丝和偶像的不对等喜欢，因为隔得远，距离更生美。他眼中的沈金台，是有光的。

神仙啊。

阎耀轩这么想着，便又喝了一杯酒，喝得有点猛，呛到了。

沈金台赶紧给他倒了一杯茶，递了过去，阎耀轩一只手撑着下巴，脸色潮红趴在桌子上，却已经醉了，喝茶的时候，手都有些抖。

沈金台没想到阎耀轩就这点酒量。

看他喝那么猛，还以为他很能喝呢。

阎耀轩趴在那里不动了，菜都没吃几口，沈金台也草草吃了两口便站了起来，过去扶着他。

“你是回家还是去哪？”他问阎耀轩。

阎耀轩却说：“不回家……不、回家。”

阎家距离这边也太远了，开车估计都要两个多小时，是没办法回去了，只能先带他回酒店。

阎耀轩个头不比他哥，可也是一米八多的大小伙了，也挺结实，沈金台一个人压根扶不动他，只好拜托代驾师傅帮他一把，俩人扶着阎耀轩进了酒店，沈金台就叫了酒店服务员过来帮忙，这边送走了代驾师傅，他就和服务员一起搀扶着阎耀轩上电梯。

电梯从楼上下来，门一开，就见里头站着几个人。

冤家路窄，碰见了高桥。

高桥是认识阎耀轩的，看到阎耀轩醉醺醺，简直惊呆。

“耀轩。”他叫了一声。

阎耀轩心里一颤：“啊！”

“他怎么在这儿？”高桥问沈金台。

“他来探班，刚吃饭的时候喝了点酒，有点醉。”

高桥一时不知道要说什么，眼看着电梯门要合上，沈金台赶紧扶着阎耀轩进去，问高桥："你……进来吗？"

毕竟是阎秋池的助理，总感觉要问问。

高桥摇了一下头，电梯门就合上了。

高桥是来跟执行导演谈事的，没想到竟然撞上这种事。

这种事当然要跟阎总汇报一声！

第32章

接到电话的时候，阎秋池正准备给阎耀轩打电话。

他真的有点不放心。

他平时对阎耀轩虽然严厉，但其实很疼这个弟弟。

阎耀轩就比他小几岁，但从小就是他这个当哥哥在照顾，因为管得严，阎耀轩身上一点坏习气都没有，可就因为管得严，保护得好，他这个弟弟有点“傻白甜”。

他又一直是沈金台的粉丝，沈金台如果想要对他使坏，太容易了。

只不过他也知道阎耀轩如今是个成年人了，也该有自己的社交权利，他这种隔几分钟查个岗的方式也确实不妥当。

他正犹豫要不要打呢，高桥的电话就过来了。

“阎总！”高桥有点激动。

阎秋池“嗯”了一声，就听高桥说：“我刚看到耀轩喝醉了，被沈金台搀扶着上楼去了，好像去了他房间。”

说完以后高桥就屏气凝神。

不过他们阎总还是像从前一样，只淡淡地说了一句：“知道了。”

然后就把电话给挂了。

阎耀轩喝醉了？

他这个弟弟从小千杯不倒，酒量是最好的，他们家酒量差的明明是他。

正常情况下，阎耀轩是不可能喝醉的，除非有人故意灌他。

阎秋池立马捞起外套出了门。

还好他如今没在家里，从他住的酒店到剧组所在的酒店，开车也就二十多分钟。

他翻到阎耀轩的号，打了过去。

结果听到手机里那个最发音超标准的女声说："对不起，您拨打的电话已关机。"

……

这个沈金台，是想干什么！

不能怪他想得多，沈金台几天的改变扭转不了他过去几年留下的固有形象。

"开快点。"他淡淡地司机说。

沈金台在酒店服务员的帮助下将阎耀轩放倒在沙发上，送走了服务员帅哥以后，他就去接了一杯热水，坐到沙发旁拍了拍阎耀轩："渴不渴，要不要喝杯水？"

阎耀轩一动不动，躺在沙发上，平日里梳好的头发，松松散散地落下几缕，俊朗的脸庞在睡过去以后，稚气更明显。他和他哥阎秋池，虽然是亲兄弟，但完全是两种类型。

还是个不到二十的小伙子。

沈金台就自己把那杯水喝了，咕咚咕咚的吞咽声在寂静的房间里格外明显。

阎耀轩心跳如鼓。

他要怎么办，他怎么就这么倒霉，碰到了高桥！

天不助我！

他后天就要去国外，留给他的时间不多了。

阎秋池的强制命令，反倒给了他破釜沉舟的勇气。

酒能壮胆，他趁着胸口炙热，豪情万丈，打算装醉。醉了的人，不管说什么，做什么，都是可以原谅的，事后能够化解尴尬。

这是多么完美的计划。

谁承想会在电梯门口遇见高桥。

高桥知道，不就相当于他大哥知道？！

他感觉自己现在骑驴难下，立马坐起来走人，岂不是暴露了自己装醉的事实？

可是不走，他大哥会扒了他一层皮吧？

阎耀轩天人交战了半天，随着时间的流逝，越来越躺不住，最后私心还是败给了对他大哥的惧怕，他佯装酒醒，就坐了起来。

“傻白甜”的阎耀轩，要贡献他人生第一次演技。

他微微眯着眼睛，做出有些头痛的样子，睁开眼睛朝周围一看，才发现沈金台已经不在客厅里站着了。

他愣了一下，坐起来看了一圈，就听见浴室那边传来哗哗啦啦的水声。

阎耀轩一个激灵，以为沈金台在洗澡。

就在这时候，外头突然传来了很重的敲门声，浴室里的水声陡然而止，吓得他赶紧躺了下来。

沈金台上了个厕所，才洗了个手，就听见外头传来了敲门声。

他刚才给小糖打了个电话，让他过来一趟，想必是小糖到了，还挺快的。

他擦了一下手，赶紧跑过去开门。

门一开，没看见小糖，就看见一个高冷挺拔的年轻男人，脸色略有些阴沉地站在门外。

又帅，又带着冷漠的绅士。

是阎秋池。

“耀轩在你这里？”阎秋池开口。

沈金台点了点头，有点尴尬，说：“他喝多了。”

阎秋池进来，就发现阎耀轩躺在沙发上，衣服整齐。

他皱着眉头看了阎耀轩一眼，问沈金台："怎么喝醉了？"

"他今天来剧组探班，收工以后我俩去吃饭，喝了点酒，他就醉了。"

阎秋池只说："麻烦你了，我这就把他带走。"

他说着便伸手碰了一下阎耀轩："阎耀轩。"

"他喝多了，睡过去了。"沈金台赶紧说。

阎耀轩紧张得睫毛都在抖。

要死了要死了。事到如今，他只能打死装醉了。

阎秋池是看着他长大的，自己的弟弟他还能不了解，他看到他抖动的睫毛，就一切都明白了。

竟然不是沈金台的问题，是他弟弟的问题。

这小子，居然装醉。

当着沈金台的面，他也没有拆穿他，直接上手将阎耀轩扶了起来。

阎耀轩害怕，特别配合，他扶起来也不费劲。沈金台要上来帮一把，快扶住的时候又收回了手。

他感觉阎秋池可能并不想和他有任何接触。

阎秋池身上的威严感多了一层阴霾，只朝他点了一下头，便把阎耀轩拖走了。

来的路上便让高桥给他开了个房间，就在同一层，等把阎耀轩扶进门，他就直接往里一推，关上了门。

阎耀轩居然还在装醉，扶着墙坐到了地上。

"再装？"阎秋池很严厉地说。

阎耀轩这下终于睁开了眼睛，脸色有点红，讪讪地自己爬了起来。

阎秋池说："你想干什么，我的话现在是不是不管用了？"

阎耀轩很尴尬，又惧怕，低着头也不说话。阎秋池扯开领口，从小冰箱里拿了一瓶矿泉水拧开，仰头就喝了几口，冷水也浇不灭他心头燥火，他喝完了扭头看向阎耀轩："哑巴了？"

"我……"阎耀轩结结巴巴地说，"我真的喝了很多酒……"

"你为什么装醉？"阎秋池问。

阎耀轩就又不说话了。

"现在就回家，后天就给我滚到英国去。"

阎耀轩扭头就走，手摸到门把手的时候，忽然又转过头来，似乎天人交战了一下，然后直接走到了阎秋池跟前："我……我追星有错吗？！"

他终于对着他哥说出这句话了，一说出口，他自己竟然先就激动了一把，甚至于有些感动。

阎秋池脸色阴沉得厉害，阎耀轩说："你讨厌他，难道还不准我喜欢吗？我就不能追我的星吗？"

阎秋池冷笑，说："你可真有本事。"

阎耀轩说："我是成年人了，我有自由，不用你管。"

"别人都行，就是沈金台不行。"

阎耀轩一时有些不知道要怎么办，只说："可是他……他现在已经变了，你看到的，他已经……"

阎秋池说："除非你不认我这个大哥了，否则不要再和他有来往。"

阎耀轩都要哭了，刚才的激动一扫而空。

阎耀轩眼眶都红了，阎秋池薄唇紧抿，没有说话，下颌处筋肉微微动了一下，眉眼幽深地看了他一眼，心情有些烦躁，说："随便你吧，该说的我都说了。"

阎耀轩闻言就朝外头走。

他出去以后，阎秋池抽了支烟。阎秋池觉得自己刚才不够狠心，阎耀轩其实很听他的话，他应该斩钉截铁地说不可以，然后把他送出国，时间总能冷却很多事情。

烦躁地抽了一根又一根烟，他抬手看了看表，已经过去十几分钟了。

他就打开房门，准备去沈金台的房间。

一出门，就看见阎耀轩在走廊的地上坐着，失魂落魄，头埋在膝盖上。

他愣了一下，走到了阎耀轩跟前。

阎耀轩抬起头来，眼睛红红的，神情很受伤的样子。

“哥……”阎耀轩伸手扯住了他的裤脚，又掉眼泪了。

他不止伤心，还后悔，后悔这冲动之下就往回跑了，然后吃了闭门羹。

“行了，别哭哭唧唧的了，走吧，我送你回家。”阎秋池说。

阎耀轩这才站起来，跟着他朝电梯的方向走。

两人走过沈金台房间门口的时候，才发现沈金台半掩着门，在门口站着，脸色还有些尴尬。

阎耀轩便停下了脚步。

阎秋池也看向沈金台。

沈金台站直了身体，看起来格外挺拔，像是换了一个人。

甚至于连脸都是陌生的。

阎氏两兄弟坐在车里，彼此一言不发，他们俩今天的心情都非常沉重。

阎秋池自认为不是个自作多情的人，从小到大，更多的是别人崇拜他。

他以为对方还崇拜自己，但其实对方没有，今天是人生第一次。

就在这时候，他收到了沈金台发过来的一条信息。

阎秋池打开，屏幕照亮他的眉眼。

信息写：“你放心。”

第33章

像是得到了某种验证。

“你放心”三个字，客气得像是在主动和他划清界限。

阎耀轩像是有预料一样，扭头问说：“是小金发的信息吗？他说什么？”

“没什么。”阎秋池说。

阎耀轩沉默了一会：“算了，你也不要告诉我。”

知道了只会更难过。沈金台到现在，最关心的依旧是他哥，估计在向他哥解释呢。

他真的妒忌他哥，可他哥偏偏又……

沈金台躺在床上，还有点激动。

他发的那条信息，阎秋池并没有回他。

他完全能理解阎秋池的心情！

不过想到阎耀轩那红通通的眼睛，他又有些不忍心。

但是阎耀轩还是很要强的，毕竟有个少年老成的哥哥教育他，他也是个男子汉。

阎家的阿姨从楼上下来，对着阎太太摇了摇头。

阎太太说：“他很少睡懒觉的，今天怎么还没起来？”

“说是不舒服，想多睡一会。”

“不舒服？”阎太太站了起来。

对面的阎秋池一边吃早餐一边说："这么大的人了，不用把他当孩子。我已经给他买了回英国的机票，他有点不想走，估计闹脾气呢，不用管他。"

阎太太就又坐了下来，说："他开学不是还有几天吗？"

"早几天晚几天都一样，他在家又没事干。"

"我听耀轩说，你很反对他跟小金来往？"

阎秋池就抬头看了一眼。

阎太太有点不高兴，说："你不愿意搭理小金，我也不勉强你，可是小金从小在咱们家住过多长时间，你没感情，我们也有了，你不要用你的喜恶来要求别人。"

阎秋池说："以后不会了。"

阎太太愣了一下。

以后不会了，也不用了。因为沈金台已经不在意他了。

他和沈金台几年的纠葛，总算是落下了帷幕。

他觉得他们俩除了性格相差很大以外，三观相差也很大。他认为能友好共处的两个人，性子要克制，不轻易被冲昏头脑。

沈金台彻底放下了，也很好，大家都朝前看。

因为《东宫来了》是边拍边播，制作周期非常短，所以各部门都很赶，这边才刚拍摄了几天，那边首版预告的粗剪已经出来了。

预告片一层一层地呈上去，发到阎秋池这里的时候，已经配上音乐，做好字幕了。阎秋池看了一遍，第一版预告很简单，时长一分钟的预告片，有四十多秒都是制作班底和角色介绍，在最后十几秒的时候，徐徐展开一幅画卷，红墙斑驳，垂髫宫娥成群而过，杨李枝扮演的贺兰璧在悠扬的笛声中回眸。

杨李枝回眸，白清泉弄花，沈金台抬眉，这是第一版预告的三大看点。

高桥悄悄观察了一下他们阎总的反应。

阎秋池向来喜怒不形于色，不过高桥跟着他多年，通过他的细微表情就能判断出他的情绪来。

阎秋池显然对这版预告很满意。

不光阎秋池满意，公司其他高层都很满意。

他们对该片最大的担忧——沈金台，在一众帅哥美女里竟然看起来格外和谐。

他被剪入预告片的片段，就是他拍的第一个镜头，皇家宴会上，他偷偷抬眉，看向对面的太子殿下，缓缓抬起，又缓缓侧过头去，唇角似笑非笑，配上动人的音乐尾声，让人意犹未尽，又特别有美感余韵。

今天是探班的日子，沈金台特别紧张，激动。

因为在媒体开放探班之前，上午十点，官博会发第一版预告。

《东宫来了》这部剧是年度巨制，每次网上发起的“今年最期待的电视剧”投票，它一直牢牢占据榜首位置，高期待，高投资，就意味着物料也看得特别紧，拍摄期间一张路透照都没散出去过。第一版预告，剧组更是重视，他们这些主演想要提前看都不行。

就等着官博发出来普天同庆。

这是大家都特别期待的一款预告片，路人要通过这个预告片来看《东宫来了》的成色，各路粉丝要赞自家偶像的颜值。

其他演员还好，月光粉、李子粉、金粉，这三家的粉丝都像是打了鸡血。

声势最大的，当然还是月光粉。

“上午十点，哥哥的美颜盛世再次暴击！”

“嗷嗷嗷嗷嗷！好久没看到哥哥演古装了！”

“不光我们在蹲，我收藏的几个博主也都在蹲，就等着哥哥的镜头剪视频了！”

“哥哥美颜，‘血洗’B站！”

“说起来就堵心，这部剧如果没有沈头花，我简直可以刷一万遍。”

“抱抱你，我也是，不过没关系，我们到时候可以跳过他的戏份！”

“我看好几个论坛居然都更期待沈头花？搞不懂她们是怎么想的。”

“她们以为海报拍得有感觉，就代表演得好了？今天的预告片会告诉她们，动态和静态根本就是两回事！”

白清泉蹲在自己群里，简直看得心惊胆战。

“你也吃点。”威哥把盒饭推过来：“减肥也不是这么个减法，你现在体重刚刚好，不用再减了，再减就不好看了。”

“你看到她们的聊天了吧？”白清泉说：“我感觉她们会被‘打脸’……”

被“打脸”不可怕，可怕的是，她们会不会被沈金台的演技震惊，然后喜欢他？

毕竟月光粉里有很多以前都是金粉！

“第一版预告，应该没多少沈金台的戏份吧？”威哥说：“剧组还是拎得清的，肯定会照顾男女主的地位，而且主要还是靠你和杨李枝招商，他们不敢让沈金台的戏份越过你们。”

谁的影响大，一目了然。

金粉世家里也很热闹。毕竟是沈金台复出后的首部剧，发布会和海报打了个开门红，如今就等着视频来检验了。

如果预告片里沈金台表现也很出色，她们就可以安心等着正片打正式的翻身仗了。黎明前最后的黑暗，反而更让人焦灼。

“还有一个半小时，好着急，嘤嘤嘤。”

“《东宫来了》真的是大剧今日最热娱乐话题。哥哥选这部剧真的选对了。”

“不知道哥哥今天能不能上热搜。”

小糖把粉丝们的心意转达给沈金台，沈金台笑了笑，看了看镜子里的自己。

今天不光是发布预告的日子，还是探班日，媒体和粉丝都会来。

这天的戏是群戏，场面比上次拍的皇家群宴还要大，剧组也从摄影棚里出来了，来到汉唐影视城拍外景。

化妆室里人很多，宋微在他旁边坐着，说：“小金啊，晚上收工以后，一起去吃饭呀。”

“好啊，我请您。”沈金台笑着说。

“金哥带上我啊。”郑思齐难得主动一次。

沈金台笑着说：“行。”

“上次你请我，我还没回请呢，今天我买单。”郑思齐说。

“小齐，你过来一下。”宋微招手。

郑思齐便走了过去，他还没化妆，穿得很休闲，戴了个渔夫帽。

宋微摘掉他的帽子，仔细端详了他一遍，笑着说：“昨天我跟查老师聊到你，他们说你长得有点像阎总，现在仔细看，还真是有点像。”

郑思齐笑了笑，说：“我哪儿能跟阎总比！”

“是不是有点像？”宋微笑着问沈金台，问完了又笑，大概意识到自己问得不妥当。

沈金台面色镇静，看着镜子说：“是有点像。”

郑思齐都没发现自己哪里像，他靠过来，半倚着沈金台的肩膀，趴到镜子前仔细看了看。

宋微见沈金台这么大方，就接着说：“阎总那张脸，不进演艺圈可惜了，演艺圈就缺他这种类型的。”

男人味足，但又有清贵气，英挺又绅士，高冷又阳刚。同样是帅哥，每次他来片场探班，一群帅哥美女里走过去，这些明星演员都相形见绌。

从女人的角度来看，这些条件都很优越。

从演员的角度来说，她觉得阎秋池身上高冷的气质很迷人。

他有一种迷之绅士的高冷感，这种脸如果在大荧幕上放大，不知道会迷翻多少人。

不过阎秋池家世在那摆着，人家也不会吃明星这碗饭。

“我给粉丝准备的礼物，等会你别忘了带上。”沈金台嘱咐小糖。

“你给她们买了什么？”李美兰问。

“一些影视城的纪念品，都是小玩意。”沈金台说。

除此之外，便是他的签名照。

签名照很寻常，那些影视城就能买到的小玩意也不值钱，他的心意主要在写的东西上。

他事先让小糖把这次来探班的粉丝名字都打听了一遍，每张签名照上的祝福语都带她们的名字，而且每个人的祝福语都不一样，确保每个都是独一份。

对粉丝们来说，没有比自家偶像世上独一份的祝福更珍贵的了。

这次来探班的粉丝来自全国各地，她们很多在来之前彼此都不认识，因为喜欢同一个偶像而走到了一起，网上经常一起追星，现实里却是第一次团聚。所以沈金台又订了个饭店，嘱咐了小糖，等探班结束以后，让他带着今天来探班的金粉过去，来一场金粉的欢聚，他如果有时间，也会去跟她们见一面。

沈金台还打算报销她们这次探班的所有花费。

剧组从天不亮就开始准备这场戏了，等演员全部化妆完毕，拍摄现场已经准备就绪。这次来的媒体很多，按照计划他们先拍完这场戏，再接受媒体采访。

既然要拍戏，手机就不能带在身上，这也就意味着他们这些演员，都不可能第一时间看到预告片了。

其实不光是他们，就是来探班的粉丝，手机也都被临时没收了，剧组工作人员拿着小喇叭，一遍又一遍地重复：“请大家自觉遵守我们的规定，全程禁止拍照，如果被我们发现有人拿手机偷拍，可是要没收的哦。”

人多，闹哄哄的，只有一家视频网站获得了独家直播权，这边直播刚开，在线观看人数就有好几万了，不到半小时就直接飙到了二十万人。

不过最兴奋的，还是现场探班的这些粉丝。

今天天气有些不好，八点的时候，太阳忽然从云彩里露了出来，粉丝们围在警戒线外头，忽然看见几辆保姆车率先开了过来，从车上陆续下来一群穿着古装的演员。

远远地看过去，罗衣轻裾，环佩琳琅，映着宫墙石地，恍如神仙境地。

不管男女，无一不是超出普通人的肤白貌美，太阳光底下个个会发光。

他们从粉丝们的尖叫声中一一走进片场，神仙样貌的白清泉，艳丽逼人的杨李枝，清贵的郑思齐，美貌的刘会，端庄的宋微，白面红唇的沈金台，还有其他一众衣衫如云的俊男靓女，眼花缭乱，香气袭人。

这才是演艺圈的星光艳色啊。

第34章

直播弹幕也一下子刷屏。

“来了来了。”

“这剧真养眼啊，看过去全是帅哥美女！”

“说杨李枝整容脸的出来，这扮相依旧古装第一花旦好吗！”

“她这种艳丽挂的小花真的少，看起来真明艳。”

“白清泉果然适合穿白衣啊，‘小仙男’！”

“我最喜欢看这种演艺圈的争奇斗艳，看一眼就心潮澎湃，也只有在演艺圈能一眼看到这么多好看的人。”

“这个剧真的美人太多了，不过沈金台在里头竟然没输欸！”

“对啊，我正想说呢，他在一群帅哥里竟然也很打眼。”

“可惜他这衣服看不到翘臀。”

“只有我一个人注意到他气色看起来最好吗，真正的唇红齿白。”

“以前那个花里胡哨的沈金台真的恍如隔世，他看起来还挺有气质的，身条真好，腰背真直！”

现场还是属月光粉的呼声最高，不过在一群月光粉的尖叫声中，沈金台还是听到了有人在喊他的名字。

他笑眯眯地看过去，冲着粉丝招了招手。他看到一张熟悉的面孔，是上次和阎耀轩一起吃饭的时候遇到的那个女孩子。

金粉这次就来了十个，不过她们看到沈金台，都特别激动。

沈金台走了过去，跟她们打招呼。

白清泉不肯输给他，也跑过去和月光粉打招呼，粉丝激动，一时有点失控，剧组工作人员就把他们拉了回来。

“今天来好多人啊。”刘会掏出小镜子来，又照了照自己的妆容。

今天来的不只是粉丝，还有多家媒体，他们是允许拍照的，他是靠脸“吃饭”的人，必须要美美的。

正在照镜子呢，就听见了月光粉、李子粉和金粉们的尖叫声，宋微他们这些老演员都见怪不怪了，但是他就有点羡慕、嫉妒、不服气。

他也演过很多男一号了，剧不火不说，为啥人也没吸到几个粉！

“大家准备一下，马上开拍了啊，各部门各就各位！”执行导演拿着喇叭喊。

今天的这场戏，是外藩来朝的重头戏，这场宴会上，几个皇子和背后势力针锋相对，宴会的最高潮，是毒杀大案。

郭瑞有点要炫技的意思，开放探班的这场戏，开镜就是长镜头。

一镜到底，尤其是这种大型群戏，调度非常重要，功力不到位的导演是拍不了的。

一个镜头，要将所有主要角色拍个遍。

“一，二，三，Action！”

镜头尾随着一群宫娥的裙摆慢慢进入宴会场上，几个重要妃子一一露脸，最后定格在一个相貌娇俏的宫女身上，她轻手轻脚地走到了三皇子身后，躬身将盘子递了上去。

周瑛因为恩宠宦官李叙，已经惹朝野非议，他为人贤良，但才干上却远不如老二周璟，经过宦官一事，民望更是低到谷底。

可老皇帝还是很看重这个嫡长子的，加上萧皇后母家显赫，太子的地位依然稳固。

底下的人却已经有些按捺不住了，为首的便是三皇子周琰。

“他不过是比我们运气好，托生在皇后的肚子里，论治国之才，别说二哥，他连我都比不了！”周琰盯着太子说。

周璟笑了笑，说：“有萧家在，太子哥哥如果不犯大错，是不可能被废的。”

他说着便也朝太子看过去，只看见李叙端正地站在太子身后，脸颊还带着伤痕。

“你还好吗？”周瑛低声问。

李叙说：“太子殿下实在不该带我出席这样的场合。”

“我就是要让母后知道我的决心，她才不敢轻易动你。”

他说着又抬头看了一眼不远处的萧皇后。

萧皇后微微蹙眉，察觉身边的皇帝也在朝太子那边看，便勉强笑了两声，说：“太子这是故意做给臣妾看的，这孩子，还是这么倔。”

她想告诉皇帝，太子如此荒唐，不是因为李叙，而是为了跟她斗气。

最近不知道为何，朝野上下都在传言，圣上即将废太子，明明知道这都是谣言，可是听多了，就连她心中也极为不安。

可就是这样的处境之下，太子今天还是带了李叙出席，可见她这个儿子心里不在乎皇位。

她伸手招来了她的首领太监，耳语了几句，她身旁坐着的贺兰璧抿了一口酒，偷偷朝对面的周璟看去。

镜头便又回到了周璟身上，他身边的三皇子周琰，眉头忽然皱了起来，颤抖了几下，一口血喷了出来。

这组长镜头，连拍了三遍。

该剧从此掀起一集至少死一个人的节奏。

探班的粉丝大气都不敢出。

现场拍摄，环境嘈杂，没有了滤镜和剪辑，片段都是不连贯的，不过从那一口血喷出来之后，每场戏都是高潮不断。

喊冤枉的，被侍卫拖走的，大哭的，摔盏叩头，反转再反转，精彩程度，简直令人激动！

出于保密原则，直播的时候，镜头离得很远，拍得有点模糊不说，台词也听不清，不过光看画面也能看出场面激烈。

弹幕更激烈。

“刚才被拖走的是淑妃的扮演者卫茜吗？她的戏份这么少。”

“我天，看起来好像很精彩啊。”

“就是要这么狠啊，我光听见他们扯着嗓子飙戏就心跳加速！”

“巴掌戏巴掌戏！”

“皇后和太子实惨！不过剧组这样不怕剧透吗？”

“小说改编，剧透个啥？毒杀案可是原著名场面，紧连着巫蛊案，接着便是太子被废，萧氏被诛，皇后发疯，女主贺兰家因为和萧氏有姻亲关系，受到连累入宫为奴。”

“原来是亲戚啊，我就说萧皇后的侄女怎么姓贺兰。”

“贺兰璧是萧家的义女，七八岁的时候被萧家收养了，她的身世也很‘狗血’，这里就不剧透了。”

“虽然听不清他们在说什么，可是感觉每个人演技都很好，包括沈金台！”

“真的真的，看得我好激动，沈金台刚才叩头痛哭的戏码，看着好带感！”

“迫不及待想看这个剧了！”

“刚刚从官博看了预告片回来，我想说，这部剧，我追定了！”

“预告片发了？对哦！已经十点了，这就去看！”

“哇哇哇，预告片好好看，最后沈金台那个抬眉简直了！”

“这剧主打的真的不是沈金台吗？居然用他的镜头做了收尾。”

预告片发了半小时之后，就顺利登上了热搜，很快升到了前十。

月光粉只看到了白清泉的美貌："金养闲人花养笑，哥哥弄花的样子简直白月光本尊！"

杨李枝的粉丝只看到了姐姐的美貌无双："这个回眸，我爱了！"

金粉们更是嗷嗷叫。

脱胎换骨的沈金台！！！哥哥怎么突然变得这么有质感！

除了时间太短，镜头太少，没有其他缺点！

阎耀轩坐在去机场的车上，往返反复，将那个预告片看了十几遍。

最后调了全屏，将沈金台抬眉的镜头截了下来，然后设置成了屏保。

他将手机放下，扭头看向窗外。

夏天已到末尾，秋天来了。

拍摄现场的粉丝和演员们却都没能在第一时间看到预告片，探班接近尾声，在一系列的高潮剧情过后，剧组在紧张拍摄最后一镜。

李叙的扮演者沈金台提着袍角在走廊里奔跑，脚踩在木地板上咚咚作响，执行导演在机器后头喊："李叙，转身！"

额头带血的沈金台闻言猛地转过头来，一支箭便擦着他的脸颊飞了过去。

"咔！"

化妆师赶紧跑过来，给沈金台脸上涂假血，画伤痕。沈金台胸膛还在剧烈起伏着，微微垂着眼，一语不发，显然还在情绪里。

白清泉手里拿着一张弓，走到了走廊的另一头站好，看着沈金台。

他刚和沈金台演了一场争执戏，胸中都是飙戏的快感，接下来是情绪更饱满的对手戏，他很兴奋。

化妆师补好了妆，郭瑞站在监视器后头，说："调整下情绪，准备拍摄了。"

沈金台严肃地匀了一口气，抬起头，朝导演点了点头。

"一，二，三，Action！"

工作人员蹲在旁边，将手中的吹风机举了上去，沈金台长发飘散，眼睛通红地看着镜头。

摇臂镜头转过去，他脸部肌肉微微抽动，薄唇紧抿着，眼中泪光闪动。白清泉扮演的周璟指着他吼说：“你再敢走一步，我一箭射杀你！”

“殿下答应过我的，绝不会杀他！”

“你以为只有我想要他的命？”白清泉眼圈也是红的：“事已至此，已经不是我们能控制的了。你去，就是陪着他死。”

沈金台死盯着他，说：“你能救他。”

白清泉嘴唇抖动着：“我既不会杀他，也不会救他。”

他看着沈金台，沈金台的脸上挂着血痕，一双眼睛好像会说话，他真的被沈金台的演技征服了，今天的沈金台，演技冠压全场，抢去了所有人的风头。

沈金台这一刻是没有台词的，只有细微的表情变化，他盯着他看了一会，转身又朝前跑去，白清泉上前一步，吼道：“你不要忘了，你是谁的奴才！”

沈金台停下脚步，回过头来，说：“我是你的奴才，可是太子……太子……”

他没有继续说下去，只回头看了他一眼，神色变得格外哀婉，长发披散，额头和脸上都挂着血，沾污了他的青袍白衫。

小爱在这个时候叮咚一声冒出来，说：“……亲，白月光对您的好感值上升三十一分，这里将奖励您细腰、腰窝以及五月樱桃，以及下一关变美奖励，眉清目华。”

沈金台好像没有听到一样。

小爱呆了三秒钟，嘀一声自己下线了。

沈金台抹了一把簌簌的眼泪，扭头大踏步朝前走去。

白清泉手里的弓箭掉落在地上，发出当当声响，沈金台衣衫凌乱，而他玉冠束发，一身青白色长袍，绣着团花竹叶纹，高洁秀丽。

这一切，却都只是开场而已。白清泉和沈金台在荧幕上长达近一年的飙戏，以及作为演艺圈势头最猛的两个小生的角逐之旅，这才刚刚启程。

两家一线卫视的预告片也在这时候先后上线，杨李枝在中间，白清泉和沈金台紧随其后，卫视台的代表性频道声用最煽情动听的腔调说：

“你，是否曾这样追过一个梦？你，有没有这样爱过一个人？朝堂上的云谲波诡，宫闱内的嗔痴爱怨。大幕拉开，好戏开场，繁华九月，与你相约《东宫来了》。”

第35章

高桥站在电梯一角，低头刷了一遍官博的预告片，悠扬的笛声传出来，刷完以后，他抬头对电梯内的阎秋池说：“各项数据和反响都很好。”

“嗯。”

他们公司有专门做数据的人，早在预告片投放之前就做了舆情调研和预估，预估的结果很理想，如今的反馈不算意外。

探班和媒体采访是同时进行的，在沈金台和白清泉拍完戏以后，别人的采访都已经结束了，媒体兴奋地等着他们俩。

这才是今天采访的重头戏！

白清泉和沈金台，站在一起就能吸引所有人的注意。

何况今天他们俩的对手戏演得那么精彩！

沈金台以前练过声，特别注意嗓子的保养，如今这个嗓子稍微有点脆弱，声嘶力竭的戏份太多，已经有些沙哑了。他喝了口水，在工作人员的引导下往媒体采访区去，正好碰见白清泉从他的保姆车上下来。

他冲着白清泉笑了笑，白清泉就递给了他一杯茶。

“润润嗓子。”

沈金台见里头有胖大海。

“多谢。”他接过来，拧开盖子抿了一口，二人一起往采访区来。

这一举动早被有些媒体拍了下来，月光粉和金粉全都看见了，双方面面相觑。

“刚才二位的对手戏演得特别好，二位私下里有交流切磋吗？”记者不嫌事多。

沈金台笑着看了白清泉一眼，说：“交流是肯定有交流的，拍之前我们都有排戏。”

他主动把话筒挪到了白清泉那边，白清泉也笑着说：“演得好，可能主要是因为对手强。”

沈金台扭头笑着问他：“你这是在夸我还是在夸你自己？”

白清泉在记者们的笑声中说：“都夸。”

记者们傻眼。

要知道前几年，白清泉和沈金台作为组合一起出道，那时候他们的每一场采访，都堪称精彩纷呈，沈金台喜欢明嘲暗讽，步步紧逼，白清泉四两拨千斤，看似柔弱也丝毫不服软。

如今同演一部戏，还不得翻天？

结果竟然在这表演起兄弟情深……

但是他们要看的可不是这种场景，他们想看的是明星“扯”头花。

“扯”头花的沈金台，你快回来！

“不知道二位之前有没有听说过你们俩不合的传闻，其实对于两位这次的合作，外界都很吃惊，如今两位合作这么愉快，是否在这澄清一下外界的误会呢？”

这个戴眼镜的女记者贼得很，看着好像在为他们说话，可明显是看热闹不嫌事大。

这个问题很危险，白清泉笑眯眯地看向沈金台。他觉得还是让沈金台先回答比较保险。沈金台以前特别喜欢跟他唱反调，经常搞得他很尴尬。

沈金台就笑着说：“不是误会啊，我们俩以前的确不和。”

一语震惊全场。

李美兰和小糖站在金粉前头，吓得脸色惨白。李美兰一直朝沈金台挤眉弄眼：沈金台你能不能不要老是说实话，说话之道懂不懂！就算心里不爽也请你脸上笑嘻嘻好吗！

看看人家白清泉。

白清泉的笑容微微一僵，略微有些尴尬。

记者们内心却沸腾了。

沈头花你终于又回来了！

沈金台笑了笑，接着说：“这个我必须实话实说，我们俩虽然是一起出道的，不过鉴于我以前比较暴躁的脾气，跟清泉算不上朋友。清泉人比较和气。”

李美兰长吁了一口气。

虽然这样自黑有点危险，不过也比和白清泉互骂强多了。

小伙子你终于有点上道了。

白清泉脸上的笑容都有些凝固了，很认真地看着沈金台。

沈金台说这些，他和周围这些人一样意外。

“因为以前刚出道的时候才十八岁嘛，不太懂事，都还是小孩子，如今长大了，退圈这两年，我身上也发生很多事，我觉得现在的我，可以跟清泉做好朋友了。”

说完沈金台就笑了笑，扭头看向白清泉，脸上一点不见尴尬神色，反而很真诚。

白清泉觉得他说的应该都是真心话。

因为他亲眼见证了沈金台的这种改变。

虽然没有看到他们剑拔弩张的情形，可是沈金台的这番话，给的料也够足了。娱记们都很满意。

“我们俩以前的确不合”这句话可以剪成预告片，爆点十足，可以回去交差了。

沈金台这样说，既是向白清泉抛出橄榄枝，也是为了给记者们一点东西。

演艺圈里混久了，懂得互相成就的重要性。这些记者的工作如此，他们喜欢有料的明星。

今天的戏很难演，对于身体和心力都是极大的消耗，结束以后大家都有些筋疲力尽。

尤其宋微，年纪上来了，一天的戏演得太满，人就特别累，约好的饭局也去不了了。

沈金台和白清泉他们这群年轻人，年轻就是资本，再累歇歇就过来了。尤其今天演戏演得过瘾，大家都很兴奋。

沈金台拍戏的时候很严肃，一旦离开片场就变得特别活泼，招呼着一群人去聚餐。

“清泉要不要一起去？”他笑着问。

白清泉才卸了妆出来，穿着牛仔裤白T恤，又瘦又高又白，蒙住了下半张脸以后，眼睛显得更好看，带着笑意说：“好啊。”

沈金台愣了一下，有点惊喜。

这可是个大进步，不知道是自己今天演戏的时候表现得好，还是刚才采访的时候那番话让他看到了自己的诚意。

想到这里，他忽然想起他的奖励来。

小爱跳出来的时候，他还沉浸在戏里面，压根都没放心上，如今才想起来，自己好像得到了很多奖励。

他招呼着大家上车，郑思齐说：“你坐我的车一块去吧。”

郑思齐是开了车来的，别看是新人，还挺有钱。

郑思齐这一身贵气，也不光是长相带来的。

沈金台就上了他的车，一坐下就把小爱唤了出来。

“亲！”小爱很热情。

“你说我都得到了什么奖励来着？”

“细腰，五月樱桃，以及眉清目华，对了，细腰还有外赠的腰窝奖励。”

沈金台有点窘：“五月樱桃？”

小爱嘻嘻笑了两声：“是的呢，因为这次好感值上升得很快，来不及让您二选一，系统这边只能自作主张为您选择了。不过亲，这不是重点，您还得到了眉清目华的奖励了呢。”

沈金台的注意力成功被吸引，“眉清目华”四个字听起来特别有质感。

“是的呢，眉清目华，顾名思义，就是好看的眉眼，眉毛秀美，眼珠清亮，要知道当演员，最重要的就是眼睛了。您的演技又这么好，搭配一双晶亮的眼睛和极好看的眉毛，相信将来一定经得住大荧幕特写，看起来格外传神动人！”

“你什么时候变得这么会说话了？”

沈金台也很满意，他掏出手机来，打开前置摄像头，看了看自己的眼睛。

好像是亮了好多，配上他的红唇，他如今整个人气色好得不像话，特鲜亮。

他就笑了一下，不知道是不是心情变好了的缘故，他觉得自己的姿色提升了好多，笑起来能明亮到人心里去。

至于其他的奖励，他现在没办法看，也不关心。

他动了一下，换了个更舒服的位置……

他还没时间看预告片呢。只是听小糖说，有关他的评论特别好，金粉们都很满意。

李美兰甚至有点激动，觉得他这次肯定能翻身。

他先看了一些热门评论，热评排在前三的都是白清泉的名字，紧随其后就是杨李枝。

再然后就是他的名字了。

他先转发了那条动态，看到自己的粉丝，又涨了好几万。

这一次他没有配文字，只配了几个表情，显得特别克制。

然后打开预告片看了一遍，前头的郑思齐听到音乐回头看了一眼："预告片？"

沈金台"嗯"了一声，说真的，第一次看到经过调色剪辑和配乐的镜头，他很激动。

音乐配得特别好，很适合将来响遍大街小巷，镜头调色有点浓了，不过瑕不掩瑜，镜头很美。

郭瑞的镜头从构图到打光都特别像一幅画。

最后他伴随着音乐尾声抬起头来，又微微低下，竟然给人很美貌的感觉。

"不光这个预告片，"郑思齐提醒他说："两个卫视也都各发了一版。"

"是吗？"沈金台又立即去搜了一下。

两个卫视版的预告和官博基本一样，多出来的镜头基本都是一些无关具体剧情的大场面，其中有个一群妃子踩着音乐节点行礼的镜头，又悠扬，又大气，气势呼之欲出，看得人很激动。

网络是年轻人的天下，所以主打他们这些年轻偶像，电视台则是大妈的天下，所以还是以女人戏为主，他的名字排在很后面，男演员里只有白清泉作为男主排在了第二位。

沈金台已经迫不及待想看正片。

还有不到半个月时间，不出意外，这半个月物料会越来越多。

有关他的实时评论里头，差评还是不少的，最多的论调就是："一个镜头能说明什么问题，连台词都没有，压根看不出演技！"

沈金台看到这种评论就激动。他要看看等正片播出来的时候他们会怎么样！

"沈金台可能真的要靠着这部剧翻身了。"威哥在保姆车上对白清泉说。

白清泉有点疲惫了，闭着眼睛躺在座椅上，淡淡地说："他也确实演得好。"

威哥愣了一下，看向他，说："现在不讨厌他了？"

"说实话吗？"白清泉睁开眼睛："我现在看到他，不是讨厌的感觉，是怕的感觉。"

"怕，你怕什么？"

"怕自己一直被他压着，演不过他。他有时候的眼神很吓人，我看到会被他带进去，浑身起鸡皮疙瘩。"白清泉靠在座椅上，有些迷惑，回想起拍戏的沈金台，眼里似乎又带着佩服："他以前演戏很木啊，现在好像开窍了，身上像是有灵气。"

演戏有灵气，那真是祖师爷赏饭吃。很多科班的学了几年表演，也达不到那个自然的境界。

灵气总是最戳人。

他自认为他不是有灵气的那一种，虽然也比一般人适合干演员这一行，但共情能力比不上沈金台，他还是要去找那个点，思考着摸索着去演绎那个人物，能入戏到忘了自己是谁的时候非常少。

对于他这种还在进步的年轻演员来说，偶尔的入戏体验特别震撼人，无法用言语形容的诡异、奇妙、快感和恐惧并存，天灵盖都在发麻，在出戏以后，会在瞬间特别喜欢表演这个职业。

这次拍戏，他有两次体验过这种感觉，一次是和萧皇后宋微的对手戏，一次是和沈金台。

这是他所追求的东西，沈金台身上有，就可以让他短暂忘了曾经受过的那些欺辱，打心眼里敬重他。

表演是看似很容易的事，实际上要抛却顾忌在镜头前自由表达，普通人很难做到，这需要训练和天赋。可是训练永远都是比不上有天赋的。

沈金台有天赋。

“他天生适合吃这碗饭，特别有镜头感。”郭瑞往椅子上一躺，对阎秋池说。

阎秋池看着电脑上的拍摄素材，正演到高潮处，螳螂捕蝉，黄雀在后，太子被陷害，聪慧如李叙，却也不知背后凶手是谁，屏幕上的沈金台，额头血污，发簪歪斜，头发也松散了几缕，他紧盯着镜头，眼尾发红，虽未声嘶力竭，却自有一种力度直击人心。

侍卫将太子周瑛一把抓起，周瑛低声冲他急说：“回到二弟身边去。”

他话音刚落，人便被拉起来了。衣裳簌簌作响，李叙要抓太子的手，却只扑了个空，他跪在地上，扭头去看身后的周璟，又去扫视座上的一众皇亲国戚，神情慌乱阴戾，突然意识到，在场的每一个，都是凶手。

太多人想住进东宫里去，坐到凤位上去。

皇后匍匐在地上，叩头说：“陛下！”

李叙神情陡变，猛地看向太子去的方向，嘴唇抖动着，握紧了拳头。

阎秋池是看过剧本的，编剧孟晓声曾对他讲过，太子周瑛和小太监李叙，是“死最良善的人，造最黑心的魔”。

在开拍之前，他想象不出沈金台的李叙该是什么样子。

如今他脑海里有了，想着沈金台在演到毒杀太子的桥段时，涕泪交加的模样，该是怎样的荡气回肠，他也很期待沈金台捧着蔷薇花，说出李叙最经典的那句台词。

第36章

他们这边饭还没吃，今天的采访就已经在网上热议开了。

没办法，沈金台承认不合这件事实在太劲爆了。

一点开热点话题，就是沈金台熟悉的声音：“我们俩以前的确不和。”

下面的热评——

“演艺圈没有沈金台真的失色很多，我个人是真的很希望他这次能趁机翻红。”

“同希望。”

“他已经有翻红趋势了，粉丝涨了快一百万了。”

“今天蹲直播的时候他演得真的震惊到我了，不敢说演技有多牛，就是特意外！”

“对对对，就是意外，没有想到他能演成这样。因为意外，就显得特惊艳！”

“我真的被震撼到了，剧组挑这一段来开放媒体探班真的好有心机，刚专门去看了原著小说，简直看得我欲罢不能！我想说，沈金台如果能稳住这个角色，肯定会翻红！”

“李叙这个角色真的很带感，这种复杂的太监角色荧幕上还真没有，演好了能成为代表性角色。沈金台美貌没跟上，谁知道演技跟上了。”

“说到美貌，你们发现沈金台现在比以前好看多了吗，他是不是动了手脚？”

“他本来长得就不差吧？以前都是浓妆艳抹，说实在的，大众都忘了他正常的时候是什么样子了。”

“看他当年出道的时候的黑发照片，和现在明显不一样了。”

“长开了吧，他当时才刚成年。”

“沈金台现在也才二十，还没完全长开呢。男人二十五左右才到颜值巅峰，他还有好几年呢。”

“他底子其实不差，就是被白清泉比的，我一直觉得他当初红发浓妆，就是因为知道自己没有白清泉好看，所以故意走了另一条路。”

“你把他说得也太聪明了吧，沈金台有这脑子也不会退圈了。”

“当初金粉大规模脱粉，不就是因为这个！”

“这两人也好笑，都喜欢蹭着阎家那一位炒作。”

“阎秋池是真的帅。”

“哈哈哈哈，这部戏真的是，超多意料不到和巧合，戏里戏外都超精彩。”

……

白清泉和沈金台一起出道，还曾在一个组合里待过，不过二人私下里一起吃饭，这还是头一遭，感觉还挺别扭。

不过好在沈金台变了，还挺坦荡正派，对他也很热情。

沈金台对谁都很热情。这真是邪门了。

要知道沈金台仗着自己的出身，脾气大，又任性，他能看到眼里的没几个，除了对阎秋池谄媚讨好，对谁都是看心情。

如今不光演技要压倒他，人缘也要压倒他了。

“你吃啊。”沈金台打断了他的思绪，笑着对他说：“我看你都没怎么吃。”

“我减肥。”白清泉说。

“你这还要减肥？”沈金台问。

白清泉在沈金台面前依旧维持着他“小仙男”的样子，轻声细语地说：“你又不是不知道，我胖容易胖脸上，上镜就不好看了。”

“你已经够好看了，”沈金台说：“你也给别人留点活路。”

白清泉听了超高兴。

郑思齐和沈金台都很能吃，到底年轻，代谢快，怎么吃都没事。白清泉身上也不容易胖，但他只要胖几斤，脸上就很明显，所以饮食上很注意。

其实他也很想吃，威哥一周才会奖励他一个鸡腿。

“这个好吃吗？”

“特美味。”沈金台说。

白清泉就忍不住尝了一筷子。真好吃。不过为了美，要管住嘴。

白清泉擦了一下嘴巴，说：“我不能再吃了。”

“才吃一口。”

“我吃点沙拉就行了。”白清泉克制住了自己。

沈金台觉得白清泉真自律。

只吃素的白清泉，更符合他“小仙男”的本质了。他坐在那里，话也不多，天天见，沈金台也觉得很好看。

倒不是那种精致到绝顶的好看，而是八分长相，再添两分气质。

白月光三个字，真的将白清泉描绘尽了，温柔皎洁，滟滟流光。

他忽然闻到白清泉身上还有淡淡的香味，不知道用的什么香水，很好闻。

白清泉的业务能力也很不错，这么年轻，演技就已经甩很多人一大截了。

白清泉察觉了他的目光，就扭头看了一眼，沈金台冲着他笑了笑，转头听郑思齐说话。

白清泉却被他的笑容惊到了。他竟然觉得很好看，很明亮。

什么时候沈金台笑得这么好看了。

“我今天有几场戏演得其实不是很满意，”郑思齐说，“后来我反思了一下，感觉可以更好。”

“那你也没跟导演说再来一条。”

郑思齐笑了笑，坐得很端正，说：“不好意思跟导演讲。”

毕竟重拍一条，不光浪费剧组的时间，还要搭戏的演员配合，他这种新人演员，除非导演不满意要求重来，他自己不敢乱提。

“郭导还是比较信任演员的，也愿意和演员商量着来，你这出道就碰到了好导演。”沈金台说，“你不知道有的导演，才华不怎么样，脾气却大得很，他是导演他说了算，新人演不好，他把你骂个‘狗血’喷头，偶尔提提自己的不同见解，他能直接让你滚蛋。”

“你这话说的，好像自己经历过一样。”白清泉说。

沈金台笑了笑。

这还真是他的个人经历。

没背景没钱的新人，一步一步真的都是自己打拼出来的。

演员这碗饭，比其他行业赚钱快，可开头那段路，也最难走。

他们三个不知不觉地就又讨论起明天的戏来，饭桌上就排开了，白清泉一开始还有点端着，一排戏，什么都忘了。

明天有一场他们三个的对手戏，被幽禁的太子周瑛，自知已到末路，托人请了周璟过去，将李叙托付给他。

“周瑛这个角色你其实不用演得太复杂，他是白月光人设，越简单越动人。”沈金台说：“你设计动作的时候，不用有很大的情绪起伏，主要用微动作和眼神，还有说台词的节奏，越隐忍，观众越心疼你。”

他们三个都是背了台词的，你一言我一语，将三人的那场隐忍的对手戏排了一遍，这段戏其实很悲情，从东宫出来，夜色下的李叙和周璟，也有一段戏，台词闪烁，却已见两人裂痕。

白清泉觉得和沈金台排戏真的特别舒服，沈金台排戏的时候没那么严肃，身上随意散淡，情绪给了八分，虽然也是个演戏新人，身上的气场却像个戏骨，自信又温和。

白清泉觉得沈金台演戏的时候，身上真的有光，对他所有的不喜欢，都会一扫而光。

沈金台身上他所有不喜欢的东西都消失了，留下来的，都是他最喜欢的那部分。

甚至偶尔会觉得，这不就是自己想成为的人吗？

他一直都想成为一个美貌和演技并存的实力派！走自己的路，让他人无路可走！

三个人你言我语，不觉就吃了很久，吃饱以后几个人从餐厅出来，白清泉才走到门口，忽然就又折了回来。

沈金台正想问他怎么回事呢，忽然听有人叫了一声："白清泉！"

他才察觉餐厅里头就有好几个人在拿着手机拍。

白清泉赶紧从兜里掏出口罩来戴上。沈金台和郑思齐都愣了一下，他们俩都是没尝过走红滋味的人，这方面的防备心就没这么重。好几个人举着手机围了过来，沈金台赶紧伸手挡了一下，心下又有点紧张。

他好歹也是个明星，不知道会不会有人拍他。

不过他显然是想多了，大部分人都是冲着白清泉来的。

也不知道这些人是怎么发现的，他们从餐厅出来，才发现外头蹲守的人更多，有好几十个，一看到他们出来，一下子就拥了上来。

沈金台赶紧将白清泉挡在身后，一只手拉着白清泉的胳膊，一边挡着那些粉丝的手机，快步朝车子的方向走去。

白清泉愣了一下，眉眼微微耷下来，看到沈金台骨节分明的手指，紧紧抓着自己的手臂。

白清泉心里只有三个字："活久见"。

何止他"活久见"，路人们也是"活久见"。

“那是沈金台？”

“好像是欸。”

“不是好像，真的是沈金台！”

路人对明星的态度就是，不管喜不喜欢，认不认识，知道是明星，那就要围观，手机举起来！

越来越多地围过来，人群里有人喊了一声：“沈金台！”

沈金台愣了一下，走得更快，郑思齐紧紧在他们后面跟着，也有点被这阵仗吓住了。好在围观的路人多，追星兴奋度有限，不至于造成追跑现象。

可是他看着前头的沈金台和白清泉，怎么感觉……

感觉沈金台浑身都是“男友力”。

他自己虽然是个明星，但顾不上自己，一心就知道保护他身后的白清泉！

“啊啊啊啊，我不允许只有我一个尖叫！沈金台和白清泉约饭被偷拍，你们看到了吗！”

“正在震惊中，不敢相信自己的眼睛！”

“他们俩为什么会一起吃饭，是不是在联合炒作？！”

“同拍一部戏，一起吃饭也很正常吧，明明还有剧组其他人，又不是只有两个人！”

“有人上图看看吗，到底发生了什么？”

“图在这里！”

立马有人上传了几张图，其中有一张还是动图。

图上的白清泉戴着黑色口罩，打扮十分低调，前头一个和他身高差不多的年轻男人，抓着他的手腕，大踏步往前走。

那男人不是别人，正是沈金台！

“头花以前一直都是妖艳风，自从把头发染回来以后，人越来越Man了。”

“你们要不说，我还以为是保镖呢，看起来还蛮酷的。”

“头花这张‘生图’惊艳到我了，太帅了吧。”

“这张真的帅，头发黑皮肤白，嘴唇红眼睛亮，走路姿势英姿飒爽，白清泉在他身后简直就是小鸟依人。”

“我也是，不要拦我，我想要同时粉他们了！”

第37章

艺人经纪部的人打电话给威哥的时候，他正在补觉，接到电话以后的第一个反应就是：无语，上套了。

一时心软放白清泉去聚餐，就被沈金台抓着炒作了。或者是郑思齐，他们季风娱乐也是有名的炒作大户。

“公司暂时还不用发声明，不过你们自己以后要注意一下。”顶头上司说。

挂了电话以后，威哥就立马上网看了看热搜。

最近的热搜上得有点多了。

热搜这个东西，作为一线隔三差五就要上一次刷刷存在感，不然会显得过气。可也不能经常上，太频繁会容易引起反感。

尤其今天还有个社会案件正是热点话题。

他就立马给白清泉打了个电话过去：“怎么回事，不是让你注意点？”

白清泉那边情绪竟然很稳定，还开玩笑说：“我总是低估了自己的火爆程度，一线的烦恼啊。”

威哥：“……我跟你严申过好几次了，如果你想尝尝沈金台过去两年那种状况，倒是可以放飞自我。”

白清泉这才严肃起来，说：“我觉得爆出来的是事实，我们才需要重视，如果都是娱乐，那就无所谓，反正最后都会证明是假的。”

“这不是怕沈金台会拉着你炒作吗，毕竟接下来还要一起拍那么久的戏，你说你膈应不膈应，你那么讨厌沈金台。”

其实他现在没那么讨厌了啊。

白清泉也没说出口，说了估计威哥也不信。

他以前哪天不把沈金台骂上几遍。

白清泉躺在床上，把今天在饭桌上排戏的时候突发的几个灵感记在了剧本上，他的剧本如今上头的字越来越多了，跟着沈金台在学做功课。

没有人会无缘无故性情大变。

他思来想去，觉得沈金台之所以脱胎换骨，是因为人生受到了太大的打击。

阎秋池看不起他，家里还破了产，在演艺圈也是群嘲的对象，粉丝基本都跑光了。天之骄子下凡尘。

他忽然有些同情沈金台。自己还是太善良啊，白清泉想。

又美，又善良。

他打开手机前置摄像头看了看，做个丑脸？可还是很好看。哭起来都很好看说的就是他了。

沈金台还没能休息，把白清泉送回去以后，他就又去了金粉那边。

十几个金粉已经等了好久了。

和粉丝们待了半小时他才回来，回到酒店，已经是深夜了。

小糖给他放好热水，要出房间之前对他说：“哥，你以后跟郑思齐来往，是不是要小心点？”

沈金台脱了T恤，露出精瘦的上半身，回头问：“怎么了？”

小糖呆呆地看着他的身体，有点愣。

他最近每次都被沈金台的身材惊艳到。

这小腰，显得肩膀都宽了很多，特别好看，又颀长，又性感。

“嗯？”沈金台皱了一下眉头。

小糖回过神来，赶紧说：“他们季风娱乐最爱炒作了，黑红不顾，这次的热搜，肯定还是他们公司买的，不然哪儿会跑到那么前面。”

小糖有分析过，沈金台买不起，白清泉不可能买这种热搜。最大可能就是郑思齐那边，他们又不是没买过，上次沈金台和郑思齐吃饭，他们公司就炒过一次。

“这次应该不是他们买的。”沈金台说：“应该是平台自己搞的。”

因为这次的没带郑思齐的名字，甚至还有几个账号都用“鲜肉帅哥”代替的他。

小糖忍不住又往沈金台身上多瞅了两眼，沈金台的后背真的好好看，还有背沟，沟壑一出来，肩背都有了一种柔韧的健壮。

“行了，你回房休息去吧。”沈金台说。

小糖这才掩上门出去。

沈金台察觉了小糖有些诧异的目光，所以脱了衣服就打量了自己一下。

我天。他脑子一轰，只感觉热气上涌。

他才二十岁，二十岁的小伙子，只要不是天生肥，体脂都不高，他的腰身本来就不粗，如今也看不出细了多少。

这个奖励的重点应该在六十都不会发福这个点上。

腰身虽然变化不明显，但是视觉上看起来似乎好看了很多，他觉得他只要稍微练出一点腹肌来，这就是绝世好腰。

叮咚一声，小爱忽然上线。

“亲。”

沈金台说：“你怎么又自己出来了。”

“我想跟你解释一下我们的奖品。”

“你说。”

“我们这个细腰，其实不光是细和持久的特点，还有个特点，是柔韧性好，有力度。我们奖励的腰，是全方位的好腰。”

是吗？

男人的腰很重要，他记得《对家》里，阎秋池就有个绝世俊腰。

没想到男主的福利有一天也能分到他身上，沈金台有点开心。

“好了，你可以消失了。”

小爱“嘻嘻”笑了两声，说：“亲，小爱这边要请假一段时间，在小爱请假期间，会有我的同事小美来为您服务。他个性和小爱不一样，如果有不周到的地方，亲亲一定多多包涵哦。”

“你这还能请假？”

“是的呢。亲亲不要想我哦。”小爱说完就下线了。

沈金台换好睡衣爬上床，拿到手机想再刷一遍预告片，手机一亮，就看到上头好几条未接电话。

是他那个后妈柳琦打过来的。

沈金台想了想，就回了个电话过去，这边刚打通，那边就接了：“金台啊。”

沈金台“嗯”了一声，说：“怎么了？”

“阿姨就想问问你，拍戏拍得怎么样了，辛苦不辛苦。”

“您有事直接说吧。”沈金台往床上一躺。

柳琦笑了笑，似乎很尴尬，说：“小妹不是在上钢琴课嘛，她那个老师，是魏思明老师，特有名，收费也特别高，你知道如今家里的情况，我就想让她换个老师学，小妹不肯，你爸他……”

“哥，我不要换老师！”他就听见一个小女孩喊。

沈金台直接问：“需要多少钱？”

柳琦说：“家里钱还有不少呢，你不要误会，我打电话来，不是管你要钱的。小妹最听你的话，你跟她好好说说。”

“不用了，我有钱。”沈金台说：“等下就给你转过去。”

“哥，你什么时候回来啊？”沈小妹问。

沈金台抿了抿嘴唇，说：“哥在拍戏呢，剧组忙，走不开，等有空了，我回家去看你。你好好听话。”

他喜欢小孩子，但是没有跟小孩子相处的经验，对沈小妹也没有什么感情，只是有种牵绊，是血缘上的吧，感觉自己也不能完全不管。

说起来人心也真是神奇，原来那个沈金台，跟他后妈，跟他亲爹，关系都很一般，却对他后妈生的小妹妹很有爱。两兄妹还一个脾气，骄纵任性。

他有时候又很庆幸沈家是这种家庭，如果沈家父慈子孝，家庭美满，他还真不知道该如何和这陌生的一家人相处。如今这样疏离也挺好的，省事了，能花钱摆平的烦恼都不算烦恼。

他现在也算比一般人有钱了，卡里有钱，将来会更有钱，既然有钱，能帮那个家庭就帮一点，图清净，换太平，也算报了养育恩。只要不是太过分，他都能满足。

身为一个大明星，如果被爆出来对家庭不理不问，任由其穷困潦倒，哪怕背后有缘由呢，路人观感也会很微妙。

他也不想因为家庭矛盾上热搜，搞得人尽皆知，那才是又麻烦又尴尬。

名利名利，名气一回暖，利也跟着来了，李美兰兴冲冲地说：“有个品牌来接触我，说想跟咱们合作，你看看要不要接？”

“代言？”沈金台很兴奋。

他也有扛代言的一天啊！

“是代言，”李美兰说：“不过是小牌子。”

“什么产品？”

李美兰看了看他的臀部，笑着说：“内裤。”

沈金台：“……”

“不知道是不是原来那个海报的关系呀，这家内衣品牌居然注意到你了，他们家虽然不是大牌子，不过这两年也挺有名的，我老公穿的内裤就是他们家的牌子，质量特别好，价格还不贵，尤其那个冰丝的。”

沈金台说：“你把品牌资料发我手机上吧，我看看。”

李美兰看有戏，立马从手机里翻出那家内衣品牌的资料来："你不要一听说是内裤代言就抵触，你没看杨李枝还代言内衣和卫生棉呢，没啥可害臊的，人人都需要的东西。"

"代言费呢？"

"说是可以谈啊，"李美兰说："你放心，至少这个数。"

李美兰伸出手指头比划了一下，沈金台吁了一口气，感觉可以考虑。

到底是没见过世面的小演员，代言人这个名头就让他兴奋。

沈金台这个名字"黑历史"太多，他以后估计和那些高奢代言绝缘了。好在他也不在乎这些，代言是用来赚钱的，赚钱是为了解决衣食住行和生存问题，有了钱，将来接戏就不用看片酬了，碰到好片子，不收钱也能接。

《东宫来了》一拍就是大半年，他没有其他的戏约，也不会轧戏，这半年如果能有别的不耽误时间又来钱的工作，他也可以接。

看了看那家品牌，原来找过的代言人里头，竟然还有几个大明星。

不是什么野鸡品牌。

如今演艺圈里的一线，代言最多的男明星就是白清泉了，身上一堆高奢代言，他平时穿的T恤、拖鞋全是名牌，人长得高洁是一回事，身上一堆奢侈品，也让他看起来更有星光。这真是羡慕不来。

白清泉形象太好了，演艺圈唯一没有黑点的一线。

白清泉又接到了很多剧本。

"都是可以等你档期的，"威哥把剧本递给他："你没事看看。"

"还是没有电影吗？"

"有倒是有，都是小作坊，被我Pass（否决）掉了。第一部电影，你还是找个靠谱的制作班底比较保险。"

威哥是很厉害的经纪人，对白清泉的规划也特别清晰。白清泉现在是要冲大荧幕的阶段了，但是进电影圈特别难，主流的导演都比较排斥"小鲜肉"，大导的饼翻来覆去就那几个男演员啃。

白清泉不适合扛大梁，万一不行了对他的电影之路影响非常大，最合适的就是在大制作里做男二，既不用承担票房压力，万一票房火爆了，三番以内又能躺着收福利。

比如那个谁谁谁，连续演了几个大片的男二、男三号，运气好，影片接连大爆，如今发通稿，也能吹是百亿明星了。

“小制作其实有好本子的话，也不是不可以尝试。”演员都想上大荧幕，白清泉也不例外。

“那我再帮你看看，最近倒是有个新人导演的戏准备筹拍了，叫《春夜喜雨》，这导演上个片子还拿了奖，我让公司帮你争取看看。”

名字还挺美的，应该是文艺片。

几天过去以后，白清泉问他争取的结果，威哥说：“这个饼不适合你。”

“怎么了？”

“男一号和男二号没一个人设好的。”

车子在电视台大楼前头停了下来，威哥朝外头看了一眼：“又这么多人。”

他戴上墨镜，护着白清泉下了车。白清泉言笑晏晏，朝蹲守的粉丝挥了挥手，特谦逊地鞠了一躬，在粉丝们的尖叫声中进入了大厅。

他来参加《东宫来了》的开播大典。

《东宫来了》这部剧，要开播了。

才刚进入大厅，就听见后头一阵尖叫声，人没有他的多，但是嗓门喊得特别高。

他回头看了一眼，原来是沈金台来了。

沈金台将墨镜插在胸口，笑着躬身朝粉丝们挥手。

“沈金台，沈金台！”有个胖胖的女孩子，带着金粉们呼喊。

沈金台真的“回春”了，白清泉忽然想起两年前，他和沈金台走在一起的时候，那人山人海的金粉，举着的黄色灯牌，汇聚成金色的海洋，涌动着，声势浩大。

月光粉的灯牌本也可以是金黄色的，只是当初真人秀的时候，到底还是输给了金粉们，变成了白色。

白色也很应景，只是总不如金色闪耀鲜艳，一如他这个人，也很好看，很有人气，却终不如沈金台光彩夺目。

金与银的宿命。

第38章

“盼了好久终于盼到今天，梦了好久终于把梦实现！”

“一楼你为什么可以发语音！”

“哈哈哈哈，今天是属于《东宫来了》的，年度巨制终于要拉开大幕了。”

“我劝大家不要抱太高的期待，期待越高失望越大。”

“这种剧就没失过手的吧？昨天的预告你们都看了吗？”

“终极预告最后宋微的那句台词真的太霸气了，不愧是影后！”

“拖出去，立刻杖杀！”

“就是这句！”

“希望这部剧不要令我失望，我真的盼好久了，这类型的戏一直都是我的爱！”

“真的是万众期待，这部剧太会吊胃口了，几版预告，俊男美女，希望正片保持预告水准，稳爆！”

不止网友们翘首以盼，他们这些明星也都在家蹲守。

开播第一天，全剧组放半天假。

沈金台本来打算和粉丝一起过的，结果一大早阎太太就派家里的司机来接他了。

“我消息灵通着呢，知道你们剧组放假了，好久没见你了，赶紧回来让我看看，今天阿姨陪你一起看开播。”

盛情难却，沈金台只好坐车去了阎家。

一见面，阎太太就愣住了。

“你……”阎太太看了半天，说：“这是谁啊，我都快认不出来了。”

沈金台变化太大了，仔细看还是那个人，就是神采奕奕，整个人鲜亮到不像话。

“我还以为你拍戏很苦，还想着送点补品去剧组呢，没想到你这气色养得这么好。”

“我们剧组伙食好，托阎总的福。”沈金台笑着说。

阎太太笑了笑，拉着他朝客厅走，小声说：“今天一家都在，你阎叔叔也回来了。”

“耀轩也回来了？”沈金台问。

“他倒没有，不过老大在家。”阎太太说。

沈金台闻言笑了笑，也没说别的，神色自然，阎秋池还真是过去式了。

虽然入了秋，可天气还是热，这几天尤其反常，最高温度都达到了三十多，沈金台穿黑裤白T恤，进门他就摘了棒球帽，捋了一下头发。

“小金来了。”

一个浑厚的男声传过来。

沈金台赶紧鞠了一躬，说：“叔叔好。”

阎铁峰，只闻其名不见其人，这还是他第一次见真人。作为这个世界里首屈一指的富豪，阎铁峰的地位已经超越普通的商人了，实打实的大人物。

阎铁峰说：“你方阿姨一早就把我们拉过来，准备看你的新剧呢。”

阎太太笑着说：“你们单是为了小金看的吗。这部剧可是你儿子投资的，就算我不交代，你们爷俩也会盯着第一集看个成色。”

离正式开播还有段时间，阎太太说：“先吃饭吧，吃完一起看。”

“秋池呢？”阎铁峰问。

“刚回来，洗澡呢。”家里的阿姨说。

沈金台先去了一趟洗手间，上完厕所出来，路过楼梯口的时候，有脚步声传过来，扭头朝楼上看了一眼，就看见了阎秋池。

少见阎秋池穿得这么随意，穿了件灰色的衬衫，松散地卷着袖口，就连脖颈处的扣子，也解开了一颗，头发也松散地垂着，可即便这样，他看起来身上依旧有着极其浓郁的高冷气息。

大概还是那张脸的缘故。

大长腿，宽肩窄腰，高大挺拔，很男人味的身材，再配上那张最高冷的脸，组合出一种很独特的气质。

宋微说得没错，演艺圈还真没有这种类型，很稀缺。

不过也大概正是不在演艺圈，而是出生于顶级豪门里头，有家世、学识、教养、眼界等各方面的加持，才养成了阎秋池的这种气质。这倒是羡慕不来的。

阎秋池看到他，点了一下头。

沈金台没有故作冷漠，很有礼貌地冲着他笑了笑。

这一笑，却让阎秋池愣了一下。

“今天做了好几道你爱吃的菜，”阎太太在摆桌：“专门给你做的。”

“你方阿姨现在可是很少下厨了。”阎铁峰说。

沈金台坐下：“谢谢阿姨。”

“你吃光，我也就没白忙活了。”阎太太说着看了一眼阎秋池，“大少爷，下来了。”

“洗了个澡。”阎秋池说。

“吃饭吧。”阎铁峰岔开话。

他这个儿子很不喜欢沈金台，他是知道的。对于阎太太这种胳膊肘往外拐的行为，他其实不大认同，奈何有点怕老婆，不敢说。

阎太太细心观察了一下阎秋池和沈金台。

这世界变了。

阎秋池的神色不见了从前的冷漠厌恶，沈金台的脸上不见了窥探和谄媚。

饭桌上又聊了一下拍戏的事，阎秋池说："他演得很好，超出预期。"

"超出谁的预期？"阎太太要笑不笑地问。

"所有人的预期。"阎秋池淡淡地回。

沈金台笑着说："阎总这么夸我，我压力很大啊。"

"你都看过了？"阎铁峰问阎秋池。

"看过粗剪。"

电视上已经播完新闻联播了，两家卫视联播，前期的收视率争夺战是最激烈的，谁播得快谁占先，这边新闻联播才结束，画面就陡然一转，《东宫来了》的片头曲就响了起来。

"开始了开始了！"阎太太特别激动，放下筷子就赶紧跑过去了。

沈金台正好也吃完了，赶紧过去看，阎太太招呼阎铁峰他们："还不快过来！"

阎铁峰笑了笑，便起身过去了。阎秋池让阿姨收拾餐桌，这才坐到了他们身边。

《东宫来了》的片头做得特别好，节奏快，爆点多，巴掌戏一个接一个的，阎太太看到沈金台挨了一个女的的巴掌，说："这女的是反派吧，看着就不像好人。"

"她是好人，女主角的好闺蜜。"沈金台说："我是大反派。"

阎铁峰并不知道这些事，听到还挺意外："你演了个反派啊？"

他还以为沈金台参演这部剧，是阎太太牵的线，怎么着也得给他弄个好角色呢。

沈金台点点头，阎铁峰说："那还挺有挑战性的，反派演好了也很出彩。"

阎太太是真的兴奋，甚至招呼了家里的阿姨也过来看："小金演的。"

像是自己的孩子取得了好成绩，急于向众人炫耀。她今天还发了好几个朋友圈呢。

要知道她一年也发不了几个朋友圈。

第一集沈金台的戏份并不多，不过用他在席上的抬眉做了结尾，荧幕上的沈金台，在经过影视化处理以后，美貌度飙升，看着有一点陌生，不像现实里的沈金台，清清秀秀的，很素净。

阎秋池如此想着，便扭头看了沈金台一眼。

这一看，就有些吃惊。

沈金台在看第二集预告，看得很入神、专注，嘴唇带着笑。

眼睛很亮，嘴唇很润，很好看。

沈金台以前是有点阴柔气的，如今身上的阴柔气也没了，整个人气质端正，微表情还有点潇洒不羁。

陌生得，甚至有些让人好奇。

好奇。阎秋池心里头冒出这种念头，察觉以后，有一种很微妙的情绪浮出来。

但也没有更多了。

“第二集我戏份多一些。”沈金台兴奋地对阎太太说。

“刚耀轩还发信息问我呢，说你在家没，我说他那边几点了，他说他一大早就爬起来了。”

提到阎耀轩，沈金台略有些尴尬，扭头见阎秋池正看着他，赶紧又把目光移开了。

趁着放广告的功夫，他赶紧去“金粉世家”里看了一下，里头竟然上千条信息了，全都在嗷嗷叫。

“我激动哭了，你们呢！”

“我也是，一是哥哥演得好好，二是这剧好好看啊，我感觉会火！”

“我也觉得这剧会火，我今天动员了全家人一起看，大家都说很好看！”

“我老爸从来不看电视的，今天坐在那玩游戏的时候时不时地过来看一眼，最后索性坐下来跟我们一起看了，他说一看就是大剧。”

“哈哈哈哈，我爸也是，不过他是冲着宋微去的，说宋微是他的女神。我问他对哥哥的看法，他说很帅，哈哈哈哈。”

“大家不要光在群里说，去网上刷一下啊，我看到东宫上热搜了！”

沈金台看到这里立即上热搜看了一眼，“东宫来了开播”六个字果然挂在热搜上。

点开一看，几条娱乐号下面的热评，整齐划一都是“东宫美璟”，每条热门下头的评论都是一模一样的，一看就是粉丝。

金粉们的评论被压在下面，只有往下拉很久，才能看到她们的呐喊。

可是沈金台还是很感动，因为“金粉世家”群里的粉丝都跟打了鸡血一样的为他助威。

如今讨厌他的人很多，可爱他的人也很多。

更令人开心的是，他自感自己的表现，对得起粉丝的爱。

所以更能自信地享受这种爱恋。

“《东宫来了》的粉丝今天肯定都很高兴，稳了！”

“刚看了一集，是真的好看，剧情紧凑，人也美，明明是‘狗血’剧，愣是拍出了正剧范儿。”

“造型也好靠谱啊，里头的演员都比平时好看八个度，尤其是白清泉，古装第一美男的宝座他再坐十年都没问题。”

“没错，就连沈金台在里头看着也很顺眼，造型师在他身上真是费心了，和郑思齐他们站在一起丝毫不输。”

“哪里是不输，快结尾的时候，一群皇子站在一起，各有各的靓，可沈金台一身太监装，反倒一下子凸显出来了。”

“他最后的那个镜头真的好迷人，连带着长镜头看，比预告片里看着还有味道，我已经‘真香’了！”

“开播前还吐槽沈金台的人呢，出来‘打脸’！”

《东宫来了》今天开播，所有演员和粉丝都很重视。

“哥哥是真的美，郭导太会拍了。”

“我本来是不愿意用美来形容哥哥的，可是……真的太好看了！”

不一会月光群里就被彩虹屁给淹没了。

《东宫来了》两集播完，路人总结看点：老戏骨的演技、男女主的美貌，还有沈金台的蜕变。

开机发布会，沈金台的改变就刷了波热度，后来媒体探班，他的演技更是震惊了很多人，不过电视剧没播出就关注这些的，都是粉丝，如今登上电视，算是全民皆知了。

七点半开播，九点多就播完了。

第二集冲突更多，料也更猛，尤其最后十分钟，太监和太子的对戏，让阎铁峰都呆住了。

阎铁峰评价：“还不错。”

阎太太：“小金演得真好。”

阎秋池：“……”

“看完了不发表下看法？”阎太太问。

阎秋池说：“好戏还在后头，不用夸这么早。”

阎太太就对沈金台说：“秋池他们就指着这部戏推公司上市呢，你好好演，火了，也是帮他了。”

沈金台笑着说：“我拿了片酬，演好是职业道德，谈不上帮，不拖后腿就行。”

阎秋池听了嘴角咧开些许，看了沈金台一眼。沈金台也笑着看他，眼神自然，没有躲避他，目光交接，又自然错开。

这种感觉真好。

阎秋池松开手，手心却出了汗。

《东宫来了》这部剧一开始就是大投资，高关注度，首播野榜创纪录，也是意料之中的事。

一切都是按照正常发展来的，很符合大家的预期。尤其是沈金台，他本来就知道这部剧会大火。

意外是在深夜来临的。

都打算要睡觉的沈金台，忽然收到了李美兰打来的电话，李美兰的声音有点抖，说：“金台啊。”

沈金台看了看时间，都夜里十二点了。

他今天有点激动，所以睡晚了点，好评让他干劲无限，又看了半天的剧本。

“怎么了？”

他还以为发生什么不好的事了。

李美兰说：“我觉得，你要红了。”

沈金台：……

发生了什么？！

第39章

挂了电话以后，沈金台去看了看热搜。

我天。

他什么时候竟然上热搜了？！

虽然名次不是很靠前。

热搜词也很搞笑，“太监沈金台”。

他有点想笑是怎么回事。

可是点开以后，他就知道李美兰为什么说他要翻红了。

沈金台知道自己应该会靠着这部剧火一把，但是没想到火得那么迅速，才播了两集，还不到三个小时，他就眼看着要火了。

比他还激动的是李风娱乐。

这段戏可不是沈金台一个人完成的，也有郑思齐。

郑思齐大半夜有点激动，因为他发现自己的平台粉丝开始暴风式上涨。

从几万粉丝，不到三个小时，涨到三十万了。

和大明星没法比，但是对他这个新人演员来说，上升个一万也足以令他振奋了。

“这次的热搜……”他对经纪人文姐说：“不是公司帮我上的吧？”

“你想多了。这个可能是……沈金台那边的吧？”

之所以语气不那么确定，是因为她觉得这个热搜很真实。

就是意料之外，情理之中。何况两个演员又都是年轻帅哥。沈金台不用说，太监扮相算得上美的，郑思齐更不用说了，古装扮相不输白清泉，清贵俊美。

这几年也不是没有古装剧，可有的是主角颜值不行，有的是制作不行，粗制滥造，颜值高、制作精美的剧，几年碰不到一部!

“他们俩的动图我可以刷一千遍，沈金台在里头也格外貌美有没有！”

“哈哈哈哈哈，就是喜欢这种‘狗血’，好刺激。”

“我原来看完第一集还想说，周播剧如果开篇不抓人，后面收视很危险啊，结果第二集就给我来这个！真的很可以！”

“这剧真的火了，第二集一出，我看很多地方都刷屏了。”

“沈金台要翻红了，不知道男主角白清泉做何感想!”

白清泉盘腿坐在床上，心脏扑通扑通直跳。

威哥特地深夜打了电话过来：“稳住心态，这才第一周。”

白清泉“嗯”了一声。

威哥沉默了一会，又说：“你的重头戏都在后头。”

白清泉又“嗯”了一声。

说真的，当初他们接剧本的时候，就觉得男二号这个角色不错，会比较有话题，但也仅仅是不错而已，白清泉不可能放着男主不演，演这个配角反派。

李叙这个角色，可能换个人演，也能火。

只是如今火这么突然、这么快，大概是角色和演员互相成就的结果，角色够话题，沈金台本身也够话题，复出头炮，原著很火，高关注度的大制作……很多因素交杂在一起，就形成了如今的化学反应，嘣的一声，炸了。

只是这些因素加在一起，都像是在为沈金台做嫁衣裳。

威哥感觉自己安慰不来了，直接自暴自弃说：“反正都这样了，反正剧是火了，最坏的打算，这部剧最出彩的是他，可只要剧火了，你也能跟着喝肉汤啊。”

“我要的可不是跟着沈金台喝肉汤。”白清泉说。

沈金台红得太突然，他一时反倒很平静，等到回过味来，才恨恨地在床上扑腾了一番。

唉，有点后悔！

可是沈金台演技真的很好，他……对得起这个角色。

可是……

啊啊啊啊啊啊啊！

白清泉失眠了，拿起剧本就看了起来，看进去以后，才忘了名利这些事，十九集左右的剧本，他就有重头戏了。

周璟这个角色不是寻常的“白莲花”男主角，他有帝王的决断，心也够狠，十九集的剧本就写到了他逼宫的桥段，第二十集的时候，他就是太子殿下了。

这是他的高光时刻，他一定要好好演。

他才不要喝肉汤，他要吃肉！

沈金台逛了逛社交平台，又逛了逛论坛、超话，看到他的名字几乎在各个娱乐板块刷屏。

越看越激动。这才到哪，李叙的高光时刻都还没到呢。

他一定要把事先不看好他的那些人的脸，统统打肿！

天热，沈金台都有点出汗了。他今天留宿在阎家，到了落地窗前，将窗户打开了些许，结果扑面而来的都是热气，夜这么深了，风还这么闷热。

好像是要下雨。

他就看到后院的游泳池，隐隐约约似乎水光在晃动。

他愣了一下，仔细看了看，借着月光看到了有人在泳池里游泳。

今天天气反常，从白天的时候就开始热，后半夜的时候闷热加剧，阎秋池有点睡不着。

正值盛年的男人，尤其他这种的，浑身都是荷尔蒙滋生的热量，空调开那么低，空气还是闷热的，人睡不着，就有些燥热，他就索性出来到了游泳池里游了几个来回。

睡不着的时候，他就喜欢运动，运动消耗掉了精力，脑子就不会胡思乱想。

游了一会，他就有些口渴了，从泳池里爬出来以后，披了浴袍就回房间里去了。

水池不再晃动，映着一轮明月。

沈金台现在激动得很，浑身都是兴奋劲，压根睡不着。

他就穿着T恤和大裤衩，悄悄地下了楼，来到了后院的泳池旁边。

蹲下来摸了摸水温，这一池秋水，竟也不凉。

他这人比较怕凉。

他回头看了一圈，见没有人，就脱了T恤，只穿着大裤衩，滑进了水里面。

天上的乌云飘得很快，月光在乌云后头时隐时现，他扎了个猛子浮出水面，就看到了岸边站着一个人。

阎秋池穿着白色的浴袍，手里拎着两瓶啤酒。

沈金台赶紧捋了一下脸上的水，游到了岸边，有点尴尬。

阎秋池也很意外，问："睡不着？"

沈金台"嗯"了一声，伸手拨了一下水，说："你也没睡呢。"

"有点闷热。"阎秋池说。

沈金台又"嗯"了一声，一时不知道要说什么。

阎秋池不会觉得他在故意引起他的注意吧。

他正要从水池子里爬出来，就见阎秋池将手里的另一瓶啤酒递了过来："喝吗？"

沈金台愣了一下，在泳池里仰头望着，眼睛漆黑，又带着月亮的光。

阎秋池难得主动抛出了橄榄枝。

经过不懈努力，看来他已经扭转了阎秋池对他的印象。

其实这样最好了。

阎秋池是很优秀的人，从前那样对自己，也很正常。他对阎秋池是没有任何怨恨的，阎秋池帮过他，他们不需要太好，可也不用做死敌，就这样做个平淡如水的朋友，最好了。

他就爬上岸，湿哒哒地坐到了水池岸上，接过了阎秋池手里的啤酒："谢谢。"

阎秋池在旁边的椅子上坐了下来，浴袍松垮，露出些许胸膛，不过光亮微黯，也看不清，沈金台只看到了阎秋池的脚丫子。

阎秋池竟然是光着脚的，脚掌修长，脚指头匀称。

沈金台拧开那瓶啤酒，仰头喝了一口："好像要下雨了。"

"天气预报说是有雷阵雨。"

沈金台笑了笑，沉默着没有再说话，倒是阎秋池开了口，说："你演得很好。"

沈金台闻言就扭过头来，笑了笑，没回话。阎秋池看向他，目光本是绅士的、散淡的。

大概沈金台皮肤比较白，月色笼着夜色，皮肤反而更有白的感觉，因为皮肤白，不白的地方就很显眼。

沈金台却还兀自不知，一只手撑着身体，半仰着看月光。

阎秋池将眼神收了回来，仰头咕咚咕咚几口，就将手里的啤酒全喝完了。

"这个角色还是你帮我争取来的，"沈金台说："你放心，我一定好好演……还有，喝醉酒那次，谢谢你。"

他说完就笑了，又扭头看向阎秋池，夜色里看，五官白皙，头发湿漉漉地映着月光。

阎秋池捏着手里的啤酒瓶，喉咙动了动，站了起来，说："时候不早了，你也早点休息。”

沈金台就跟着站了起来，修长的肩背，很细的腰，双腿又直又长，湿透了的裤衩贴着身体，背臀线条毕现。

很绝。挺拔，颀长。

“那晚安了。”沈金台笑着说：“谢谢你的酒。”

他说完就朝房间走去，阎秋池看到了沈金台留在地上的脚印，湿漉漉的。

沈金台临睡之前又刷了刷手机，夜太深了，网上也都冷清了下来，四周也一片寂静，只有风声传过来。

闷热了这么久，总算是要下雨了。

沈金台很喜欢下雨天，即便是下雨的前奏也会给他一种幸福感，还是有点热，他什么都没盖，大喇喇地躺在床上，窗外的月亮完全被吞入乌云里头，四下里一下子黑了下来，一个人影快步走到泳池旁边，一个猛子就扎到水池里去了，惊得快要睡着的沈金台身体一颤，迷迷糊糊地睁开了眼睛，额头微微冒着汗。

闪电照亮了他的眉眼，眉清目华，白面红唇，咔嚓一声惊雷，大雨便倾盆而下。

阎秋池从水池里出来，大雨拍打着他高大健壮的身躯，冰凉的，他喘了口气，雨水顺着他的下巴流下来。

第40章

一场大雨，直下了一夜，预报的雷阵雨，来的却是一阵大暴雨。

如同沈金台。

预计会翻红，没想到却是一夜爆红。

第二天醒来，秋日的晨光照在身上。

发酵需要时间，一部电视剧播出以后，第二天才是舆论峰值。

沈金台是被李美兰的电话惊醒的，李美兰已经控制不住自己的土拨鼠尖叫："金台，你火啦！"

最能证明一个演员火了的是什么？

热搜？

论坛刷屏？

所有公众平台，都不是最好的证明，最好的证明，是朋友圈！

李美兰把自己的朋友圈截图发了过来。

"这可不是我的工作号，这是我的私人小号，加的都是亲戚朋友！"李美兰特地强调。

沈金台还有点困意，揉了揉眼睛，看到截图上的朋友圈全都是《东宫来了》的剧照。

以他的剧照和视频最多。

看来大家英雄所见略同。

沈金台声音还略有些沙哑，心中欣喜，嘴上却说："低调，低调，这才播两集。”

“播两集就这么大水花，以后还得了吗？！你知道昨天野榜系数有多高吗？我觉得双台破一完全不是问题！你知道这是什么概念吗？”

他不知道。

“我告诉你吧，今年的收视冠军，还是《职场变形记》，双台平均破一，《东宫来了》首播就能双台破一，后期热度不敢想！”

虽然首播高，主要说明观众对这部剧的期待值高，宣传好，但是复出首作就赢得开门红，沈金台也特高兴。

他一个鲤鱼打挺从床上蹦起来，外头阳光灿烂，打开窗，扑面而来都是清新空气。

秋雨过后，空气中还带着雨水和桂花的香气，天色澄蓝，白云浅淡。

阎秋池每天雷打不动，七点就醒了。

家里的阿姨进来整理房间，看见他在洗衣服，赶紧说：“哎呀，你放那就行了，我来收。”

“顺手就洗了。”阎秋池面色不惊地说。每个月总有那么一两天，阎秋池会觉得心浮气躁。

穿好衣服下了楼，才走到二楼处，他就听到了沈金台的笑声。

沈金台坐在椅子上刷手机，笑声忍不住。

阎太太笑着看他，把早餐往他面前一放：“吃饭不要看手机。”

“他们的评论都好有意思。”沈金台笑着抬头，察觉有人进餐厅来，就扭头看了一眼，看见阎秋池，就笑着跟他打了招呼：“嘿，早上好。”

可能是雨后清晨，光晕都是金色的吧，透过窗户映着人，人也变得明亮起来。

阎秋池觉得沈金台的笑容非常鲜亮。

其实沈金台并不是绝顶的美男子，单论五官，他并没有白清泉和刘会那种精致，但他身上像是笼着秋光，又端正，又亮堂。

沈金台穿了个白T恤，露着清瘦白皙的胳膊，清瘦的轮廓。

穿衣服和脱了衣服，完全是两种人。

阎秋池点点头，在他对面坐了下来，阿姨把他的早餐端上来，阎太太在旁边问："等会要出门吗？"

阎秋池"嗯"了一声，说："上班。"

"你如果去影视城那边的话，捎上金台吧。"阎太太说："他没开车。"

"不用，我等会让助理来接我。"沈金台说。

"他正好顺路，还麻烦助理干什么。"阎太太说。

沈金台看向阎秋池，想着如果阎秋池眼神里露出一点不愿意的神情，他就识趣地拒绝掉。

他还没有忘了上一次他和阎秋池同车的窘况。

没想到阎秋池没看他，只点头说："行。"

阎太太满意地看了看沈金台。

沈金台喝了口粥，说："多谢。"

说完继续刷手机，注意力显然都还在网友的评论上头。

《东宫来了》在平台上挂着四个热搜，有两个都和他有关。

"太监沈金台"上升到了第一位，后头挂着个"爆"字，还有个关于他的热搜，"沈金台复出"，后面挂着一个"沸"字。

虽然他早就复出了，但是在大众层面上来说，这次才是他的复出首秀。

他点开热门动态看了一下，角色的光芒和人设的新鲜刺激盖住了他本人的"黑历史"，他竟然没看到差评。

只看到一溜土拨鼠尖叫。

"哈哈哈哈哈哈。"他忍不住又笑了起来，阎秋池抬头看他，见沈金台垂着眉眼，骨节分明的手指头在手机上划。

人逢喜事精神爽，他知道沈金台为什么这么高兴。

他身上的那股亮堂劲儿，是不是就是因为这个？

连带着他心情都跟着好了起来。

《东宫来了》开门红，于他这个阳光传媒的老总来说，也是一件大喜事，一大早打开手机，就看到了高桥他们炸了工作群。

这部剧，全公司总投入了很多心血，光筹备就花了一年多，如今首播开门红，大家总算没有白辛苦。

高桥今天还专门发了个朋友圈，思虑再三，九宫格，还是给沈金台占了四张图。

没办法，他周围的人热议的，都不是男女主角，而是周瑛和李叙啊。尤其是沈金台，脱胎换骨的表演，更是掀起轩然大波。

“沈金台退圈两年，怎么变了个人似的。”

“对啊，发布会的时候，他一改过去红发浓妆，我就有点意外，不过他想复出，势必要和过去掉到谷底的形象划清界限，这我懂。只是没想到他演这么好。我一开始还替你们公司担心，想着郭导怎么选了这么个人演反派。”

高桥有点激动，忍不住发言说：“这你们就‘真香’了？我告诉你们，他的好戏都还在后头呢。”

他还记得毒杀案那场戏，沈金台涕泪交加的模样。

沈金台演的时候真的没有在意好不好看的，呈现出来的效果，单他现场看，就觉得很慑人。

李叙这个角色，后面超狠毒、超悲情。

这部剧的反派其实也没有那么坏，废太子周瑛，代表他人性闪光的一面，有缘皆孽，才是这部剧的宗旨。

“迫不及待想看第三集，不管是糖还是刀子，不要因为我是娇花而怜惜我，用力地砸向我吧！”

“为什么我追了一部周播剧，还要等一周，我好恨！”

“我强烈建议加更，集数不增加，时长增加也行呀，才四十八分钟一集，周播剧一集一小时才比较有诚意吧！”

“一次两集不错了，剧组才开拍一个月，想多播也有心无力吧？好戏不怕晚，更新慢不要紧，一定要把控好质量啊。”

“啊啊啊啊啊！”

“我天，发生了什么？！”

“啊啊啊啊啊！”

“姐妹们不要光‘啊啊啊啊’，快告诉我发生了什么？！”

“快去看沈金台和郑思齐的动态！”

沈金台坐在车上，忍不住笑了起来。

旁边拿着平板工作的阎秋池扭头看了他一眼。

要说季风娱乐是炒作大户，还真是名不虚传。

郑思齐的平台趁热打铁，发了今天的第一条动态，转发了官博的下周预告，配文字提到了沈金台：“阿叙，下周见。”

这应该是郑思齐的公司发的，郑思齐说过，他们公司的年轻艺人因为发动态不当出过事，所以新人出道，账号都是公司在管。

炒作，他也会啊。

这时候不营业才是傻子。

沈金台就转发并评论了郑思齐的那条动态：“太子殿下，片场见。”

发完他自己都笑了起来。

他也太会了吧，哈哈哈哈。

他们俩这条动态，直接将话题送上了热搜。

一时之间，平台、论坛等热度再次飙升。

“哈哈哈哈，这么快就开始营业了？”

“哈哈哈，这俩是要把热度吸干净吗，男、女主角都快没人记得了吧！”

“没办法，郑思齐这个新人我觉得前途无量，沈金台翻红不是问题！”

“不一样，郑思齐吃的是新人红利，他戏份不算很多，白月光人设，不过作为新人，这种戏份和人设恰到好处，红利够吃了。沈金台是大反派，从头演到尾，他绝对是最大受益者，看后期剧情了，如果能驾驭住，这部戏我看好他大爆特爆！”

“如果他后期翻身成为男主角，这可就太好看了！”

“对对对，谁要看女主角和男主角谈恋爱啊，编剧快给我安排起来！”

……

小红是个月光粉。

昨天晚上她蹲守《东宫来了》。

哥哥古装第一美男子的盛世美颜，谁能不心动，至于沈金台的戏份……这个心机小太监，戏份不太多！

伴着哥哥的美颜盛世，顺便看两眼，不是为了看沈金台，只是怕跳过了剧情看不懂。

谁知道第二集沈金台戏份暴增！

本来讨论热烈的月光群足足沉默了好几分钟。

她知道，大家的心情都和她一样。

虽然她喜欢的只是李叙，可是沈金台也是李叙的一部分啊。

她好难。

如果一次粉两个明星，这两个明星还是对手，会犯了花心罪吗，呜呜呜。

小丽也是月光粉。

不过她是很幸运的月光粉，因为她同时还是剧组的化妆师。

虽然不负责白清泉的妆容，不过隔三岔五就能看到白清泉，她觉得好幸福。

她提着箱子从出租车上下来，忽然察觉一辆车开了过来，她赶紧站到一边，回头看去，就看到一辆豪车停在了她跟前。

她认得牌子，是名牌，具体什么系列，她不认识。

一身黑色西装的司机先从车上下来，然后快速跑到后头，躬腰将车门拉开。

一个清贵英俊的年轻男人便下了车，黑裤黑皮鞋黑袜子大长腿，五官立体，比她见过的很多明星都要帅。

这是《东宫来了》的片场，她不记得剧组有这个演员呀。

司机又绕到另一侧去，还没到车门那儿，里头的人就自己推开车门出来了，在阳光下站定。

白T恤黑裤子，清秀挺拔，青春又亮丽，是沈金台。

两个男人，都是高个头，年轻又帅气，只是一个明亮一些，一个沉稳一些，在看到沈金台以后，她忽然认出了那个更高大的男人。

阎秋池！

竟然是阎秋池！

阎秋池居然亲自送沈金台到片场，什么情况！

沈金台刚下车，就听见了《东宫来了》的主题曲《飞蛾扑火》。

要说爆剧能爆都是有原因的，这首歌的歌词很俗气，但朗朗上口，极具传唱性，旋律荡气回肠，让人一听就有“狗血”般的感动迎面扑来，尤其高潮段落，特别适合一些撕心裂肺的哭戏。

如今正唱到高潮处，高亢女声唱道：“我是飞蛾，扑向火，爱恨燃烧我，青史不留我姓名，只有你记得。”

俗气归俗气，可联系到剧中人物的爱恨情仇和悲怆结局，很感动有没有！沈金台一听到这首歌，就想起片头里李叙在宫墙内奔跑的那个镜头，一下子感觉就来了。

“白发李叙在，疯坐说周瑛。”

第41章

沈金台火了，剧组自然也都知道了，首播取得开门红，剧组上下都喜气洋洋的。

在全剧组的眼睛都盯着他的时候，都看见今天是阎总送他来的。

这一火不得了，阎总都亲自来送他。

“金台，来啦。”执行导演笑着跟沈金台打了招呼，然后又冲着阎秋池笑了笑：“阎总。”

阎秋池点点头，问：“郭导呢？”

“还在睡觉呢，昨天郭导在盯着剪片子，都没怎么睡。”

这种边拍边播的模式，拍摄和后期制作是同时进行的，郭瑞又是个创作欲比较强的导演，什么都亲力亲为，最辛苦的就是他了。

阎秋池扭头对沈金台说：“我去看下导演。”

沈金台点点头，自己去了化妆间。

一进化妆间，他的化妆师立马就围了上来，喜气洋洋地说：“金台，恭喜啊。”

沈金台笑着说：“同喜。”

人逢喜事精神爽，今天的沈金台真的看起来格外光彩照人。

后头有人紧随着进来，沈金台回头一看，是郑思齐。

为了培养感情，他和郑思齐用的同一个化妆间。

郑思齐笑着说：“阿叙，早上好。”

“今天上午不是没你的戏，怎么没睡个懒觉？”

“不是有你的重场戏吗，我想看看，在旁边学习学习。”郑思齐笑着说。

白清泉的助理看见沈金台已经到了化妆间，立马给白清泉发了个信息：“他到了。”

白清泉收到信息以后，对威哥说：“走吧。”

威哥坐在保姆车里，说：“心态一定要稳住。”

白清泉没说话，只把手机撂在桌子上。

白清泉的心情非常复杂。他当初介绍沈金台来演男二号，是为了给他做配的，他以为他会将沈金台比下去，谁知道沈金台一开播就抢去了他所有风头。

各大论坛逛一圈，只见沈金台，不见白清泉。

他一向不是个大度的人，尤其在沈金台面前！

好气，好恨，好不甘！

“我最担心你这样，”威哥说：“你如果被这些东西影响了状态，今天拍的这场戏你可就要被沈金台完全压制了。到时候网友们就不止吹捧沈金台，而是反过来拿你做对比。”

“我知道，”白清泉冷冷地看向窗外，车子已经进了影视城，“我知道我该怎么做。”

事已至此，自暴自弃，只会让情况更糟，哪怕心情糟到了极点，他也要调整好情绪，接着战斗。

他要和沈金台战斗到底，哪怕被打得爬不起来，他也不会认输。

这是他最后的倔强！

今天的工作人员明显感受到两种气压。

《东宫来了》取得开门红，剧组大部人都喜气洋洋，现场的工作人员都干劲十足，阎总都亲自过来了，肯定是昨晚上的首播收视率高，公司高层都很满意！

正式的收视率已经出来了，第一集一点一，第二集一点四，两大电视台和东宫官博都发了双台破一的喜讯。

网络热度还在发酵中，沈金台和郑思齐的粉丝，隔几分钟就刷新一次，就能涨好几万的热度，网络点击也在暴增。

两大电视台怎么可能会不利用这么好的香饽饽，白天的重播已经在安排了。

可是本剧的两大主演，显然就没那么高兴了。

白清泉今天还是笑盈盈的，只是明显安静了许多。

他这种大牌明星是有自己单独的化妆间的，外头的人可能不知道，白清泉一进化妆间脸就沉下来了。

平时化妆的时候，他还喜欢和化妆师聊聊天。白清泉在外头是个“小仙男”，只有他的化妆师知道，他关起门来有多话痨，爱说话，人也活泼。

可是今天的白清泉化妆的时候都在看剧本，眉头就没松过。

杨李枝那边也没好到哪里去。

作为更大牌的一位明星，杨李枝素来喜怒形于色，她作为女主，拍的又是热门戏，本来应该是戏份最多，也最吸引人的角色，结果热度全被男二号和男三号抢走了。

明明都是她扛的首播关注度，结果为他人做了嫁衣裳！

今天的戏还是A、B场，两场戏同时进行，是分开拍的，她倒要看看，总导演郭瑞要去哪边。

她饰演的贺兰璧这几天戏份也比较惨，被分派到浣衣局洗衣服，遭到了很多女配角的欺负。

这是古装剧女主角成长的常见套路，贺兰璧可不是文静的大家闺秀，而是“爽文”女主路线，遇谁怼谁，她带着这种心情去拍戏，情绪歪打正着。

到了片场，看到郭导，她心情才算好受一点。

被陷害，“打脸”，再被陷害，再“打脸”，《东宫来了》的剧情节奏很快，一天时间，贺兰璧就摆平了浣衣局，赢得掌事嬷嬷的宠爱。

拍了一天，杨李枝浑身疲惫，傍晚的时候拍她去看姑母的戏，她已经有点筋疲力尽了，完全被老戏骨宋微艳压。

宋微演技非常惊人，年轻演员里头，也就沈金台能接得住，不会被她的戏吃掉。

杨李枝哭了半天，没哭出来，最后尴尬地滴了几滴眼药水。

宋微脾气跟她是一样的，比较直，看她的眼神明显有点不耐烦。

郭瑞就过来给她讲戏。

杨李枝恍恍然觉得，郭导今天来盯她们这场戏，未必是重视她，而是……担心她演不好。

杨李枝作为一线花旦，也经常营销演技好，只是她的演技在现在这些小花里头算是不错的，一遇到真正的演技派，她的缺点就暴露出来了。

台词不清楚，容易笑场，情绪来得慢，感染力差。

不过好在她人设是比较刚强的女性，就是英勇无畏地斗争，不服软不认输，这种哭戏不多。

好不容易拍完这场戏，天色已经完全黑下来了。

郭导立即去了另一个拍摄场地，到了的时候，那边正好拍到比较重要的一场戏。

白清泉和沈金台的对手戏。

烛火幽微，白清泉躺在榻上，长发披散。工作人员拿着吹风机试着吹了一下，殿内绫绡飞舞，打光师举着打光板后退了稍许。

化妆师正在往他脸上喷水雾，又帮他补了补妆。

而沈金台也是长发披散，只着内衫，站在不远处。

也不知道为什么，郭瑞看到这二人，心里就有点激动。

沈金台和白清泉，似乎是天生的对手，他们俩出现在同一个镜头里的时候，好像带着天生的亦敌亦友的张力，也不知道是戏里带来的，还是现实生活里带来的。

“准备好了吗？”

白清泉比了个“OK”的手势，化妆师最后往他额发上喷了点水，赶紧退了出去。

沈金台还是老样子，颇为严肃地冲着导演点了点头。

“各部门准备，三，二，一，Action！”

白清泉眉头紧紧皱起来，微微抖动，似被噩梦缠绕，紧接着喘息越来越大。沈金台一把掀开帐幔，坐到了他身边，叫道：“殿下！”

白清泉猛地睁开了眼睛，从榻上坐了起来，喘息着，水珠顺着他的脸颊流下来。

……

周璟又做梦了。

他从榻上坐起来，看到了站在床边的李叙。

李叙一只手按着他的后脑勺，说：“殿下又做梦了。”

周璟颤抖了好一会儿，说：“我梦见了母妃，两只眼流着血泪，我要抓她的手，却抓不住。”

他说着就痛哭起来：“我替她报仇了，我替她报仇了，为什么这个梦还缠着我。”

他说完突然放开李叙，两只眼盯着他看。

李叙也没有闪躲，注视着他，问：“殿下为什么这么看我？”

“你人回来了，心还在东宫里头。”

他说着就起身下了床榻，大声喊：“茶。”

立马就有宦官捧着茶盏上来了。他端起茶碗，仰头咕咚咕咚就喝了个精光，似乎渴得厉害，水顺着他的嘴角流下来，他回头问李叙：“你怎么不说话？”

李叙说：“殿下让奴才说什么？”

周璟闻言将手里的茶碗狠狠摔在地上，茶碗碎了一地，茶叶溅到了李叙的衫角上。周璟双目泛红，脸色略有些狰狞，说："你跟了我十几年，比不上跟他十几天！"

李叙眼圈一红，抬头说："你想知道为什么吗？"

"为什么？"

"因为他是第一个真心待我的人，他是太子啊，一人之下万人之上，我是最卑贱的奴才，他明知道我是你派到他身边去的人，还这样对我……他是个好人，是我害了他。"

"他怎么样对你，难道我对你不够好？"周璟喉咙动了动，说："这满宫里我谁都不信，就只相信你。"

李叙没有说话，只落了一滴眼泪。

最后说："殿下，我想回到东宫去。殿下身边的奴才数不胜数，他的身边，却只有我了。"

"当年，我母妃是如何被萧皇后毒杀的，你都看在眼里。小时候我被萧皇后关到暗室里去，是你偷偷来看我，给我塞了半截蜡烛，我问你为什么要帮我，你说，我们都是受欺负的可怜人……"周璟声音很伤感，沉默了一会，自顾自地说，"你曾说过，要陪我爬到万人之上去，再也没有人敢欺负我们。如今这路才走了一半，你就……你知道我现在把你要回来，冒了多大的风险吗？这满宫都在怀疑，是我害的太子，我为什么这么做，还不是怕你落到和他一样的下场，你是个奴才，你的下场，还不如他。"

李叙没说话，只跪了下来，周璟气急，伸腿就踹了他一脚，将他踹翻在地上："太子必死！"

他语气阴戾，脸色涨得通红。

沈金台真的有震惊到。

他觉得白清泉真的入戏了，踹他那一脚，虽找了角度，没有踹到实处，可那力道却是实打实的，眼神也特别有戏，面目有些狰狞。

他从地上爬起来，磕头在地上："我知道，你们谁都不会放过他，我知道，他必死无疑，"沈金台的眼泪滴在地板上，说："让我陪着他走完这最后一程，我留着这条命，余生都为殿下尽忠！"

他说着就狠劲磕了几个头。

白清泉一把抓住他的衣领，嘴唇紧抿着，只脸色通红，脖子隐隐露出青筋来，眼泪就涌出来了，然后猛地松开了他说："你以为我是恨你变节吗？阿叙，我是怕你将自己的命赔进去。在深宫之中，你的命要不要，已经不是你说了算。我要拽着你的手，留着你的命。"

就在这时候，刘会扮演的小太监快步跑了进来："殿下！"

"说！"

小太监吓得一个哆嗦，说："皇后娘娘……薨了。"

沈金台和白清泉同时直起身来，一个站着，一个跪着，看着摇臂镜头。

片刻沉寂，沈金台立马爬了起来，白清泉一把抓住他的衣衫："不是我，不是我。"

沈金台颓然坐到地上，腿已然软了。

"咔！"

白清泉和沈金台都缓了好一会情绪。

这一场戏，白清泉算是超常发挥了，入戏很明显。拍完这一场，他背上都出了一层汗，伸手将沈金台拉起来，说："刚才踹那一脚没伤到你吧？"

"没有。"沈金台笑了笑，摆摆手，坐在地上喘息了好一会。

片场的光都打开以后，殿内一下子就亮堂了起来，郭导在监视器后头说："这条过了。"

皇后服毒而亡，给自己的儿子拼出了一条生路来。

接下来是皇后大丧，便是郑思齐最重要的一场戏。

这场戏要明天才能拍了。沈金台准备回去休息的时候，却接到了飞页一张。

在影视剧拍摄过程中，创作者突发灵感，或者为了调整剧情临时加的戏，就叫飞页。有些剧从一开拍就是天天飞页，这种主角拍了今天不知道明天拍什么的，总体来说是弊大于利的，不利于演员梳理前后逻辑和感情变化，《东宫来了》前面二十集剧本已经出来了，偶尔飞页一张，应该是编剧或者导演觉得哪里还差点火候。

白清泉见他收到了飞页，愣了一下，他心里好奇得很，想看看给沈金台加了什么戏，可首播沈金台太出风头，成了剧组的焦点，因而他偏要装出不关心的样子，直接回了化妆间。

卸妆的时候，正好碰见了杨李枝，杨李枝敲了一下手头的烟，说："我听说今天有飞页，要给沈金台加戏了？这些商人！当初签约的时候，说好的前面二十集戏份绝不会有大改动呢？"

还不是看沈金台火了，要投其所好，观众喜欢看什么，便加什么。

因为是第一次飞页，他们也不好拿合约来说事，不然会显得很难搞。

尤其是她，她是外来的，能接到阳光传媒的戏不容易，还指望靠着这部戏转型呢，白清泉可是他们自家艺人，说话比她方便。

"这也不算大改动，等天天飞页的时候再说也不晚。"白清泉笑了笑。

"你脾气倒是好。"杨李枝说。

白清泉没说话，只手机看了一下沈金台的平台粉丝，已经突破四百万了。

这才开播第一天。

今天的飞页，剧情很简单，台词几乎没有，可是沈金台看一眼，鼻子就酸了。

这场戏，加得很好。

郑思齐那边显然早就接到了通知，已经化好妆在旁边等着了。

突然接到飞页，郑思齐也非常意外、兴奋。

周瑛的戏份不算多，何况加的又是和沈金台的对手戏。他们俩正大热，互动越多，他们俩就越火。

二人坐在地板上聊了一下戏，这戏就开拍了。

皇后薨逝的消息传到了东宫里头。李叙偷偷溜进了东宫里头，庭院里草木葱郁，开着蔷薇花。

殿内一片漆黑，一盏灯都没有，也没有一个人。空荡荡的，只有风吹着绫绡。

李叙小声叫："太子。"却没有人应他，他只看到一个漆黑的人影，躺在窗前。

他立马跑了过去，跪在地上说："是我。"

不小心碰到了地上的酒坛子，酒坛子倒在地上，酒水打湿了他的袍角。他将周瑛扶起来，周瑛抓着他的衣袍，只无声地呜咽。

李叙将他抱在怀里，也没说话，只紧紧抱着他。

"阿叙，母后……死了。"周瑛说。

李叙嘴唇抖了抖，泪珠子落到他脸上，是温热的。周瑛抓着他的肩膀，埋在他肩头哭。

摇臂镜头渐渐地后退，窗外月光照着两个人。

从此以后，太子身边便再也没有任何人。萧家被诛，皇后身死，他的兄弟，都要他死，他的父皇，已经救不了他，他最亲近的人，只剩最卑微的奴才，只能看着他一步步走到末路。

"咔！"

郭导说："过了。"

郑思齐从他怀里起身，哽着喉咙擦了一把眼泪。

"哎呀。"沈金台笑着掉泪，蹭了一下眼睛说："唉。"

说着看了一眼郑思齐，郑思齐被他带进去了，两人相视一眼，眼泪又都掉下来了。

沈金台觉得自己有点失控。

他坐在窗前缓了好一会情绪，吸了下鼻子，说：“这段加得很好，很好。”

在这个时候，李叙是应该陪着他的，哪怕只是短暂一刻。

这一夜过去，李叙决定拼死救他，奈何最后还是没有成功。

这一点真写实，聪明才智都比不上手头一点权。女主的道路走得很爽，李叙这条线却非常写实。

一个没权没势的小太监，他什么都做不了，有心无力，就是使不上劲的无力感，远比旁人之死更能催他黑化。

权欲的种子在他心中埋下，一笔一笔，将他的仇人都记在了他的小本本上。

杀一个人，烧一页纸。

火光照亮了他的眉眼，却再也照不亮他的心。

剧组也很懂观众的心，深夜时分在官博发了一张剧照，配文字：“金台琼瑛”。

剧照是比肩的两个人，长袍铺地，长发披散，身旁一枚双鸳白玉佩，又美，又虐。

金台是沈金台，瑛是太子的名，现实和虚幻结合，组成又贵气又美的四个字，一下子点燃了粉丝。

郑思齐的经纪人文姐半夜打了个电话给李美兰：“姐，剧里有点虐，咱们要不要合作一下，拍点阳光灿烂的小视频中和一下啊。”

第42章

李美兰不得不佩服季风娱乐。

人家那炒作手段真的是杠杠的。

如今沈金台和郑思齐已经火起来了，顺水推舟营销一把，双方互利。

她就询问了一下沈金台的意见，沈金台说：“我都配合。”

“可能会有人说你炒作的。”李美兰打预防针。

沈金台哂笑：“这些评论我也看到了，不用理会这些人。相比较靠后台，我起码是靠自己，没蹭别人热度。播出期间，主演互动再正常不过了，再说了，我就是想红啊！”

李美兰超开心，她觉得自从沈金台复出以来，一切都顺风顺水。就连沈金台的配合度，都比以前高多了。

以前的沈金台，很任性，这不愿意那要考虑的，搞得她这个经纪人很难做。

“那我跟他经纪人商量一下，看拍什么。”

文姐的意思是拍自媒体视频。

如今自媒体的用户活跃度已经超过某社交平台了，而且活跃用户更多，但是这个领域的明星还不多，如果利用好，效果肯定比其他媒体都好。

在他们俩拍戏的时候，李美兰和文姐就一起敲定了小视频的具体内容。

两人都一致决定，应该以自然欢快为主。她们抱着手机看了好几天的小视频，从里头选了一首最欢快的歌曲，逮着两人都有空的时候，把两人叫了过来。

“就在这拍吗？”沈金台问。

“在片场拍是最好的，感觉更像是随手一拍，如果拉到外头取景，那就太刻意了。”李美兰说。

沈金台发现拍的内容也特别随意，他还以为会有什么回头一笑，或者走着走着慢动作看镜头那种，又美又帅！

结果文姐和李美兰只让他们坐在化妆间的椅子上，踩着音乐转过头来，跟着女声一起唱。

“要笑，要笑。”文姐说：“怎么欢快怎么来，这段视频等虐心桥段上演的时候我们再发。”

沈金台放得开，他私下里人也比较活泼，拍了几次好玩的劲头就上来了，摇头晃脑很搞笑，郑思齐性格一直比较少言矜持，不过这样有差异更有化学反应，拍完了大家看一下，都很满意。

这个小视频拍好以后，并没有立即放上去，因为文姐和李美兰都觉得，第二周热度已经够高了。

荧幕上已经太久没有这么养眼的组合了，还是唯美古装，古装剧爱恨情仇动辄就牵扯到生死，真要爆起来，后劲比现代剧更强。

因为是小说改编，故事走向和结局都是定了的，太子周瑛和李叙结局都很悲惨，生死相隔，这是原著粉最意难平的地方。

“虽然就是因为悲剧，他们俩的戏才看着这么带感，可是如果剧组能改一下结局更好！”

“我的眼泪不值钱，昨天熬夜看完原著，我只想说，太子好惨，天之骄子人帅心善，结果落得这个结局，强烈要求编剧改结局！”

“就是，既然是改编，完全和原著一模一样也没意思吧，不然改编在哪儿呢？”

“这部剧目前为止还是比较符合原著的，大家都很满意，剧组也不敢轻易改剧情吧，怕读者不满。原著作为大 I P，读者还是很多的。”

“我就是读者，我想说，如果给他们一个好结局，我们也愿意！当初看这个小说，这太子之死就最让人意难平！”

一群人跑去原著作者和编剧孟晓声平台底下刷话题，官方平台下面更是整齐划一，全是“金台琼瑛”粉在求改结局。

阳光传媒的高层觉得在坚持艺术性的同时，也应该照顾到观众的需要，给他们想看的，这部剧后期成绩会更火爆，说不定一个现象级爆剧就诞生了。

《东宫来了》如此火爆，大大超出他们的预料，他们如今的野心也不止于做这一个热播剧了。

“如果确定要改，那这一周就要出具体的修改办法了，我只有一点坚持，就是悲剧色彩一定要有。”郭导说。

孟晓声点点头，说：“我最近在写后面的剧本的时候，脑子里倒是有一点想法，不过还没成型，我这几天再好好考虑考虑。不过我也不是因为观众呼吁，创作者应该有自己的坚持，被观众左右的作者是写不出好作品的，我肯定不会往欢喜大团圆里写，只是觉得可以处理得更细腻一点。”

沈金台一直在剧组待着，只能靠网上的热度来了解他如今的人气，眼看着粉丝天天狂涨，涨到最后，对他来说就是一个数字了，连心跳的感觉都没了。

剧组的环境相对来说比较简单，来来去去都是那些人，过了最初的兴奋期，大家都是疲惫和紧张更多一点。

内衣代言他接了，这周末趁着他没什么戏份，打算飞到A市去拍广告。

“最近倒是有好几个娱乐公司接触我，想签你。”李美兰说：“等我整理好他们的资料，发给你看看。你也不用急，我觉得这个剧从现在开始到播完，热度能持续一年半不是问题，这一年半时间里，主动权都在咱们手里。”

“最好还是大公司。”沈金台说。

李美兰点头：“小公司我都帮你排除了，目前接触最频繁的是季风娱乐。尤其这次，我和他们公司的田文文熟了以后，季风娱乐的老总季风行，一直在通过田文文这边来约饭。”

“你觉得季风娱乐怎么样？”

“季风娱乐算是比较大的经纪公司了，专门做艺人经纪的，倒是捧出过许多大牌明星来，公司虽然给人爱炒作的印象，但实话实说，他们公司在营销上的确有一套，只是这两年阳光传媒这种会自己造饼的影视公司起来以后，季风娱乐这种没有影视资源的，就比较吃亏点，留不住大腕。”

李美兰倒是觉得季风娱乐可以考虑。主要是他们老总季风行的态度非常诚恳热情，开出的合约条件非常诱人，自由度极高，抽成也少……季风娱乐显然是想签一个一线当招牌，要的是明星效应。

沈金台问：“还有别的吗？”

“还有环球娱乐，老牌娱乐公司了，宋微老师就是他们旗下的，不过他们公司大牌艺人特别多，一线就五六个，开的条件也比较严苛……我整理好都发给你看看吧，这些公司都挺正规的，跟我接触的时候，除了大致的合约以外，都还准备了艺人企划书。”

去机场的时候，李美兰就把整理好的文档打印出来发给他了，还附带了各个公司为他打造的艺人企划书。

对比下来，的确是季风娱乐开出的条件最诱人，企划书也做得好，让人看了简直心花怒放，俨然就要成为明日巨星，也的确是环球娱乐的签约条件最严苛。

沈金台脑子里突然一动，抬头问：“阳光传媒……有接触吗？”

李美兰愣了一下，说：“没有。”

过了一会，她问：“怎么，你想签阳光传媒？”

不等沈金台回答，她就说：“阳光传媒这两年发展的确特别迅速，只是他们家还是主打影视制作，艺人经纪这一块，不是他们的主要业务，旗下艺人也比较少，就白清泉最知名……你跟阎总的关系，现在缓和了吗？”

沈金台说：“没接触就算了。”

沈金台主要是看中阳光传媒的口碑和实力。带影视资源的经纪公司对他来说最有保障，不愁没戏拍。

他想要红，甚至愿意配合炒作，就是想有一天不愁没戏拍。

只有不红的人才知道当演员，红有多重要，这不是能不能演主角的问题，甚至关系到艺术生命的长短。

他要演一辈子的戏，哪怕年纪大了只能演小配角呢。

不过中间夹着个白清泉和阎秋池，如果阳光传媒没有主动来接触，那就算了。

说明阎秋池不想签他。

那就不要上赶着，丢人。

到了机场以后，沈金台要下车，小糖叫住他：“哥，戴个口罩吧。”

他说着就递了个口罩过来。

沈金台接过来，笑着说：“有必要吗？”

“你现在火了呀，”李美兰说：“还是戴上吧。不过这还是戏播出以后，你头一次出现在公众场合，你要是不想戴，想看看有没有人认出你来，也行。”

沈金台笑了笑，有点兴奋，手里抓着口罩就下了车。

因为只去两天，带的行李不多，李美兰也带了一个，小糖只背了一个包。

一下车，沈金台就感觉旁边有几个路人看他。

明星就是明星，哪怕是素颜呢，人群里其实也都是比较打眼的，主要就是高瘦白，他在明星里头不算人帅哥，可在路人里头怎么也算鹤立鸡群。

想了想，还是把口罩戴上了，跟着李美兰和小糖往里走，又想被人认出来，又怕被人认出来，然后他就听见了熟悉的歌声。

竟然是《东宫来了》的主题曲，那句“青史不留我姓名，只有你记得”真的荡气回肠。

看来这剧是真的火了。

他扭头朝旁边看了一眼，就看到一个打扮很时髦的女孩子，横拿着手机正在看东宫。

他就和小糖对视了一眼。口罩遮住了他巴掌大的脸，只露出极有光彩的眼睛，眉毛俊秀英气，笑起来都温柔了起来，小糖觉得只看眉眼，也能看出沈金台是个大明星。

刚到了候机厅，就看见乌压压一群人，年轻女孩子为主，手里举着牌子之类的东西，好像在等人。

他不是第一次见这种阵仗了，以前在首都机场，经常碰到接机送机的粉丝，人山人海，只是和他没什么关系。

沈金台笑着看向李美兰：“不会是等我的吧？我戴口罩她们会不会认不出来啊哈哈哈。”

话音刚落，就听有人大喊一声：“沈金台！”

接着便是一阵尖叫声，乌压压的一群人，全都朝他这边跑了过来，瞬间的轰动惊呆了路人，更惊呆了沈金台。

李美兰和小糖已经两年没经历过这种情形了，也都吓了一跳。

“怎么这么多人？”小糖紧张地说，赶紧冲到沈金台前头去。

他是知道今天会有粉丝来送机的，“金粉世家”群里的管理员跟他提过，他只是没想到会有这么多。

已经不是几个、几十个，而是有好几百人了。

人群一下子沸腾起来，沈金台的脑子有片刻的空白，他只听到震耳欲聋的尖叫声，都在喊他的名字，人群里他看到了写着自己名字的应援手幅，有人还在喊：“不要喧哗，不要喧哗！”

小糖认出来了，是他们“金粉世家”的老粉。

大家都太激动了，举着手机对着他狂拍。有的小姑娘很激动，挤又挤不进去，举着花狂喊：“哥哥看这里，哥哥我有礼物要给你！”

沈金台一米八多的身高，在一群女孩子中间还是比较突出的，他心跳震耳欲聋，有点被这样的阵仗给吓到，浑身血液沸腾，机械地挥手致意。

这是他第一次感受到自己成了一个大明星。

竟然想哭是怎么回事，不知道是太激动还是太感动。

他就摘了口罩，一边躬身致意一边挥手。

口罩一摘，大家就更激动了，人群簇拥着他往前走，李美兰和小糖紧张地前后挡着他，有粉丝试图要给他塞礼物，沈金台躬身接过来，不一会就抱不下了，路人听到了他的名字，也都围了过来，还好有机场保安帮着维持秩序，在眼瞅着失控的时候，拽着沈金台的手一路狂奔。

沈金台的送机视频很快就传到网上去了，如今剧热度这么高，这段视频很快就传播开了。

“哈哈哈哈，笑死我了，你们看到沈金台的送机视频了吗，飞奔模式！”

“不得不说，沈金台真的翻红了，感觉他自己都没想到会有这么多人，明显吓到了。”

“他是低估自己人气了吗？怎么也没带几个保镖。”

“他‘生图’好能打，我怎么觉得他越来越好看了？！”

“是吧是吧，我也这么觉得！笑起来好好看！吓到的样子又好可爱！”

“我记得他退圈之前，每次接机送机的视频都喜欢黑着一张脸装酷，现在也太和蔼可亲了吧！”

“是李叙滤镜吗，我现在看他觉得好顺眼！”

“说的是我了，因为心疼李叙小可爱，我已经对头花失去正常的审视标准！”

接着便是一系列李叙的美图，流泪的，微笑的，奔跑的。

最后有人贴了一张机场动图，是沈金台摘掉口罩的刹那。

白皙修长的手指挑开口罩带子，口罩掉落下去，露出了一张微笑的侧脸，唇红齿白，眼睛明亮像盛满星辰。

“嗷嗷嗷嗷嗷嗷嗷！”

“我天！”

“沈头花！”

“明明没有多精致，可是看起来怎么那么帅！”

沈金台上飞机之前，发了条微博。心情还很激动，久久不能平静。

一条动态打了又删，最后写：“谢谢。”

刚发完短短几秒钟，便是蜂拥而至的评论，手机上的平台APP直接崩溃闪退。

沈金台呆了一下，看着他的手机。

他坐在飞机上，靠着窗，看着飞机渐渐升起，整个南城都一览无余，高楼大厦，江河湖泊，越是高处，越是能看得见别人看不见的风景。

他要到最高处去。

梦想照进现实，越想越激动，他忍不住抖腿。

李美兰觉得沈金台的神情有些不正常。

好像是沉寂了这两年，人生跌到谷底以后，突然又爆红，一时有些不适应。

她觉得沈金台的眼神中有某种偏执的火热，迷人又危险。

小疯子有事业心了。

等他们落地A市以后，李美兰说：“这边应该也有接机的粉丝吧？”

小糖闻言立即冲到了最前面，挡着沈金台。

果然如她所料，出来的时候又碰到了很多接机的粉丝。

这一次有了心理准备，他们三个都淡定了很多，A市不像南城大都市，接机的粉丝没有那么多，可同样热情，沈金台的表现很从容。

品牌方给他安排的酒店很不错，李美兰说：“你休息一晚上，明天一早他们公司的人会来接你去拍广告。”

沈金台点点头，等送李美兰和小糖出门以后，他抿着嘴唇揉了揉有些酸的脖子。

四下无人，他可以放飞自我了！他要激动死了！

原谅他没有见过世面，被这么多人簇拥追逐，他还是头一次。

出名的感觉，真的好爽！

忍不住绕着客厅跑了几圈，然后用手机放了首歌，自己伴着欢快歌声摇摇晃晃，欢快的歌声唱：“此时已莺飞草长，爱的人正在路上。我知他风雨兼程，途经日暮不赏。”

他要做最好的演员，最耀眼的巨星！

| 新番外 | 双美同台

《PM》第二季在历经波折，几度延期以后，终于在某视频网站开播了。得益于沈金台和白清泉双美如日中天的声势，这档节目一开播就获得了开门红。

大家都对第二季饱含期待，演艺圈也是时候出现几个新面孔啦。

“只可惜头花和白清泉没去当嘉宾。”

“他们俩现在可是我国最当红的男演员，好剧本都拍不过来呢，肯定不会去做网综（网络综艺节目）的常驻，能上一期我就已经很满足了。”

“白清泉要参加是老早就定了的，头花也确定要去了？”

“我早就说过，头花肯定会去啊，这可是阳光传媒制作的综艺节目，和他渊源太深了。听说他这段时间一直在排头花舞。”

“头花确定要上《PM》了吗？还要跳头花舞？！我天，好期待！”

“确定要上啦，我看他们家粉丝已经默认了。他上这个真人秀节目不意外啊，意外的是他居然选择跳头花舞，如果我没记错的话，头花舞是当年网友制作的‘鬼畜’视频吧，可把他黑得不轻。”

“头花舞很雷人，而且动作很单调，他如果要跳肯定会改编。”

“希望头花这次能好好跳，说真的，他当初在真人秀舞台上的表现真的超惊艳，还有白清泉，他怎么不唱歌了呢，明明那么好的嗓子。”

“金、白两个美人如今都主攻大荧幕了吧，我看他们俩接的新电影一个比一个牛。他们俩同台演出的机会估计越来越小了，真的是且看且珍惜。”

“好激动，当年金、白同台的盛世美景，如今要再现啦！”

沈金台刚拿了国际大奖，口碑和人气一时达到顶峰，白清泉也靠着《明宫夜话》的热播又火遍全国，彻底翻身。如今二人携手再回真人秀舞台，这料一爆出来，就将《PM》第二季推向高潮。

空前的关注度意味着超大的压力，因为沈金台和白清泉，真的都很久很久没有登过舞台了。

不过沈金台这些天的集训还是有效果的，他在《PM》的舞台上要表演两个节目，一个单独的唱跳节目，还有一个是和白清泉合作一首歌，白清泉负责唱，他负责跳。

白清泉的唱功那是没得说，他主演的《明宫夜话》，主题曲就是他唱的，是最近红遍街头巷尾的一首歌。

沈金台知道，他和白清泉合体的这个节目，才是网友最期待的，也会是反响最热烈的一个节目，必须要尽善尽美才行，只要表现够好，对他、对白清泉，乃至于对节目组，都会是一个极其成功的宣传。

金粉们比他还要紧张。

“哥哥这次的演出，只能成功，不能失败啊。”

“真的，不光要成功，还要比过去更好才行，不然还不如不重聚呢。”

“我是有点担心哥哥的舞蹈，他这几年不练舞，显然是生疏多了，不像白清泉，断断续续一直都有唱歌，唱功是还在的。”

“尤其他们去的是决赛，还是直播，容不得出一点错！”

金粉们都很担心，天天缠着小糖问最新进展，小糖回：“大家尽管放心，彩排效果还是不错的，金哥表现得很好。”

金粉们这才稍稍安心，只等着直播夜的到来。

可是就在直播夜的前一晚上，金、白彩排的视频不知道从哪个渠道泄露出来了一段十二秒钟的视频，拍得很模糊，白清泉清亮高昂的男声吟唱中，沈金台一袭红衣，身条飒爽，“唰”的一声展开了手里的白扇，两人对视粲然一笑，直接爆了热搜。

“啊啊啊啊啊，唱的是《飞蛾扑火》，东宫，东宫！”

“头花好美好飒，白月光好仙！”

“对视那一笑，白金粉一本满足！”

“太惊艳了吧，直播夜快来，我要看全部！”

“听说他们这个节目是阎秋池亲自挂帅，舞美灯光和表演内容全程把关，太子挂帅，还担心什么，尖叫就完了！”

就连一直悬着心的金粉和月光粉，看到这一段短视频以后，也都全变成土拨鼠了。

满意满意，一百个满意！

直播夜这一晚，论坛、超话、粉丝群，从下午开始就开启了刷屏模式，节目组也打出了“金白双杰”的口号，挂在了视频网站最显眼的位置。

《东宫来了》的主题曲响起来的时候，引爆了现场。

在座的不管是谁的粉丝，谁还没看过《东宫来了》啊！

白清泉演唱的《飞蛾扑火》显然是改编过的，开口就是男声吟唱，唯美又空灵。在他的吟唱声中，沈金台缓缓而来，每走一步，地上便会变幻出一朵蔷薇花来，美轮美奂的舞台被营造成了一个仙境。

如果说这些都还在大家的预想之内，在最后部分两人的双人舞，直接将所有观众都变成了尖叫鸡。

这一段舞蹈动作设计得非常飒，以沈金台为主，又刚又美，白清泉负责为他搭舞，几个侧身旋转又流畅又飒爽，最后两人同握住一把扇子，共同朝舞台深处甩去，扇子飞出去，后面的LED大屏幕上，一把扇子刷一声展开，音乐戛然而止。

紧接着第一季《PM》的主题曲便响了起来，大屏幕上露出当年还很青涩的沈金台和白清泉，他们的经典镜头一一再现，引爆了现场，也引爆了所有人的回忆。

那一年夏天，真人秀节目《PM》为演艺圈带来了两个顶级偶像，妖艳系的沈金台和清纯系的白清泉，那时候还没有人能想到，他们俩将会在演艺圈掀起那么大的浪潮，命运又是那样的相似。

如今金白双美，以至交好友的方式，再次回到了真人秀的舞台上，沈金台微笑着和白清泉拥抱了一下，两个人手拉着手，面向观众席。

这样的景象，或许从此以后都不会再有，但有整整一代的人，会记得他们除了是个好演员以外，在舞台上，也曾绽放过这样的芳华。